恋歌《れんか》

makate asai
朝井まかて

講談社

恋歌《れんか》

目次

序章　5
第一章　雪桃　24
第二章　道芝　53
第三章　星合　79

第四章　草雲雀　114
第五章　青鞜　170
第六章　八雲　233
終章　262

序章

一

ペン先が小さな泡を吹いたかと思うと、無垢な白の上に黒い点が飛び散った。

萬年筆がまた、インク漏れを起こしたのだ。花圃《かほ》は眉を顰《ひそ》めながら一枚目の原稿用紙を始末したが、書斎机のそこかしこにも飛沫が見て取れる。女中を呼んで濡れ布巾を持って来させると、掃除の邪魔にならぬように窓際のソファに身を移した。

「奥様、ここも汚れておりますですよ」

インクは机の左に置いた洋燈《ランプ》にも散っていたらしく、古参の女中は怖々と前のめりになって手を動かす。セーブル陶に描かれた貴婦人の薔薇色の頬が布巾で鼠色に滲んだ。

花圃は今朝から数度目になる溜息をつきながら、背もたれに掛けてあった毛織《ストール》の布を両肩に回した。小正月を過ぎた頃から晴天が続いていたのに、今日は冴え返る。

「ねえ、子供たちはどうしていいて?」

女中は洋燈の笠にも目を凝らし、手を動かしながら応える。

「お庭で遊んでおいでです」

「五人とも?」

「はい。何ですか、旦那様が送って来られた玩具《おもちゃ》でお遊びになりたいとかで」

「ああ、ベエスボウルね」

「さいですか? 私はあちらの物はさっぱりわかりませんけれども、書生さんらにお相手をお願いいたしましたですよ。あの姉《ねえ》やだけじゃあ危なっかしゅうて、とてもとても」

女中は初めて手を止めてこちらに向き直った。ここで一言先を促してやれば、当家の姉やがいかにぼんやりとして不出来であるか、己がいかほど手を焼いているかを滔々《とうとう》と開陳し始めるだろう。

花圃の夫は時折、「女性は皆、評論家だ」と口にするが、なるほど、この古参も今どきの若い女中事情を語らせたら講釈師も顔負けである。が、当の本人にしてからが、来客への茶菓はもちろん夕餉《ゆうげ》のお菜から朝のおみおつけの実まで指示を仰ぎたがり、洋食を供すともなれば人参の切り方まで手本を見せてやらねばならない。時折、どちらが使用人か知れたものではないと思いながら、花圃は鉄鍋《いりなべ》の柄《え》を握ってソテーを作る。

こうして毎日毎日、家政のさまざまで私の時間は細切れに刻まれ、奪われていくのだ。

花圃は気だるく脚を組むと、夫が洋行先から送ってきた紙巻煙草に火をつけた。

花圃の夫は昨年、明治三十六(一九〇三)年から欧米漫遊の旅に出ているのである。だが交遊の広い夫ゆえ留守宅でも年始客は引きも切らず、そのうえ彼が主宰する雑誌の編集者とのやりとりも言いつかっている。花圃が婦人誌から寄稿を依頼された雑文の類に着手できるのは皆が寝静まった夜更けで、小説の新作にまではとても筆が及ばない。

今日こそはゆっくりと朝寝をしてから書き始めようとの心組みであったのに、今朝もまた遠来の客があった。出鼻を挫かれたような気が差しながらも、花圃はいざ客を招き入れると盛んにもてなすのが常だ。父譲りの性分なのだろうか、客が暇《いとま》を告げても一度や二度は「まあ、そうおっしゃらずに」と引き留めてしまうのである。

「いや、有難う。なれど昼餐《ちゅうさん》の約束がありましてな。横浜で旧友と待ち合わせております」

「じゃあ、新橋から鉄道をお使いになるんですのね」

「さよう。それにしても近頃はどこへ行くにも速うなって、ちと風情を欠きますな。一昔前は半日かけて歩いた道でも、陸蒸気《おかじょうき》じゃ半刻《はんとき》ほどで着いてしまうんですから。まあ、老いて足が弱った者には有難い乗物ですが」

応対から解放されて安堵する気持ちと名残り惜しさとが交叉するのを感じながら、応接室の扉を押し開いた。

「次はぜひお泊りくださいましね。桜の時分には、宅も帰国しているはずでございますから」

玄関のポーチまで見送りに出ると、紋付羽織に仙台平《せんだいひら》の客が「そうそう」と振り向いた。右肘をくの字に曲げて書く所作をする。

「龍子《たつこ》さん、こちらの方は？」

花圃は本名を龍子といい、小説家としての筆名が花圃である。父の代からこの家に出入りしているこの老人は、花圃が嫁ぐ前の二十歳過ぎの頃に『藪《やぶ》の 鶯《うぐいす》』を上梓《じょうし》したことを承知している。

「近頃はあいにく。なかなかですのよ」

世間話はいくらでも繰り出せるのに、近頃の花圃はいざ小説についてとなると言葉をすんなりと継ぐことができない。西洋人のように肩を大袈裟にすくめてごまかすと、客は勘違いをしたらしく
「いや、これは御無礼を」と洋帽を頭の上で軽く掲げた。

「貴女は今や三宅雪嶺《みやけせつれい》夫人であらせられるのだからして、筆などお持ちにならずとも既に花開富貴《かかいふうき》たるご貫禄だ。父上もさぞご満足であらせられましょう。いや、お見事、お見事」

客はまたいくつか世辞を残し、石畳のアプローチをステッキをつきながら門へと向かった。

花圃の夫、三宅雪嶺は加賀藩の儒医の家に生まれ、文部省に奉職するも一年で役所仕事に嫌気が差して職を辞したという反骨の男で、以来、在野の言論人として活動してきた。今では哲学者、評論家として世に知られ、客の指摘した通り花圃は何の不足もない身の上だ。政府の欧化一辺倒主義とは一線を画して日本の真なるありようを追求してやまぬ彼を心底、尊敬しているし、しかも家庭では至って温厚で愛情深いハズバンドである。

「ねえ、そこはもう良くってよ。紅茶を淹れてきてちょうだいな」

いくらも吸わぬうちに煙草を揉み消しながら、女中に言いつけた。紙巻煙草はなぜか妙に咽喉《のど》が渇く。今日は取って置きの論を披露する機会に恵まれそうにないと悟ったのか、女中は「お紅茶でございますか」と気乗りのしない声で問うてくる。頷いて返すと、「奥様、どのお紅茶にいたしましょう」と来た。

「いつもの、ダージリンでいいわ」

「と、申しますと」

「青い缶の。四角い、これくらいの大きさのがあるでしょ」

「青い缶、でございますね、はい、ただいま」

汚れた布巾を手の中で畳みながら大儀そうに出て行く後ろ姿を見やりながら、花圃はまた溜息をついて書斎机の前に坐り直した。

マホガニーという材に重厚な彫刻が施されたこの机は、元は花圃の父、田邊太一《たなべたいち》が使っていたものである。旧幕臣であった父は維新後、外務省の大書記官として外交の腕を揮《ふる》い、後に元老院《げんろういん》議官まで務めた。

原稿用紙を目の前に置き直したものの、はて、さっきは何と書き出そうとしていたのかまるで思い出せない。舞い降りていたはずの着想は、その鱗粉《りんぷん》すら残さずに飛び去っていた。

頰杖をついて窓の外に目をやった。どんよりと鈍色《にびいろ》をした空だ。が、南東は雲が動いたのか、森の濃緑の向こうに垣間《かいま》見える宮城《きゅうじょう》の壁だけが白く照り輝いている。

こうして私は文学から遠ざかってしまうのだろうか、ヒ夏《なつ》ちゃんの後塵《こうじん》を拝したまま。

花圃は机の上に眼差しを戻すと、八つ当たりのように萬年筆とインク瓶を抽斗《ひきだし》に仕舞った。年季の入った硯箱《すずりばこ》を取り出す。墨を磨《す》っていると、硯の脇に納まった筆が「あら、お久しぶりじゃないの」と皮肉げに穂先を光らせた。

花圃はまだ女学生であるとき、この細筆で『藪の鶯』を書いたのだ。そしてその処女作は、明治の婦女子が小説なるものを上梓した初めての作品となった。

私は三宅花圃だもの。まだ書ける。もっといい物を書ける。

己に言い聞かせるように肘を動かす。ふと、欲深いことだという思いが指先を止めた。朝の客が口にしたように、私は三宅雪嶺夫人として世間から尊重され、伴侶にも子にも恵まれている。

かほどに倖せだというのにまだ足りぬのか、まだ欲するのか。

「龍子お姉さま、お羨《うらや》ましい限りでございますわ」

今もヒ夏ちゃんが生きていれば、あの上目遣いでしんねりと私を見上げるであろうと花圃は思った。

ヒ夏は花圃が通っていた歌塾「萩《はぎ》の舎《や》」の後輩で、伊東夏子《いとうなつこ》と樋口《ひぐち》夏子の二人の夏子がいたので、門下生の間でいつしかイ夏、ヒ夏と呼び分けるようになったのである。

多くの者がいわば名家の令嬢としての嗜《たしな》みを身につけるために入門していたのとは異なり、ヒ夏は一人、歌人としてこの世に打って出ることを心願としていた。萩の舎を主宰する当代随一の歌人、中島歌子《なかじまうたこ》もその才を大いに認めるところで、「目をかけてやってちょうだい」と花圃にわざわざ口を添えるほどであったが、彼女は樋口一葉《いちよう》という筆名で小説を書いた。

和歌から小説へと宗旨変えをしたきっかけが、女流小説家の嚆矢《こうし》となった花圃に刺激を受けてのことであったらしいとは、ヒ夏の死後、人伝に聞いた話である。だが、ヒ夏が小説に手を染めたのは私の作品に心を動かされてというよりも、私が手にした報酬をどこかで耳にしたゆえだろうと察している。『藪の鶯』は大変な好評をもって読者に迎えられて重版され、花圃は三十三円二十銭という大金を手にしたのだ。小学校の教員や巡査の初任給がまだ十円にも満たなかった時分のことである。

もっとも、ヒ夏は私を苦労知らずのお嬢様だとしか見ていなかったから、まさかこの私が原稿料目当てに小説を書いたとは想像だにしなかっただろうと花圃は思う。

郵便はがき

料金受取人払郵便

小石川局承認

1401

差出有効期間
平成27年2月
28日まで

112-8731

〈受取人〉
東京都文京区
音羽二—一二—二一

㈱講談社
文芸図書第2出版部 行

お名前

ご住所 〒

電話番号

メールアドレス

記入日付 年 月 日

今後、講談社からお知らせやアンケートのお願いをお送りしてもよろしいでしょうか。ご承諾いただける方は、下の□の中に✓をご記入ください。

□ 講談社からの案内を受け取ることを承諾します

TY 000030-1302

■ご購読ありがとうございます。今後の出版企画の参考にさせていただくため、アンケートへのご協力のほど、よろしくお願いいたします。

書名

Q1. この本が刊行されたことをなにで知りましたか。

1. 書店で本をみて　2. 書店店頭の宣伝物
3. 本にはさまれた新刊案内チラシ　4. 人に聞いた（口コミ）
5. ネット書店（具体的に：　　　　　　　　　　）
6. ネット書店以外のホームページ（具体的に：　　　　　　　　　　）
7. メールマガジン（具体的に：　　　　　　　　　　）
8. 新聞や雑誌の書評や記事（具体的に：　　　　　　　　　　）
9. 新聞広告（具体的に：　　　　　　　　　　）
10. 電車の中吊り、駅貼り広告
11. テレビで観た（具体的に：　　　　　　　　　　）
12. ラジオで聴いた（具体的に：　　　　　　　　　　）
13. その他（　　　　　　　　　　）

Q2. どこで購入されましたか。

1. 書店（具体的に：　　　　　　　　　　）
2. ネット書店（具体的に：　　　　　　　　　　）

Q3. 購入された動機を教えてください。

1. 好きな著者だった　2. 気になるタイトルだった　3. 好きな装丁だった　4. 気になるテーマだった　5. 売れてそうだった・話題になっていた　6. 内容を読んだら面白そうだった　7. その他（　　　　　　　　　　）

■この本のご感想、著者へのメッセージなどをご自由にお書きください。

ご職業　　性別　　年齢
男・女　　10代・20代・30代・40代・50代・60代・70代〜

十数年前、花圃の兄は洋行先で客死したのだが、その翌年、母と執事は兄の一周忌法要を営む費用がないと言って嘆いた。派手好きの粋人《すいじん》だった父、太一は豪奢な生活で次第に家産を傾け、屋敷や土地の一部を切り売りしてもまだ借財があることは花圃も何となく知っていた。が、よもや法要の費用に事欠く財政にまで陥っていようとは思いも寄らなかった。女学校を退学して琴の師範でも始めようか、いやいっそ細棹《ほそざお》を抱えて新橋辺りの置屋を訪ねた方が手っ取り早いかもしれないなど と、独りで思い詰めた。

坪内逍遥《つぼうちしょうよう》の『一読三歎《いちどくさんたん》 当世書生気質《とうせいしょせいかたぎ》』を手にしたのが、ちょうどその頃だったのである。当今の学生の陽気で猥雑《わいざつ》な生活をありのままに活写して世間を賑わせている小説だったが、花圃は読んでいる最中に早や、目の前が開けた気がしたものだ。

これなら私にも書ける。そう思った。逍遥の向こうを張るつもりはなかったが、東京高等女学校専修科で学ぶ身としては女学生の風俗を題材にするのが自然の思いつきで、花圃は筆を持つや一気に『藪の鶯』を書き上げた。幸運にも父の知人が版元を引き受けてくれ、巻頭には件《くだん》の逍遥と福地桜痴《ふくちおうち》の序文、そして巻末には和歌の師、中島歌子の跋《ばつ》まで戴くという華々しい門出だった。

だがその後、世に出たヒ夏の作品は森鷗外や幸田露伴、夏目漱石ら錚々《そうそう》たる文士から絶賛され、花圃よりも遥《はる》かに高い文壇の評価を得た。二十四歳で早逝して後も、樋口一葉の文名は高まるばかりである。

萩の舎の頃のヒ夏は先輩や同輩を慇懃《いんぎん》な言葉遣いで大仰に持ち上げるので、その卑屈さゆえに周囲から下に置かれがちな娘だった。本人はそれを生家の零落ゆえと解していたようだが、少なくとも花圃は折に触れて彼女を引き立てたつもりである。ヒ夏は萩の舎の内弟子となってまで歌の道に精進していたが、兄の病死によって樋口家の戸主となってから歯車が狂った。母親と妹を養うために今日明日の稼ぎに迫られたのである。やむなく文具屋商いに挑んだものの、やがて方々で借金を重ねるようになった。それでも花圃は自ら交際を閉ざしたことはなかったし、ヒ夏が小説の指導を受けた作家と醜聞騒ぎを起こしたときは相談にも乗った。

けれどヒ夏は身の回りのさまざまに憤慨し、絶望し、金策に駆けずり回りながらあれほどの小説を書いてのけたのだ。今、あの世のヒ夏ちゃんはもう誰をも羨んではいないだろうと、花圃は思う。

扉をノックする音がして、銀盆に紅茶のポットと茶碗をのせた女中が入ってきた。甘く温かい香りと共に、廊下を伝って子供たちの声が流れ込んでくる。

「お待たせいたしまして」

女中は詫びを口にしながら、ソファの前の低卓の上に銀盆を置く。紅茶缶をすんなり見つけられずにまた他の使用人を巻き込んで一悶着やらかしたのだろうと察しながらも、花圃はわざと話をはぐらかした。

「子供たちがまた、どうかして?」

「いえ、お子様方は今、食堂でお紅茶とビスケットを召しあがっておいでです」

「あまり沢山は駄目よ。夕餉が進まなくなるから」

「ですが姉やが一遍にお皿に盛って差し上げたものですから、歯止めがききやいたしません。焼き菓子は湿気るから数枚ずつでないと缶から出してはいけないと注意しておりますのに、私の申すことなど、いっかな聞き入れやいたしませんのです。あれはお子様方のお下がりを当て込んでいるのでございますよ。ほんに図々しい娘です」

「じゃあ、私もいただくことにするわ」

「は？」

「ビスケット」

「これはこれは、気がききませんことで」

　女中は今さらのように盆の上に目をやって出て行きかけたが、「奥様」とまた引っ返してくる。まだ言い足りぬのだろうかと首だけで見返ると、銀盆を胸の前で抱きかかえている。

「先ほど、小石川からお遣いの方が来られまして」

「小石川って、萩の舎？」

「はい。中島先生が神田の病院に入院されましたそうで」

「入院？　いつ」

「昨日のことだそうにございます。先だってよりの風邪をこじらせられたと伺いましたが、近頃はインフル何とかなるものも流行っておるそうにございますから、ご心配でございますねえ」

　この正月に英国帰りの客が話していたのを給仕しながら聞きかじったものか、女中は舶来の病名を口にして眉間を寄せる。花圃は椅子を引いて立ち上がり、帯締めに指先を絡めながら廊下に出た。

「奥様？」

　後から従《つ》いてくる女中に「神田なら、かかりつけの杏雲堂《きょううんどう》病院ね」と言いながら自室に向かう。確か、佐々木《さ さ き》院長の令嬢も萩の舎で歌を習っていたはずだ。

「はい、そう伺いましたです。あの、お見舞い、でございましょうか」

「着替えの手伝いは良くってよ。それよりも俥《くるま》を呼んでおいて」

「畏まりました。では、どちらの俥屋にいたしましょう。先だっては……」

「どこでもいいわ、早くっ」

口数ばかり多くて動きの鈍い女中に腹を立てながら、花圃は帯を解いた。着物を脱ぐと冷え切った空気で肌がそくそくする。慌てて衣桁《いこう》から小紋《こもん》をはずして羽織る。と、さっそく病院に駆けつけるほど重篤ではないかもしれないと、腰紐を結ぶ手を止めた。

萩の舎の「師《し》の君《きみ》」、中島歌子には何かにつけて呼びつけられるのだが、用向きはといえば師の君が和歌の教授を務めている日本女子大学の代講の依頼や学生が提出した作品の添削、果ては度が合わなくなった眼鏡の相談から弟子たちの取るに足らぬ消息を聞かされるだけで終わることも多い。そして師の君は一方的に話をして気が済むと決まって「あら」と顎を上げ、「あなたもお忙しいでしょう。さ、早くお帰りなさい」と追い立てるのだ。

今日でなくてもいいかしら。慌てて駆けつけなくても、少し日を置いてから。

花圃の場合、ただの見舞いでは済まないのだ。病床の師の君の世話をしながら、見舞客には萩の舎の門人として応対せねばならない。客でごった返しているであろう病室を想像するだけで、うんざりした。家に帰ったらもう疲労困憊《ひろうこんぱい》で、今日もまた書けなくなる。

ふと、簞笥の脇に立てた大きな洋鏡に映る己の姿が目に入った。曙染《あけぼのぞめ》の小紋に、胸元は菱に菫《すみれ》文様の刺繡襟である。

そこには流行りの装いには不釣り合いの、うそ寒い顔つきをした三十路半ばの女がいた。己の執筆時間と恩師を見舞う時間を天秤にかける、薄情な弟子の顔だ。
花圃は一思いに何もかもを脱ぎ捨てると、白襟をかけた襦袢に替えた。

神田へと向かう俥の上で花圃は何度も踵《かかと》を浮かせた。しきりと最悪の事態が案じられて、気が急いて仕方がないのだ。こんなことなら取る物も取りあえず、書斎からそのまま飛び出せば良かったと悔いが募る。

花圃が萩の舎に入塾したのは十歳の頃で、萩の舎が小石川の安藤坂に開かれて間もない頃だった。だが既に歌壇で一世を風靡していた中島歌子の私塾とあって入門者が引きも切らず、季節を追うごとに賑わいを増した。そしてほんの十年ほどの間に鍋島《なべしま》侯爵家を始めとする華族の夫人令嬢が門人として名を連ね、千余人の門人、門下生を擁する名門歌塾になったのだ。

あの頃の師の君の見事さといったらなかったと、花圃は萩の舎の昔を思い返す。

華族の姫君への授講は先方の邸宅を訪問する出稽古が常で、迎えの黒塗りの馬車が坂に面する門前に横付けされ、師の君は洋装の御者《ぎょしゃ》に手を預けて車に乗り込むのだ。その堂々たる美しさ、辺りを払うような威風に門下生の誰もが胸を高鳴らせ、おなごの歌人がこれほどの隆盛を見せる、その一門としての誇りで目眩《めまい》がするほどであった。

私が未だに筆を擱《お》けないのもあの頃の師の君があまりに鮮やかだったからだと、花圃は俥に揺られながら膝掛けの端を摘まんで引き上げた。ふと、妙なことを思い出した。

何年前だったか、師の君に養子縁組を申し入れられたことがあったのだ。

「花圃さんの御子なら誰でもいいの。私に下さらない？」

武家に嫁いでいた師の君は夫の死後、再嫁することなく独り身を通し、子を持たぬ身の上である。萩の舎の屋敷では実の母御も共に暮らしていたが、師の君は何度も養子を取っては離縁を繰り返していた。家督相続は長子に限られているので次男以下の子が他家に入るのは珍しいことではないが、師の君の場合は頻繁に縁を組んでは離縁を繰り返すので、門下生の間でも「少々、常軌を逸しておいでではないか」と訝《いぶか》しむ者もいたほどである。

花圃は子煩悩な夫を辞退の言い訳に使ったが、実のところは誰に相談することもなく即断した。その昔、師の君があのヒ夏を養女にしたいと願ったことを知っていたからである。ヒ夏にとってその申し出は、歌人としての将来を約束される一筋の光明に見えたであろう。が、樋口家の戸主となっていた身にはどうにもならぬ縁で、ヒ夏は雁字搦《かんじがら》めの境涯を嘆き悲しんだ。

十四歳のヒ夏が萩の舎に入門したのは、花圃に遅れること九年だった。にもかかわらず師の君はヒ夏の歌才を確信し、跡継ぎに選んだ。そのことに対する些細なこだわりが師の申し出を撥ねつけさせたのだと、花圃は自覚していた。

そして今もなお小説を書こうとするたび、あの子の上目遣いを思い出す。猫背になって精一杯、愛想を遣いながら、あなたになんぞ才では負けぬという暗い自信を目の奥に滾《たぎ》らせていた。

ヒ夏は、一葉はもういないというのに、亡くなった人への競争心は際限がない。まことにもって女の物書きなど業の深いものだと、花圃は俥夫の肩越しに湯島聖堂の甍《いらか》を見た。

院長はあいにく学会で留守であったが、病院の事務長が自ら病室を案内してくれた。

「お風邪を召しておられましたが今朝ほどに熱も引かれましたので、深刻な容態ではないようでだんだん香りが濃くなってくる。

廊下を進むにつれ、花の香りが漂っていることに気がついた。消毒液の臭いに抗うかのように、やはりこの部屋から香っていると思った。

「良かった……安堵いたしました」

「中島先生の病室はこちらですな。では、私はこれで」

踵《きびす》を返す事務長に辞儀を返して扉の前に立つと、師の君らしい。病床まで華やかでいらっしゃること。

花圃は軽くノックをして、返事を待たずにノブを回した。中はまるで花園のごとき有様で、冬薔薇に加えて百合なども芳香を放っており、この季節によくぞ手配がついたものだと目を瞠《みは》る。それもそのはず、贈り主を記した札には当代一流の歌人、学者、華族や宮内省の御歌所《おうたどころ》所長、そして鍋島家から入内《じゅだい》された梨本宮伊都子《なしもとのみやいつこ》妃の御名まであった。

だが想像に反して見舞客の姿は一人となく、寝台で眠っているらしい師の君に目を移して花圃は立ちすくんだ。躰が二回りも小さくなっていることが蒲団の上からでも見て取れる。

と、背後で気配が動き、花瓶を抱えた女が俯《うつむ》きがちに入ってくる。色柄の大人しい銘仙《めいせん》姿が澄《すみ》だと気づいて、花圃は小さく会釈した。中川《なかがわ》澄は萩の舎に奉公していたかつての女中で、向こうも形ばかりの挨拶を返すのみである。

相変わらず、ひんやりとしたお方だこと。

澄のいつも片眉を寄せているような表情の冷たさが昔から苦手であった花圃は、十数年ぶりの再会だというのに懐かしさの一片も感じない。

澄に背を向けるようにして寝台の傍の椅子に腰を下ろすと、花圃は師の君の横顔を間近で見た。頬が殺《そ》がれたように落ちていて、眉間も口の周囲も皺が深い。無沙汰をしたのは師走に入ってからだからほんの二月ほどの間だというのに、あまりに急な老い方に胸を衝《つ》かれる。

萩の舎にも師の君にも往時の隆盛はないことを、花圃は今さらながら思い知らされたような気がした。

遥か千年の昔から受け継がれてきた「やまとうた」の潮流は、維新後三十年を経た頃から急激に変わったのである。枕詞や掛詞、縁語を駆使して心情を季節の風物に重ね合わせ、時には王朝の古歌に詠まれた想いまで薄衣《うすぎぬ》のようにまとって幾重もの響きを奏でてきた伝統は色褪せ、もはや時代遅れとされる。ことに数年前、与謝野晶子《よさのあきこ》なる歌人が世に出て、その流れは決定的になった。今は己が心をより直截《ちょくせつ》に大胆に歌うものほど、賞讃される。

花圃自身も和歌から遠ざかって久しく、小説への意欲だけが熾火《おきび》のように疼《うず》き続けている。師の君とのつきあいはもはや義理で無聊《ぶりょう》を慰めて来たに過ぎず、萩の舎での想い出もありとあらゆる可能性に満ちていた己の若かりし頃を反芻《はんすう》しているだけなのだ。

花々の下影に横たわるような師の君がいたわしくて、花圃は枕頭に縋《すが》りついた。

白混じりの睫《まつげ》が微かに動き、師の君がうっすらと目を開いた。かつては生き生きと黒目勝ちであった瞳は白濁し、濡れたような灰色になっている。眼差しは天井から壁へと緩慢に動き、そして傍らへと下りてきた。花圃に目を留めると、満面にさざ波が広がった。

「何ですねえ、そんな神妙な顔をして。花圃さんらしくないことよ」

声は思いの外、なめらかだ。名流の歌人らしく師の君は昔からそれは声が美しくて、響きが耳朶《じだ》に心地良いほどだ。

「もう死んでいると思って？」

師の君は童女のように悪戯っぽく笑った。

二

留守宅を守っていた通いの女中に案内されて、花圃は師の君が自室にしている八畳に足を踏み入れた。

庭に面した障子は午後の陽射しで明るんでいるものの、部屋の中は冷え切って頬まで硬くなる。女中に言いつけて手焙《てあぶ》りと鉄瓶を運ばせたが、湯が沸くまでまだ時がかかりそうだ。花圃は茶箪笥から茶器を取り出したが、澄はさっそく師の君の文机《ふづくえ》の前に腰を下ろした。

「もうお始めになるの。まずは熱いお茶で躰を暖めないこと？」

「いいえ。日暮れまでに宅に戻りませんと」

ぼやぼやしている暇はないのだと言わぬばかりに文机の上に手を伸ばし、こちらに目もくれない。書物や短冊、帳面の類は机の上のみならず壁際から座布団の周囲にも乱雑に積まれており、澄はそれらを手早く片づけていく。

「師の君がおっしゃってたお見舞いはお勝手かしら。見当たらないわね」

花圃は部屋の中を見回し、独り言のように呟いた。

「果物やお菓子が山と届いているらしいのよ。ご近所にお配りするなりお二人が持って帰るなり、良いように分けてくださいな。皆さん、我が子の立身を思えばこそ師である私に心配りをなさるのだから、その親心を思えばお林檎一つとて腐らせるわけにはいきませんもの。御礼状の代筆と、ああ、それから書類の整理もお願いね。どうぞよろしく」

病に臥せった恩師の依頼である。師の君の変わらぬ気丈ぶりに花圃は胸を撫で下ろし、見舞いを躊躇《ちゅうちょ》した後ろめたさを解く機会を与えられたような気さえした。けれど澄と二人でというのが、気詰まりでいけない。

「お見舞いの品々など届いておりませんわ」

澄はそう応えながら鋏《はさみ》を手にし、封筒の端を切り始めた。中に目を通し、迷いもせずに屑籠《くずかご》に落とす。

「届いていないって……」

「先ほど女中に確認いたしました。歌子先生は昔の夢でも見ておられたのでしょう。随分とお痩せになって、食も細うおなりです。もう、長くないかもしれませんわね」

「あなた、何てことを」

思わず声を荒らげたが、澄は長辺が一尺ほどもある文箱《ふばこ》を畳の上で滑らせるように動かし、花圃の膝の前に押し出した。書類がよほど詰め込んであるのか、中身が膨らんで蓋が斜めに持ち上がっている。

「龍子様はこちらをお願い申します」

「おやまあ、篠突《しのつ》く君《きみ》はご健在でいらっしゃること」

有無を言わさぬ振舞いにかちんと来て皮肉ってやっても、澄は素知らぬ顔で封筒の差出人に目を通しては鋏を入れている。

百姓の家の出であるらしい澄は女学校はおろか小学校もろくに出ていないらしかったが恐ろしいほどに頭が切れ、萩の舎の女執事のような役割まで果たしていた有能な女中であった。が、妙に威圧的で物言いにも顔つきにも険があるので、花圃らは激しい雨の鬱陶しさに掛けて「篠突く君」と陰で呼んでいたのである。

師の君はまったくお人好しなところがあると、花圃は澄の首筋を睨み返した。苦労人の官吏との良縁が澄に持ち上がった折など、師の君はそれを寿《ことほ》いで自身の養女としてから嫁がせたのだ。ちょうど花圃が処女作を上梓した年だったから、十四、五年ほど前になる。が、当の澄はそれをさほど恩に着た風もなく、嫁いで後もしばしば師の君に呼ばれて萩の舎を手伝っていたが、門下生の誰に会っても微笑さえ浮かべない。濃く長い襟髪まで強情そうで、花圃は背を向けて茶を淹れた。

一息ついてから、蒔絵《まきえ》で萩が描かれた文箱の蓋を持ち上げる。中の物が一気に溢れて畳の上に散乱した。葉書や請求書、講演の依頼状の類は年月の脈絡がないうえ、その合間に切手や名刺、千社札《せんじゃふだ》が混じり、三越百貨店の顧客向け冊子や子供が遊びに使う玩具絵、硝子のおはじきまで選り分けねばならない。

師の君同様、花圃もこんな事務仕事が得手ではないので一向に捗《はかど》らず、ようやっと文箱の内縁《うちべり》が見えてきたと思ったら、布紐で括られた奉書《ほうしょ》包みが出てきた。厚みにして五寸ほどもあり、ずっしりと重みを感じるほどだ。

紐を解いて包みを開くと、半紙の束が現れた。二百枚は優に超えていそうなどの紙にも、憶えのある文字が記されている。千蔭《ちかげ》流の書を能《よ》くする師の君は流麗で雅《みやび》な文字を書いたので、その手跡《て》を見誤ることはない。

さてこれは反故《ほご》を集めたものか、それとも何かの書きつけかしらんと、花圃は首を傾げた。文字の連なり方からして和歌の下書きの類でないことはわかる。

と、「三人吉三《さんにんきちさ》 廓《くるわの》 初買《はつがい》」という文字が灯るように見え、紙面に目を凝らした。

花圃は風流人であった父につれられて幼い頃から歌舞伎芝居に親しみ、屋敷には九代目團十郎や五代目菊五郎も出入りしていたのである。昨冬も顔見世に足を運んだばかりの花圃はそのまま思わず、拾い読みをした。


――正月十四日節分、浅草の市村座で三人吉三廓初買なる芝居を観る。三代目岩井条三郎《いわいくめさぶろう》なる上方役者のお嬢吉三が花道に入ってきた姿はなるほど艶やか――


これはいったい、いつの『三人吉三』なのかしらと花圃は訝しんだ。

十年ほど前から人気を博しているこの演目は『廓初買』ではなく、『巴 白浪《ともえのしらなみ》』という外題《げだい》がついている。冒頭に目を戻せば、正月十四日節分という記述にも首を傾げる。節分は立春の前日、それが一月であるということは今の暦ではなく、旧暦だ。そういえば、三代目岩井条三郎とは名女形《おんながた》で知られた八代目岩井半四郎《はんしろう》の若い時分の名ではなかったか。

とすればこれは御維新前の市村座、今から遡ること四十数年は前……そうだ、安政の頃の上演を指していることになる。

花圃は澄にそれを確かめてみたが、相手はにべもない。

「私は田舎育ちゆえ、芝居など縁がございません」

「あら、そうでしたわね、ごめんあそばせ」

当てつけがましい言いようをしてやったが澄は眉一つ動かすでなし、忙しげに自分の合切袋《がっさいぶくろ》を膝の上に寄せて紙片を取り出した。墨を磨り、巻紙を広げて筆を手にしている。首を伸ばして見てみると、礼状の代筆を始めたようだ。

「お見舞いなんて来てないんでしょう、どなたにお書きになるのよ」

「お花をお贈りくださった方々にでございます」

ああ、それを失念していたと思いながら、澄が病室で贈り主の名を記して来たことに内心、驚かされる。

「それは用意周到ですこと。でも住所録は見つかって？　師の君は朱色の表紙のをお使いだったでしょう。ほら、掌くらいの大きさの」

「どちら様のも頭に入っておりますので」

主要な門人の住所は今もすべて記憶しているという澄に恐れ入りながら、かほどに有能でもこんな使用人はまっぴら、私は薄ぼんやりや評論家女中で十分だと口の端を曲げた。こんな人のことより書きつけだと、花圃は手元に気を戻す。

一枚目を手にしたまま二枚目にさっと目を通してみたものの、ますます腑に落ちない。紙束の上から十数枚を適当に持って立ち上がると、障子透かしの陽射しを求めて身を移した。膝を崩して横坐りになり、冒頭に戻って今度は丁寧に読み返してみる。

いつしか次、そして次へと、花圃は我を忘れて読み始めていた。

第一章　雪桃

一

正月十四日節分、浅草の市村座で三人吉三廓初買という芝居を観る。

三代目岩井粂三郎なる上方役者のお嬢吉三が花道に入ってきた姿はなるほど艶やかで、芝居にうるさい面々が詰めた二階の枡席《ますせき》からも溜息が洩れた。けれど初お目見えの演目のうえ登場人物のかかわりが入り組んでいて、階下の桟敷《さじき》では早や弁当の包みを開き、手焙りで酒の燗《かん》を始める者もいる。

私も傍らに坐るお母《か》っ様に気づかれぬように欠伸《あくび》を堪《こら》えるのがやっとだ。芝居も芝居だけれど、朝もまだ明けやらぬうちに女中らに起こされて冷たい白粉を首筋にまで塗られ、小袖を何枚も重ねた上に幅広帯を胸高に締められたのだ。腋の下までつっかえ棒を入れられたようでうかつに身動きもできず、私は気散じに長振袖の袂《たもと》を引き寄せて膝の上にのせた。白綸子《りんず》地に梅樹、そして蝶の文様に今さらながら気がついて恨めしくなる。

これじゃあまるで、婚礼衣装じゃないの。

蝶々は黒と赤の鹿子絞《かのこしぼり》、まさに雄蝶と雌蝶のつがいで、熨斗《のし》の絵柄まで付いているという念の入れようだ。もう金輪際、お見合いなど御免蒙《こうむ》りますと訴えたのに、お母っ様はまるで聞く耳を持っちゃくれない。

「登世《とせ》、十七にもなって袖で遊ぶんじゃありません。先方がご覧になっていますよ」

小声で注意されて傍らを見上げると、お母っ様は鼻筋の通った面高な横顔で花道を見下ろしている。いったい、いくつ目があるのやら、芝居を観ながら娘の振舞い、そして舞台を挟んで向こうの枡席に坐る見合い相手にまで目配りしているのだ。さすが水戸《みと》様の御定宿《ごじょうやど》を務める池田屋の女主人だと、我が母ながら呆れ半分に感心する。

「条三郎とかいう役者もなかなかいいけれど、ほら、ご覧なさいな」

お母っ様は見合い相手をもっと見るように私をさりげなく促してくる。私は渋々、目を上げた。向こうは待ってましたとばかりに片手を懐に入れ、細煙管《ほそギセル》を遣いながらこっちに流し目をくれる。気取った仕草が何とも気色が悪くて、私は口を尖らせた。ぞろりと厚い絹縞を重ねた姿はなるほど、さすが日本橋で知られる太物《ふともの》問屋の御三男だこと、あれ、それは先のお相手で今日は両替商だったかしらと頭の中がもつれる。

何せ私の婿殿を一刻も早く決めようと、お母っ様がしじゅう見合いを仕組むのだ。見合いといっても互いに相手をちらりと確かめるだけのこと、私にはどの若旦那もおんなし顔に見える。生っ白くて顎が細くて、おまけに寒がりらしく、たいてい着膨れている。そのくせ目だけは巾着《きんちゃっ》切りのように光って私を値踏みするのだ。

あれが池田屋の娘か。さて婿に入って、いかほどの身代が手に入ろうか。母御はお武家も顔負けの気丈夫らしいが、当の本人は甘やかされて育ったおちゃっぴいだ、わけもない。なあに、母御さえ隠居したらこっちのものだわえ。

そんな胸算用が聞こえてきそうだ。

「ねえ、登世。若旦那の方が粂三郎より数段上の眉目《みめ》ではありませんか」

「ならば若旦那も女形におなりになるがいいわ」

と、ぴしりと膝に痛みが入って脳天まで響いた。お母っ様が私の物言いにとうとう苛気《いらけ》を起こして扇子の親骨で打ったのだ。

お母っ様は周囲の誰にも悟られぬようにお仕置きするのがそれは巧くて、たぶん娘時分に御殿で身につけた技だろうと私は睨んでいる。私も大名家の奥に女中奉公はしたけれど、多くの町娘と同じく女学問と行儀見習いを兼ねた気楽なものだった。

お母っ様の名は幾《いく》といい、江戸にもその名を知られた川越《かわごえ》の豪商、福島《ふくしま》家の出で、川越藩の奥御殿勤めで箔をつけてから中島家に嫁いできた。お父っ様、中島又右衛門《またえもん》は川越藩の郷士であったから、なにゆえ江戸は小石川で宿屋を営むことになったのかは私の幼い頃のこと、詳《つまび》らかな事情は承知していない。私は八歳まで生まれ育った川越にいて、両親が池田屋を営む加藤《かとう》家の夫婦養子となって小石川金杉水道町《かなすぎすいどうちょう》の屋敷に移った頃のことは何となく憶えているから、山っ気のあったお父っ様は刀を捨てて己の商才に賭けようという心組みであったのかもしれない。

そして池田屋は水戸様の上屋敷が目と鼻の先であるという地の利も受けて御定宿の指定を受け、繁盛を極めた。けれど池田屋の手綱を握っていたのは女将であるお母っ様である。お父っ様は豪放《ごうほう》磊落《らいらく》な文人として名を馳せて江戸住みの水戸藩御重役や江戸の粋人との交遊も広かったけれど、池田屋の大事にかかわることは独断を避け、他人との金子の貸し借りも多額となれば必ずお母っ様に相談してから許しを得ていたらしい。といっても、それはお父っ様が気の置けないお客様に自ら口にしていた談なので、今から思えばあれはお父っ様流の女房自慢だったのだろう。

下町ならいざ知らず、名のある商家では実に珍しい夫婦であったけれど、あれでお父っ様もなかなかの知恵者かもしれない。女房の尻にうまく敷かれながら、お母っ様の女将としての才を引き出したのだもの。お蔭でお父っ様が亡くなった後も池田屋の屋台骨は微塵も揺らぐことがなく、私もこうして見合いの度に豪奢な着物を拵《こしら》えてもらっている。

けれど、いかな綺羅《きら》をまとっても私はつまらない。多くの娘たちが桟敷から羨望混じりの溜息をついては「あれが池田屋の」などとひそひそやっているけれど、着物など欲しければくれてやる。

私の希みはあのお方と今一度、相見《あいまみ》えること。ただ、それだけ。それだけなのに。

なにゆえ私は池田屋の娘になど生まれてきたのだろうと、またお母っ様が恨めしくなる。そもそも私には兄《あに》様がいるのだ。しかし兄様である孝三郎《こうざぶろう》は父方の叔父の家を継がねばならず、川越藩の森戸《もりど》村に住している。そして私があんなぞろりとした若旦那を婿に迎えて、池田屋の女将になる。

そんなの、平仄《ひょうそく》が合わないじゃないの。

ああ、真っ平御免だ。厭だ厭だ、厭だ。

苛ついて闇雲に首を振ると、髷《まげ》に挿されたいくつもの簪《かんざし》がしゃらしゃらと音を立てる。その音を周囲にごまかすかのようにお母っ様は膝横に畳んであった羅紗《ラシャ》を手に取り、音を立てて広げてから背へと回した。

羅紗は江戸市中に盛んに出回っている南蛮渡りの布である。二年前の安政五（一八五八）年だったか、御公儀《おかみ》が亜米利加国と通商条約なるものを結び、日本は外国に向けて国を開いたのだ。鳥籠でもあるまいに国を鎖《とざ》したり開いたりとはいかなることか私にはよくわからないけれど、異国の品が一気に入ってきて、珍しい物が好きな江戸者はそれらを大層、歓迎したものだ。だがこのところは生糸などの値が暴騰して、それにつられるように諸式、値が上がっているという。それもこれも、交易《こうえき》に不慣れな御公儀が欧米の列強国にいいようにあしらわれているゆえだという噂がもっぱらだ。

ことに、池田屋に逗留《とうりゅう》する水戸様の御家中は「尊王攘夷」なるお考えの急先鋒であるらしく、先だっても御公儀の御大老、彦根藩主である井伊掃部頭《いいかもんのかみ》様を激しく非難しているのを私も耳にした。御公儀は黒船に迫られて件の通商条約を結んだらしいのだが、それが我が国にはひどく不利な代物であるうえ、京におわす天子様にお赦《ゆる》しを得ない独断専行であったらしい。水戸様を始めとする尊王攘夷の御一派は激昂して御大老を糾弾した。と、御大老は考えを異にする方々を投獄し、切腹あるいは斬首《ざんしゅ》という極刑に処したのだ。

しかも御三家である水戸藩の前の藩主、徳川斉昭《なりあき》様にまで蟄居《ちっきょ》を命じて、幕政から遠ざけた。水戸の御家中らはこの一連のなさりようを「戊午《ぼご》の大獄」と呼び、御大老を「井伊の赤鬼」と謗《そし》って拳を振り上げる。

「この日の本の国難を救うのは、もはや我等を措いて他にはおらぬ」

酒席でも膳を蹴散らして、刀の鍔《つば》を鳴らす。水戸の御家中は池田屋には大事なお客様ゆえ大きな声では言えないけれど、江戸の者はよくこう口にする。

「水戸っぽは、三ぽい。……怒りっぽい、理屈っぽい、んでもって荒っぽいの三拍子が揃ってる」

けれどあの秋の日の夕暮れ、酒に呑まれて己の論に固執する面々の中で一人泰然と盃を口に運ぶ若侍がいた。無紋の黒紬《つむぎ》の羽織に黒袴をつけて端坐し、総髪を首根できりりと結んでいる。

その姿を目にした途端、私は息が止まりそうになったのだ。女中らが「美男の剣士として聞こえた御家中がお泊りになっている」と騒いでいたお方がその人だとは、そのときは気づかなかった。私はまだ女将修業を始めたばかりの身で、女中頭につれられて座敷に挨拶に伺ったものの敷居際に突っ立ったまま動けなくなったのだ。

意志の強そうな眉に鼻筋は清らかに細く、誰かが酔って大声を出すたび頬に笑みが浮かぶ。それはごく微かに苦みのようなものを伴った、静かな微笑だ。そして時折、眼差しが離れて庭に動く。その眼差しを追うように私も庭を振り返った。夕風が庭の枝垂《しだ》れ萩の枝々を揺らしては花の赤や白を舞い上げていた。

それがあまりに綺麗で、私はそのまま広縁に腰を下ろしていた。女中頭に小声で叱られて慌てて身を返すと、あのお方と束の間、目が合ったような気がした。思い違いかもしれない。けれど我知らず身が熱くなり、私は逃げるようにその場を辞した。

後で女中らが口にしたことには、そのお侍は池田屋と長年の懇意である黒沢忠三郎《くろさわちゅうざぶろう》様の甥御で、林忠左衛門以徳《はやしちゅうざえもんもちのり》というお方だった。お泊りはわずか一夜で、御出立の折、お母っ様と共にお見送りに出た私に林様は目もくれず、「世話になり申した」と誰にともなく小さく会釈をしただけで踵を返した。

御家中には横柄な方も少なくなく、女中らは度々頭ごなしに怒鳴られて泣かされることもあったので、「あれほど静かな、美しいお方がいたなんて」と、出立されて日が過ぎて後も度々、噂して溜息をついたものだ。

そして私も、気がつけば林様のことを考えるようになっていた。なぜだかわからないけれど、私はあのお方の見目より、どこか思い詰めたような目が気にかかってならなかった。あの目を思い出すたび切なくなって、胸が苦しくなった。

その頃からだ、方々から矢鱈と見合い話が持ち込まれるようになったのは。

年の暮れが押し迫った先月、あの日も名代の料理茶屋で見合いをさせられて、家に帰った私は膨れ面をしたまま重い帯を解いていた。裾にまとわりついて遊んで欲しがる獅子丸《ししまる》にもおざなりな声をかけただけで、ようやっと気を落ち着けてお八つをやろうと呼んだときには姿がなかった。

「嬢《じょう》様、いかがなされましたんで？」

私が家の中といわず庭といわず大きな声を出して探すものだから、爺やが竹箒片手に背戸《せど》から顔を出した。

「獅子丸が、獅子丸がいないのよ」

「え、お犬様が？」

爺やは屋敷の中から庭の繁みを隈なく探し、果ては池田屋の棟の軒下や縁の下まで覗いてくれる。だがどこにもいないと、首を横に振った。

「もしや、うっかり外に出ちまったんでしょうか。……なら、ちと厄介だ」

爺やが言わんとすることがわかって、私は庭下駄をつっかけて背戸から外に飛び出した。

獅子丸は純白の長毛に黒い両耳だけが濡れ羽のように垂れており、大きな丸い瞳もそれは愛くるしい。私が行儀見習いで奉公に上がっていた水戸様の御分家、松平播磨守《まつだいらはりまのかみ》様の奥方から賜った狆《ちん》という種類の犬なのである。そんな小犬がひょこひょこと町中を歩いていたら犬好きでなくとも抱き上げるだろう、あの子を売り飛ばして年の瀬をやり過ごそうと考える者がいたっておかしくない。

　安藤坂に突っ立った私は左右を見た。右に上れば伝通院《でんずういん》様、左に下りれば町家が並ぶ界隈だ。一瞬だけ迷って、私は坂を駆け下りることにした。

「嬢様、嬢様っ」

　背後から爺やが追いかけてきて、息を切らせながら私を懸命に引き留める。

「外はあたしが探しますから、ひとまずお戻りくだせえやし。なあに、名に似合わぬ気の小っせえお犬様だ。そう遠くへは行けますまい」

「だからなおのこと心配なの。獅子丸は家の中でしか暮らしたことがないのよ、こんな寒空の下を半刻《はんとき》もうろついたら凍えてしまう」

「けど嬢様に風邪でも引かせたら、あたしが女将さんにお叱りを受けまさ。ね、ここはあたしにお任せなすって。この爺やが嬢様をがっかりさせたことなど、一度でもありやしたか？」

　爺や、清六《せいろく》は五十をいくつか過ぎているだろうか、池田屋に住み込んでずっと奉公してくれている下男である。いつも剽軽《ひょうきん》な口をきいて気性のさっぱりとした爺やが私は大の贔屓で、その爺やがこれほどの真顔になっているのに根負けして後を任せた。けれど日が暮れて町木戸が閉まるまで探し回ったものの、結局、見つからなかったと、爺やは塩垂れて帰ってきた。

「この通りです。面目ねえ」

　私の部屋の前の廊下に膝をつき、額を押しつけるようにして詫びる。

「そんな真似、よして。元はといえば私が悪いんだもの。あの子、遊んで欲しがってたのにちゃんと相手をしてやらなかったから……私、あの子がいつ外に出たのかだってわからない。どうしよう、このまま帰って来なかったらどうしよう」

爺やに駆け寄って、腕に手を当てた。はっとした。

「こんなに冷えて……ごめんね、ごめんなさい」

爺やに詫びるうち、涙声になってくる。すると爺やは私の手に大きな掌を重ねた。

「方々に声を掛けてきたんで、夜が明けたら今度は町内総出で探しまさ。だからもう一遍だけ、あっしに任せておくんない」

爺やはそう言って、また頭を下げた。

よく眠れぬままその夜を過ごし、目を覚ましたときはもう爺やは町に出ていた。私はまんじりともせず自室に坐っていた。獅子丸のあの柔らかな手触りや私が投げた手鞠を追いかける姿を思い浮かべるたび胸が塞がって、だんだん居ても立ってもいられなくなる。

庭に出て八手《やつで》の葉の下まで掻き分けて覗いてみても、「獅子丸」と呼ぶ己の声だけが木々の間をすり抜けていく。

朝餉までは騒動に知らぬふりを通していたらしきお母っ様もさすがに案じてか広縁に出てきて、私を手招きした。

「お母っ様、獅子丸が」

「さような声を出さずとも聞こえております。池田屋の中まで響いて、お客様がたに何事かと訊ねられて女中らも困っておりますよ」

「……申し訳ありません。けれど」

さぞかし私は必死の形相をしていたのだろう、お母っ様は広縁から何かを言って寄越した。よく聞き取れずに近寄ると、声を低めて繰り返す。

「瀬をはやみ、岩にせかるる滝川の」

何を思うてか、崇徳院《すとくいん》の御歌を口にしている。上の句だけだ。

ぼんやりと見上げる私に向かって、お母っ様は呆れたように片眉を上げた。

「登世、下の句を忘れたのですか」

この下の句は……。と、ふいに気がついた。お母っ様は首肯し、「短冊に記してお吊るしなさい」と言うが早いか、すいと横顔を見せて広縁を引き返した。

私はその後ろ姿に「有難うございます」と頭を下げ、自室の文机の前に滑るように坐り込んだ。ありったけの短冊を出して書きつける。武家の奥向きでは、この上の句は「失せ物、待ち人に出会えるように」との願掛けに使われるのだ。

瀬をはやみ岩にせかるる滝川の

私は言の葉にひしと思いを込める。ああ、何でこれに気がつかなかったのだろう。思いを込めた言の葉は言霊《ことだま》になるのだ。願いになる。

文字が乱れるのにも構わず何枚も何枚も句を記し、いざ吊るさんと部屋の中を見回した。鴨居《かもい》や欄間《らんま》には手が届きそうもない。障子を開け放したままになっていた庭に目をやると、腕を横に大きく差し出すような梅の古木がそこにいた。

そうだ、庭の方が空に近い。願いはきっと天に届く。

私が枝々に短冊を吊るしていると、女中の何人かが出てきて手伝ってくれる。皆、それは獅子丸を可愛がってくれていて、十数本はある梅樹に次々と短冊が吊るされていく。

「嬢様」

塩辛声がして振り向くと、背戸から入ってくる爺やが見えた。背後に向かって腰を屈めるようにして誰かを先に通している。その姿を認めるなり私は棒立ちになった。

その人は獅子丸を抱いて、木々の間を縫うように庭に入ってくる。

林様だった。

「嬢様、こちらのお武家様が助けてくだすったんです。ほれ、水戸様の御屋敷の北側に火除地《ひよけち》がありやしょう、あの辺りで珍しい犬を見かけたってぇ奴がいて駆けつけてみたら、えれえことになってたんでさ」

「清六さん、えれえことって?」

女中の誰かが訊ねている。

「近頃、奴《やっこ》やくざがでっけえ犬を連れて歩いてやがるだろう。紀州か土佐か知らねえが、これ見よがしに太ぇ綱を首に回しやがって、えらく野太い声で吠え立てる。奴どもがどこでうちのお犬様を見っけたかはわからねえが、その犬どもをけしかけやがったのよ。こちらのお武家様が通りがかってくれなんだら、喰われちまうとこだった」

「おお、怖い。聞いてるだけで身がすくんじまうわ。それにしてもまあ、林様が獅子丸をお救いくだすったとは」

「何でぇ、こちら様を見知ってか」

「見知っても何も、林様はうちのお客様、水戸様の御家中でいらっしゃいますよ」

爺やと女中のやりとりを聞きながら、私は一寸たりとも動くことができなかった。獅子丸はよほど怖い目に遭ったのか、林様の懐に顔を埋めるようにして総身を震わせている。

「某《それがし》もまさか池田屋の犬だとは知り申さなんだ」

林様はそう言い、獅子丸の背を何度も撫でた。と、爺やは首に回した手拭いをはずすと、芝居のように片足を前に踏み出して見せた。

「それにしても林様のお強ぇこと、七人は群れてやがった図体のでけえのを相手に、長刀の鯉口も切らねえで打ちのめしておしめえになった。俺ぁ、ここんとこがすうっと空いて、足が地から浮いちまったよ」

爺やが胸を叩いて誉めそやしても林様が相好を崩すことはなく、けれど庭を見回して微かに目許をやわらげた。そして私の方へと歩を進めてくる。今日は御同輩らしきお侍もご一緒で、その方はよほどお髭が濃いのか、口の周囲から四角い顎まで青みでおおわれている。

気がつけば、私の前に林様が立っていた。獅子丸を渡してくれようとするが、怯えきった獅子丸は林様の胸にしがみついて離れない。

「獅子丸、おいで。ほら」

両手を伸ばした途端、林様を真正面から見上げる格好になった。

「われても末に、逢はむとぞ思ふ……待ち人来たりですね」

林様は短冊の句に気づいたのだろう、低い声で下の句を告げた。

その刹那、私は滝の川の音を聞いたような気がした。滝川の瀬は急流ゆえ、岩に当たって二筋に激しく割れてしまう。けれど流れはいつか再び出逢い、一つになろうと願う。

私はいつか必ずあなたと抱《いだ》き合うだろう。今は川瀬のように別れても、いつか必ず。

歌に込められた心情が私の中で音を立て、迸《ほとばし》る。差し出された獅子丸をようよう抱き取るとき、一瞬、林様の指先に触れたような気がした。

「ええ。ようやく」

絞り出した言葉はそれきりで、けれど私は林様の目を見つめて呟いてしまっていた。林様の目に戸惑いの色が過《よ》ぎる。

私は今、何を口にしたのだろう。そう気づいた途端に顔が朱に染まった。狼狽《うろた》えて、その場に屈み込んでしまいたくなる。

林様はふいに背後のお侍に向かって振り向き、「なあ、市毛《いちげ》」と話しかけた。

「何とも風情だな。梅樹に花が咲いたごとくではないか」

市毛と呼ばれたお侍は「真に」と林様に肩を並べ、庭を見渡す。

「水戸の偕楽園《かいらくえん》が恋しゅうなるのう。あの梅を眺めて寛いだはいつのことであったか。やけに遠い昔に思われるわ」

同輩の洩らした感慨に林様はふと目許を引き締めると、「では、御免」と背を向けた。

爺やや女中らが後を追い、礼をしたいと引き留めるのを「先を急ぐゆえ」と言葉少なに辞退している。後ろ姿は瞬く間に背戸の向こうに消えた。

あれきり、あのお方は池田屋にお見えにならない。私のことをさぞ、無礼な娘だと呆れられているることだろう。私のことなど一顧だにされなかったのだ、もはや憶えてすらおられないかもしれない。それでも一言、お詫びを申したい、御礼がしたい。違う、口がきけずともお会いできるだけでいい、いいえそれすら高望みというもの、せめてお姿を一目なりともと、私は希みを先細りにして来た。

けれど細き流れを行く水が激しい飛沫を上げるかのように、あの方への思いは日ごとに強くなっていく。

清元に三味線、柝《き》の音が高くなって、私は我に返った。舞台ではお嬢吉三が夜鷹《よたか》と何やら話している。と、夜鷹からいきなり小判を奪い、無残にも大川に突き落とした。

「月も朧《おぼろ》に白魚の、篝《かがり》も霞む春の空」

粂三郎は女形のなよやかな声から一転、盗人らしい凄みを剝き出した。悪を誇るかのように謳い上げる声には張りと粘りがあり、思わず引き込まれる。

「ほんに今夜は節分か。西の海より川の中、落ちた夜鷹は厄落とし、豆だくさんに一文の、銭と違って金包み」

そこで一拍置いた粂三郎は見得を切る所作をして、声を高めた。

「こいつぁ春から、縁起がいいわえ」

途端、客席から万雷の拍手が沸き、方々から大向こうが掛かる。皆、興奮して身を乗り出し、舞台の上手から現れた別の役者の台詞が聞こえぬほどだ。先行きの見えぬ世情の不安を吹き飛ばしてくれそうな気風の良さに江戸の観客は喝采し、上方役者、粂三郎を受け入れたらしい。

幕間に入ってもよほどその台詞が気に入ったものか、身振りをつけて口真似をする者がそこかしこにいる。近頃はとんと暮らしが立ちゆかない、誰か世直ししてくれねえものかなどと零《こぼ》しながらも、江戸者はやはり太平楽だ。黒船以降、お武家様らは上を下への騒ぎを続けているというのに、皆、難しいことはわからぬとばかりに目をそむけ、日々の小さな愉悦の中で漂っている。

私自身も同じこと。尊王だ攘夷だと聞かされても他人事で、八重垣の向こうのさらにその先の出来事だとしか思えない。

ただ、あの方に逢いたい。林様に、今一度。

その思いだけが募って途方に暮れている。と、ぞろりの若旦那と目があった。何を自惚れたか、色男ぶって口の端を緩める。あんまり忌々しくて、私はあかんべえをしてやった。今度はお母っ様に尻をつねられた。

二

爺やが私の部屋に手焙りを運んできてくれた。

「水も温む時分にこうも冷え込むとは、今年のお天道様はどうなっちまってるんでしょうかねえ」

私の膝の上で丸まっていた獅子丸は爺やを見つけるなり畳の上に飛び降り、盛んに尾を振って近づいていく。爺やは「おお、よちよち」と似合わぬ物言いをして、手鞠を投げてやる。

「あたしは餓鬼ん頃に野良《のら》に手を嚙まれたことがありやしてね。こんな上等なお犬様にもおっかなびっくりでやしたが、こうも懐かれるとさすがに可愛いもんでござんすねえ」

獅子丸が何をどう感じたのかは知る術《すべ》もないけれど、あの騒動からこっち、爺やを見ては尾を振るようになったのである。

「あ、さすがにそっちはいけやせんぜ、大事なお雛様がおいでになるんですから」

続き間になった部屋にはお母っ様の嫁入り道具であった雛壇が飾ってあり、爺やは身を屈めるようにして獅子丸を追いかけた。追われればなおのこと喜んで、獅子丸は部屋の中を駆け回る。

「大丈夫よ、獅子丸は賢いんだから。お雛様においたはしない」

私は目も上げずに筆を走らせる。崇徳院の上の句を書き続けているのだ。

「嬢様、その短冊は高いとこに吊るすんでやしょう。お手伝いしやしょうか？」

爺やはいつのまにか手焙りの傍に戻っていて、慣れぬ手つきで獅子丸を抱っこしている。たぶん、短冊が願掛けであることを女中らから聞いたのだろう。それに爺やのことだ、私の待ち人が誰なのかも察しているかもしれない。

「いいの、吊るさなくても」

「さいですか？　吊るすんが駄目なら糊で貼っちまったらいかがです？　うちじゃあ、よくお袋が破《や》れ障子や枕屏風に貼ってましたがねえ。こう、花や蝶々の形やらに切ってね。……っつっても、ここはどこも……」

爺やは座敷を見回して、大袈裟に肩を落とす。私はくすりと声を洩らした。

「どこも破れてなくて、おあいにくさま」

「はあ、やっとお笑いなすった。嬢様はやっぱりそのお顔がいいや」

私の気を引き立てるように爺やは剽軽な口をきき、「んじゃ、あたしはこれで」と仕事に戻って行った。

爺やは薪《まき》割りや水汲み、井戸浚《さら》いなど女中らの手に余る力仕事を一手に引き受けていて、この家屋敷と池田屋をぐるりと囲む垣根の手入れはもちろん、大工よろしく金槌を持てば裏の畑で青菜も拵《こしら》え、お客様が立て込めば玄関で下足番も買って出るという働き者だ。

獅子丸は傍に駆け戻ってきて、膝に小さな手をかけながら何度も小首を傾げて私に笑いかける。犬も人と同じように目を細め、口角を上げて笑うことがあるのだ。あまりの愛おしさに筆を措き、抱き上げて柔らかな頰に頰を寄せた。

今の私には、獅子丸と歌だけが林様とつながる唯一の糸に思える。あの方が抱いた獅子丸を抱き、あの方が口にした歌を記すことで、私は何とか泣かずにいられた。

お母っ様の自室に呼ばれたのは、市村座でお見合いした数日後の夕暮れだった。用件を察していた私はいきなり切り出したものだ。

「申し訳ありませんが、あのお方との御縁はお断りしてください。何をどう説かれてもあんなお方は無理です、お願い申します」

膝前に両手をついて頭を下げて見せると、「あのお話はいいのよ」と有難い言葉が返ってきた。これはしめたとばかりに半身を起こすと、お母っ様はきっと声を尖らせる。

「笑い事ではありませんよ」

「ですがお母っ様の御眼鏡にもかなわなかったんでしょう、あの若旦那」

「いいえ。先ほどお仲人様がいらしてね。此度は御縁が無かったものと思し召しくださいって」

「こ、断ってきたんですか」

あの若旦那、ぞろりのくせに何て生意気な。でもまあ、これで手間が省けたというものだ。

「あなた、大変な無作法をしでかしたでしょう。あの日」

「そうでしたっけ、忘れてしまいました」

「あちらの母御が向かいから見ておいでだったんですよ。小憎らしげに白目を剝き出して舌を出してお見せになるとは、大層、お行儀のよい娘御ですね、さすが御殿仕込みは違うておいでですって、まあ大層な皮肉りようで。あなたのお蔭で私は大恥を掻きました」

「はあ……なるほど」

上の空で適当に相槌を打つと、「登世っ」とお母っ様は私に目を据えた。

「私はこれまで、あなたの振舞いを大して叱りもせずに見逃してきました。私なりにお相手を見極め、このお方ではとても婿殿にお迎えするわけには行かぬと思う節もあったからです」

「ああ、お母っ様、やっとわかってくださったんですね」

「ですがもうこれ以上は勝手を許しません。少々頼りなかろうが出過ぎ者であろうが、この家に入っていただいたその日から私が鍛え直せば良いこと」

座敷の隅にはもう夕闇が漂い始めていた。薄い唇にきっかりと引かれた紅だけが動く。

「もはやお相手はどなたでも結構。……お武家様でさえなければ」

いきなり胸の中に手を突っ込まれたような気がした。勘のいいお母っ様のことだ、もう何かを知っているように思えて身がすくむ。

「登世、顔をお上げなさい」

いっそ今、打ち明けてしまうべきか、それとも隠し通すべきか、咄嗟《とっさ》に迷う。でもお母っ様相手に下手なことを口にすれば取り返しがつかなくなる。きっと永遠に、あのお方に会えなくなる。

「あなたは、清六の父親が水戸者であったことを知っていますか」

「爺や……のですか」

思わぬ名を切り出されて戸惑った。

「清六の父親は水戸の百姓でした。あまりの暮らしの立たなさに先祖伝来の田畑を捨て、江戸に出て来たのです。振り売りをしながらのその日暮らしでも江戸は極楽浄土に思えた、有難かったと、生前、よく口にしていたそうです」

「そんな。水戸様は御三家様ではありませんか」

「あなたが日頃、上屋敷のお近くで目にしているのは江戸生まれ、江戸育ちの御家中がほとんどでしょう。藩主様もずっとこちらにお暮らしです」

それは私も承知している。御三家ゆえなのか水戸様は参勤交代を免じられておいでで、その昔は国許《くにもと》にただの一度も足を踏み入れたことのない殿様さえいたという。

「ここ池田屋をお使いになるお客様にしても、れっきとした御役におつきの御家中ばかりです。……まあ、当今は国許を出奔されたような方々もお迎えせざるを得ない御時世だけれども」

お母っ様は珍しく言葉尻を濁した。

「水戸のお百姓たちの暮らしがそれほど厳しいとは、それは何ゆえなのですか」

「いずれの藩でも、お百姓が作ったお米は年貢としてお納めする率が決まっています。通常は四公《しこう》六民《ろくみん》、つまり出来高の四割を年貢として納め、手元に残るのは六割。それが一家の口を養い、翌年の肥料や種を購《あがな》う元手になります。わかりますね」

「はい」

「ところが水戸様の場合は、六公四民が決まりです」

とすれば六割が年貢で、手元には四割……。

「知っての通り、この池田屋は水戸様の御蔭を蒙って商いを続けてこられました。……なれどその分、厭でも様々なご内情に通じてしまいます。ここからの話は亡くなったお前のお父っ様から教えられたこともありますから偏った見方であるかもしれません。それを承知でお聞きなさい。

水戸藩の御財政が難しゅうなったそもそもの発端は二代藩主、義公《ぎこう》の時代、そう、あの大日本史の編纂を始められた徳川光圀《みつくに》公の時代にまで遡ります。義公は御三家としての格をお保ちになるために藩の石高を実質よりも大きく、三十五万石を表高とされました。となれば、どうなります？」

私は小さく頭を横に振る。

「御公儀が諸藩に命じられる軍役は石高を基に算出されますから、水戸様は諸式、三十五万石としての威をお張りにならねばなりません。されど表高よりも内高が常に下回っているのですから、当然、御蔵の中の物が足りなくなります」

「まさか、それで年貢の率を上げられたというのですか」

お母っ様は「しっ」と唇の前に長い指を立てた。女中が火皿《ひざら》を持ってきて、行燈に火を入れる。

女中が廊下を引き返す足音が消えてから、お母っ様はことさら穏やかな声を繕って続けた。

「暮らしの苦しいのはお百姓だけではありませんよ。二本差しの御家中も五百石以上の上士《じょうし》ならいざ知らず、御禄百五十石辺りの中士《ちゅうし》様ではいずれも甚《はなは》だ困窮のご様子。次男、三男ともなれば商家に婿入りの口を探されるような有様です。ですが林様は、家督をお継ぎになる身。……なるほど文武両道に優れて人品《じんぴん》もすこぶる評判のよいお方であるけれど、水戸様は斉昭公が永蟄居《えいちっきょ》を仰せつけられるという御難続きの上、藩内は天狗党《てんぐとう》と諸生党《しょせいとう》なる二派にお分かれになって揉め事が絶えません」

　お母っ様の顔が片影になって揺れる。

　調べたのだろうか、あの方の素性を。

　そう気づくと、恥ずかしさと怒りで思わず気色《けしき》ばんだ。

「な、何ゆえ、そんな先回りをして。私は何も申していないではありませんか。なのに、何ゆえあのお方を貶《おと》しめるようなことを」

「今さらとぼけても無駄です。いいえ、よくお聴きなさい。あなたがいかほどお慕いしようと、かなう御縁ではありません」

「違いますっ」

　負けじと声を挙げた私をお母っ様はまじまじと見て、両眉を上げた。

「違うのです、そんな、娶《めと》っていただきたいなど、そんな大それたことを望んでいるわけではありません。ただ、私は……ただ」

「ええ、わかっていますよ。今はただお慕いしているだけ。麻疹《はしか》のようなものです」

　お母っ様の声は腹立たしいほどに落ち着いていた。

「おさんどんやお洗濯、お針すらろくにできぬあなたに、中士の家内《いえうち》などとても切り盛りできぬでしょう。先様にもご迷惑です」

　先を見通し切ったような戒《いまし》めは私を傷つけこそすれ、林様への想いを消すことはできなかった。むしろ胸の裡の流れは遮《さえぎ》られれば遮られるほど強く、激しくなる。

獅子丸は私の腕から出て、遊びに誘うかのようにまた続き間の雛壇の前に走って行く。けれど私は男雛女雛を見るのが辛くて、また筆を手に取った。

翌朝、いつもより早く目が覚めた。寝床の中で目をやると、障子がほの明るい。

起き上がって障子を左右に引くと、庭が雪化粧をしていた。にこりと蕾《つぼみ》を開いていた桃の花が、降りしきる春空を怪訝そうに見上げている。

と、池田屋の棟から女中が庭伝いに走ってくる。何度も転びそうになりながら、こっちに向かって大きく腕を振り上げる。下駄の跡が点々と雪白を汚すのを少し惜しいように思いながら、私はぼんやりと見ていた。女中は私が立つ広縁にようやく縋りつくと、息を切らせながら訴えた。

「嬢様、大変です。み、水戸の御家中が徒党を組んで御大老を襲われたって、えらい騒ぎになってます」

「水戸の御家中……?」

女中は血相を変えている。

「今朝、登城される井伊様の御行列にいきなり、御城の、さ、桜田門の手前で」

咄嗟に浮かんだのは、初めて逢ったときから気になって仕方がなかった林様の目だった。端正な面立ちの中でただ一つ、瞳の奥だけが暗く凝《こご》っているように思った。

あなたは何がそんなにお苦しいのでしょう。

そうだ、本当はそれを問うてみたかったのだ。何があなたを悲しませ、苦しめているのか。その胸の裡を。

私は庭に降り、背戸に向かった。

「嬢様、こんな雪ん中をなりませんっ、嬢様っ」

恐ろしい予感で背筋が震える。

どうしよう、あのお方が大老を襲った御家中だったら、どうしよう。そんな怖いことをあの方がお考えになるわけがない。そうだ、あれからずっと池田屋にお見えにならないのだもの、江戸にはおられない。きっと国許に帰っておられる。

けれどもし、もしも襲撃に加わっていたらいかなることに相成るのか。

闇雲に外に出て、いくらも行かぬうちに身が宙に浮き、したたかに腰を打った。庭下駄の歯《は》が雪を食んで足を滑らせたのだ。雪道に手をついて立ち上がると、また身が仰向いて尻餅をついた。気持ちだけが急いて、胸が早鐘のように鳴る。

「嬢様」

私は手を両脇についたまま、首だけで見返った。爺やが蟹股《がにまた》になって坂道を下りてくる。

「どうしよう、爺や、あのお方にもしものことがあったら、あたし」

そう口にした途端、唇が冷たくなった。

「しっかりしなせえ。林様が襲撃されたとは限らねえじゃねえですか」

「そうだけど。でも、でも、じっとなんてしていられない」

「わかってやすよ……女将さんは今日は川越にお出かけで、夕刻までお留守だ。さ、あたしがお供しやしょう。ああ、もうこんなに雪が積んじまって、まるで綿帽子を被っていなさるようだ」

爺やは私をそろそろと立ち上がらせて頭の雪を払い、手にしていた編み笠をのせてくれた。綿入れに蓑を重ね、足許に屈んで足駄《あしだ》の紐まで結わえつけてくれる。爺やの背中を見下ろしながら私は洟《はな》をすすった。

「さあて、これでようがす」

爺やは真正面に向き直ると、私の目を覗き込んだ。

「いいですか、嬢様。何をどう見聞きしようが覚悟なせえよ。こいつぁ、只事じゃあねえんだ」

いつにない爺やの物言いに、黙って頷き返した。こんな坂の途中で泣いているくらいなら引っ返すがいい、咽喉元《のどもと》にそう突きつけられたような気がした。

それからは爺やの後ろを、ただひたすら御城を目指して南に走った。目の前で揺れる爺やの蓑はたちまち白くなり、瞬きをするたび睫《まつげ》の雪が散る。

幾つもの橋を渡って御城が間近に見え始めると、市中が引っ繰り返ったような騒ぎになっていることが知れる。あんな大雪だったのにもう降り止んでいて、けれど町人や物売りは皆、家々の軒下に集まって首をすくめており、お侍だけが腰の刀に手を当てて走っていた。こんなに多くのお侍がある方向に向かって一斉に走るのを目にするのは初めてだった。お濠《ほり》沿いに出た爺やは桜田門へと身の向きを変え、時折、私を振り返りながら進む。爺やは徐々に歩を緩め、そしていきなり立ち止まった。

弥生三月、三日のこと、降った雪は水気が多かったらしく、桜田門にかかる橋や手前の広路は一面が血を含んで泥濘《ぬかる》んでいる。井伊様の御駕籠なのだろう、彦根橘の紋が入った塗籠が血飛沫《ちしぶき》に塗《まみ》れ、その周囲にはまるで襤褸《ぼろ》を撒いたかのようにお侍らが斃《たお》れていた。長槍を握ったまま泥濘に突っ伏した者、まだ息があるのか血泥の中で呻《うめ》く者、刀の鞘を杖にして立ち上がらんとする者もいる。私には誰が水戸の御家中で、誰が井伊様の御家中かがわからない。

薄汚い泥と血が混じり合い、斬り飛ばされた指や耳がそこかしこに散っているのに何度も震え上がりながら、私は取り憑《つ》かれたように辺りを彷徨《さまよ》った。

良かった。この方も、ああ、このお方も違う。

惨死《ざんし》した人の無念になど思いも寄せず、林様でないとわかったときだけ私は息を継ぐことができた。と、いつしか離れ離れになっていた爺やの後ろ姿が目に入った。誰かの前に片膝をついている。もしやと思うと歯の根も合わなくなる。それでも確かめずにはいられない。背筋を幾度も震わせながらようやっと爺やの背後に辿り着き、肩越しにそのお方に目を這わせた。

林様ではなかった。私は安堵で膝から崩れ落ちた。けれど目の前のお顔に見覚えがある。池田屋に何度か逗留されたことのある御家中で、林様よりもなお若いお侍だった。襲撃を悟られぬために身を窶《やつ》されたのだろうか、鄙《ひな》びた刺子《さしこ》の着物は肩から腹にかけて斜めに斬り裂かれ、まだ生温かいような血色の内に白い骨が見えた。それでも自死を望んだのだろう、腹に脇差《わきざし》を突き立てたまま事切れていた。

爺やは口の中で念仏を唱えながら手を合わせている。私はこみ上げて、嗚咽《おえつ》が止まらなくなった。

立ち上がった爺やは私の腕を取り、「帰りやしょう」と呟く。

「でも、まだ」

「町の者らが言うには、襲った水戸の御家中は二十に満たないご人数だったらしいです。井伊様のお首級《しるし》を挙げて本懐を遂げられたんだ、この場から逃れた方もおいでになりやしょう」

「じゃあ、林様は……」

爺やは「わかりやせん」と咽喉を詰まらせ、私の手を引いて人の間をすり抜ける。戦場と見紛うばかりの光景の周囲には役人や捕手《とりて》が駆けつけ、呼子が鳴り響く。そして遠巻きながらも、幾重もの人垣ができていた。物見高い町人らが広路に出てきたのだ。

「これから水戸様はえらいことになりやしょうね。天下の御大老をお討ち申し上げたんだ。御公儀も彦根の御家中も黙っちゃおられますまい」

お役人の激しい怒声が飛び交うが、それでも町の者は袂で鼻先を覆いながら押し寄せてくる。まるで芝居を観るかのように目だけが動く。

「こいつぁ春から、縁起がいいわえ」

なぜかあの台詞が耳に甦った。あれを耳にしてからまだ二月も経っていないのに、目の前の惨状はいったい何なのだろう。

私は得体の知れぬ不安に襲われて、蒼褪めた空を見上げた。

三

花圃は血腥《ちなまぐさ》い臭いを嗅いだような気がして、手にしていた紙を膝の脇に置いて重ねた。

大きく息をつき、冷えた指先を口許に当てる。これはやはり師の君が自身の若い頃のことを記したものだと、花圃は確信していた。

師の君の中島歌子という名は歌人になった後に戸籍名を「う多」としたもので、元は「登世」であったことは身近な者は皆、承知している。師の君の半生は十年ほど前だったか、讀賣新聞の「明《めい》治《じ》閨秀《けいしゅう》美譚《びたん》」の一話として採り上げられたことがあったのだ。花圃はその記事に芝居じみた脚色の臭いを感じて興をそそられず、記事の切り抜きも書斎のどこに仕舞ったものやら憶えがないほどだ。

けれどこの書きつけには、何かしら胸が掻き乱される。花圃は残りの紙束に目をやり、この後を読もうか、いや、読んでいいものかと迷った。

息苦しいような気がして立ち上がり、障子を少し透かした。濡れ縁の向こうは萩の舎の名の由来となった庭で、秋には人の背丈ほどもある山萩が幾株も枝を揺らすのだが、冬枯れの今は常盤木《ときわぎ》の緑だけが冴え冴えとしている。

ふと、花圃の父が歌舞伎で「三人吉三」が掛かるたび、嘆息したものであったことを思い出した。

「これが初演された年にな、井伊様が桜田門外でお討たれになったのよ。江戸っ子が、こいつぁ春から縁起がいいわえと浮かれた矢先、天下が揺れた。あの日からだろうよ、徳川将軍家が瓦解《がかい》を始めたのは」

書きつけの中では襲撃した面々を水戸藩の家中と記してあったが、その実は浪士《ろうし》だったはずだ。彼らは藩に沙汰が及ばぬよう脱藩してから事に及んだのだ。井伊大老の首級を挙げたのは水戸浪士ではなく、彼らに唯一混じっていた薩摩藩士だった。

当時、江戸の市中では「いい鴨を　網でとらずに　駕籠でとり」などという句が出回ったという。戊午の大獄、後に安政の大獄とも呼ばれるようになった弾圧で冷酷な強権を発した井伊大老だったが、襲撃を受けた際の行列は不釣り合いなほど無防備で、江戸者は井伊掃部頭をもじって揶揄《やゆ》したのである。

けれど幕臣であった花圃の父は井伊大老の政治家としての手腕を心底、敬っていたようで、酒に酔った夜などは「掃部頭様が御存命であったならば、幕府は今も形を変えて残っていただろう」と惜しんだものだった。

変が起きた後、幕府は大老の死をしばらく伏せ、時を置いてから病死と公表した。井伊家は譜代大名の筆頭、名家である。そのお家断絶を防ぐための破格の処遇であった。一方、生き残った水戸浪士らがその後いかが相成ったのか、花圃はよく知らない。なにせ生まれる前のことであり、女学校でも幕末の動乱期について教える教師はいなかった。稀《まれ》にいたとしても、薩摩、長州の志士がいかに旧弊封建たる徳川幕府を倒してこの国の近代化を導いたか、その功を滔々《とうとう》と説くばかりだったのである。

政府は今もって「薩長にあらずんば人にあらず」の体制堅固であるから、旧幕臣でありながらよくも元老院の議官にまで登り詰めたものだと、花圃は父を初めて客観的にとらえ、誇らしく思った。

桜田門外の変が起きた三月三日は、今の暦でいえば四月の上旬頃であろうか。そんな時分に大雪が降るなど、父が言う通り、安政七（一八六〇）年が天下の変事の幕開けだったのかもしれない。雪で視界が悪かったからこそ彦根藩の供侍は襲撃に気づくのが遅れ、主君の首を易々と持って行かれたとの見方もできる。

歴史の節目には、やはり天意なるものが動くのだろうか。夫の雪嶺が帰国したら意見を聞いてみようと、花圃は思った。

ふと、もしやこれはヒ夏が見せてもらったという師の君の歌日記「常陸帯《ひたちおび》」ではないかと思いついて顎を上げた。が、すぐに否定する。

この書きつけは驚くことに、言文一致体で記されているのだ。日常用いている口語で文章を書かんとする言文一致運動は花圃が処女作を上梓した明治二十年頃から始まったものだが、果敢に挑みながらも文語に戻す文学者も多く、主流はいまだ擬古文である。

師の君はいったい、いつ、これを書いたのだろう。

困惑しながら振り向くと、薄暗い部屋の中で俯く澄の額だけが白い。澄は花圃が読み終えて畳の上に置いた紙束を膝の上にのせており、一枚ずつを両の手に取っては目を走らせていた。

第二章　道芝

一

薄衣の袂で顔を隠すようにして、私は駕籠に乗り込んだ。爺やは駕籠舁《か》きに「神田明神下に行っておくんない」と酒手を弾み、脇を一緒に走り始めた。

今日、三味線のお稽古に出ると坂下になぜか爺やが立っていて、「嬢様」と急くように足踏みをした。首を傾げた私に取り合わず、爺やは供の女中に耳打ちをする。

「わかりました。じゃあ、あたしはお師《し》匠さんにうまいこと取り繕っておきます」

女中は呑み込み顔で私に辞儀をしてから一人で先を行く。爺やは私の脇にするりと身を寄せ、囁いた。

「嬢様、林様は御無事です」

「ほ、本当？」

途端に声が湿る。取り縋りそうになった私に「ともかく、向かいやしょう」と爺やは肩を抱くようにして前へと促し、辺りを窺《うかが》いながら駕籠を拾ったのだ。言われるままに駕籠に乗り込むと、私は両の掌で顔をおおった。

生きていらした。良かった。

その思いで胸が一杯になる。この一年、お母っ様の前では堪えに堪えてきた涙が溢れて止めようもない。

桜田門外であの変が起きてから一年と少し、文久元（一八六一）年の夏を迎えた今もなお、井伊様を討った水戸藩の浪士に追手が掛かり、池田屋にも幕吏《ばくり》が何度も探索に訪れていた。逃走中の浪士が大坂など方々で見つかって処刑されたと耳にするたび、私は総毛立った。お母っ様の目を盗んでは近くの牛天神《うしてんじん》様の細い石段を駆け上がり、林様の無事をお願いした。神社は水戸様の上屋敷の真裏にも面していて、境内を抜けるたび耳をそばだてた。けれど鬱蒼とした大木に包まれた屋敷はいつも静まり返っていて、ただ蟬の声だけが響くのだった。

私の想いを知る爺やや女中らは女主人であるお母っ様の意に反するのを承知で、林様の消息を集めてくれた。けれど池田屋に入って来るのは、水戸の藩内が乱れて紛糾を極めているという噂だった。

桜田門外の変の数ヵ月後、水戸藩の前藩主である徳川斉昭公が突如、病で卒去《しゅっきょ》されたのだ。開国を推進した井伊様と徹底攘夷を主張した斉昭様は真っ向から対立するお立場であったけれど、幕政における二つの巌《いわお》が立て続けに崩れ落ちた。それを機として諸藩が大っぴらに政局に嘴《くちばし》を挟み、政《まつりごと》には無縁であった公卿らまでが幅を利かせ始めているらしい。そもそも今の帝、孝明《こうめい》天皇は大の異人嫌いで知られる。開国した幕府に不快を露わにされ、既に何度も「徹底攘夷」を促されていた。そして水戸は藩政の主導権を巡って、朝廷寄りの尊王攘夷派と佐幕派の対立が深刻を極めているのだという。

今年の五月末にはまた水戸の御家中が事件を起こした。高輪の東禅寺に置かれた英吉利《イギリス》国の仮公使館を襲撃したようで、おるこっくという名の公使が京見物を公儀に願い出たことに憤慨、神聖なる京を夷狄《いてき》の足が踏み荒らすは帝への侮辱、神国日本の屈辱と、怒り心頭に発したのが理由であるらしい。けれど公使を討ち損じ、英吉利人数名を負傷させるに留まった。

私は駕籠の揺れに耐えながら、ふと、どこへ向かっているのだろうと目を瞬《しばた》かせた。爺やは「神田明神下」と口にしていた。そこに何があるのだろう。裾を端折って白い股引を見せた爺やは、ずっと傍を走ってくれている。

もしかしたら、林様の消息を何がしか知ることができるのだろうかと、胸の底で小さな期待が湧き上がった。けれど同時に、ふつふつと暗い不安が泡を噴く。耳の奥で血が騒ぎ、このまま引っ返してしまいたくなる。

駕籠から降り立つと爺やは脇道に入り、裏長屋の路地を行く。とっつきまで進むと稲荷社の際にある家の油障子を迷いもせずに引いた。首だけを突っ込んで誰かと喋っている風だが、振り返って「嬢様」と手招きをした。おずおずと近づくと爺やは私の背に手を当てて中に入れ、「あたしの妹と、その亭主でさ」と言った。

小柄な夫婦は黙って笑みを浮かべ、律儀者らしい辞儀をした。六畳ほどの板間には藍染《あいぞめ》の反物が幾列も積み上げてあり、糸や針山も見える。

「半纏《はんてん》を縫う職人でしてね」

私も頭を下げる。すると爺やは「さ、あまり時がねえ。二階にお上がりになって」と続けて、壁際の段梯子を目で指した。爺やの妹夫婦は反物や縫いかけの半纏を寄せ、爺やはその隙間に腰を下ろして煙管《キセル》を取り出した。

「私一人で上がるの？　爺やは？」

心細くなった私は梯子口で振り返る。すると爺やは頭を横に振りながら立ち上がり、私を見上げた。

「嬢様、あたしはそんな無粋者じゃあありやせん」

「え」

「やれやれ」

立ち上がった爺やは妹夫婦に苦笑して見せ、私に近づくと一瞬、二階を見上げて声を潜めた。

「今朝、池田屋にお泊りのお客を訪ねて来られたお方がいやしてね。ほんの一刻ほど座敷に上がってもうお帰りになるってんだが、商人の風体にしては編笠をやけに深く被っていなさるし、何より姿勢や所作が違いまさ。ははん、こちらはお武家様だなとぴんと来やしたが宿屋商いは要らぬ詮索はせぬが大事、お顔を見ねえように門口までお見送りに出たら、獅子丸が広土間から飛び出しちまいやしてね。ほら、お客様にきゃんきゃんと吠えることもありやしょう？　また女将さんに叱られたら可哀想だと思って抱き上げたら、えらく尾っぽを振ってなさる。そう、そのお客にでさ。思わずお顔を見ちまったあたしの魂消《たまげ》たの何の」

私は何かを言おうとしたけれど、歯の根だけがかたかたと無様な音を立てた。

「一目、嬢様に会ってってくだせえって咽喉まで出かかったんですが、名前も身形も変えておられるんだ、余程の事情がおありだろうと思いましてね。あたしは黙ったまま、獅子丸を抱いて門口までお見送りに出やした。林様も何もおっしゃらねえままで、けど坂道を数歩お行きになってからふいに振り向いて、あたしに尋ねられたんですよ。ちっとこう、眩しそうな目をされてね……登世殿はお元気かって」

爺やに背を押され、私は震えが止まらぬ膝を一段一段、持ち上げるようにして段梯子を登った。二階は一間きりらしく、障子の前の廊下で膝を畳んだ。桟にかけた指先が震える。

そう、私は怖かった。あれほど今、一目と願ったその方にようやく逢えるというのに、このまま駆け下りて逃げ帰りたくなる。

「よろしゅうございますか」

ようやっと訪《おとな》いを問うと、低い声が短く返ってきた。障子をそっと引き、怖々と目を上げた。

着流しの林様は薄畳の上に端坐していて、目が合った途端、黙って頭を下げた。私はとうとう声を挙げて泣き出してしまい、敷居の前から動けなくなった。

中に入っても私はしばらく俯いたまま、己の鼻が鳴らす湿っぽい音だけを聞いていた。何と間抜けなのだろう、野暮に水っぽいのだろうと思うのだけれど、

「ご無事で……」

その一言を口にしただけで目の前が滲んで、後の言葉が続けられない。

夏の昼下がりのこと、物売りもちょうど昼寝をする時分で、窓の下の路地もやけにしんとしている。軒下の風鈴だけが時々、思い出したように音を立てた。

林様は両膝に両の拳をのせたまま、静かに口を開いた。

「某も、大老を討つ謀事《ぼうじ》に加わっており申した」

そんなことを私などにお話しになって良いのかと戸惑いながら、頓馬《とんま》にも「はい」と返してしまう。一瞬、林様の目許がやわらいで、それから言葉を継いだ。

「叔父、黒沢忠三郎は桜田門外で斬死いたした。実弟、広岡子之次郎《ひろおかねのじろう》も意を遂げた後、自刃いたした。が、某は不覚《ふかく》にも襲撃に遅れを取り申した。……あの日の数日前であったか、同志を束ねておられた御仁が水戸で幕軍に囚えられたとの報せを受け、手勢数名を伴うて加勢に戻った。幸いお助けはできたものの、某はその折の斬り合いで深手を負い、水戸から動けぬ身となった。……不覚にも」

林様は膝の上の拳をきつく握り締め、手の甲の骨が白く盛り上がった。

「友、師、身内……皆が本懐を遂げたというに」

そう言って細い顎を動かし、林様は窓外の空に目をやった。

神田明神の木々からであろうか、蟬の鳴き声が一斉に湧いた。畳の上で風鈴の影が揺れるのを見ながら、無念であられるのだと私は思った。襲撃に加われなかった我が身を責め、臍《ほぞ》を嚙む思いをしておられる。「なれど」と私は思う。

「なれど、林様が生きてここにあられることが私は嬉しい。嬉しゅうございます」

蟬の声に紛れて、気がついたらそう口にしていた。けれど蟬たちは束の間、鳴り止んでいて、林様は目を瞠《みは》るようにして私を見ていた。

「な、何というご無礼を。どうか、どうかお許しくださいませ」

膝で後ろに退《すさ》って、ひしと頭を下げた。悔いと哀しみで傷だらけになっている人に向かって、私は何と心ない言葉をぶつけたのだろう。こうも不間《ぶま》だから江戸の娘は生意気だ、はしたないと水戸の御家中から眉を顰《ひそ》められるのだ。

「登世殿、頭を上げられよ」

遠慮がちに身を起こすと、林様の寸分の隙もないような美しさにゆっくりと微笑が現れた。目が眩みそうになる。

「捨てる覚悟であった命を捨て損ねたと気づいたとき、某が目の中に浮かんだのはある面貌《おもざし》であった。なにゆえかわからなかった。あの秋、梅樹の枝に短冊を吊るしていた娘の姿が消しても消しても浮かんだ。長い間、あんな直《なお》き心に出会っていなかったような気がした。ふと安らいだのだ。いや、束の間、心が晴れた。風が雲を追いやって、春の陽が目前を照らし出したような気がした。そして気がつけば、振り向いたときの、そして犬を受け取ったときの娘の目を、声を、思い出すようになっていた。……やがて今一度、相見えたい心が募った。抑えても、その思いは抑えがたく」

ほんの少し、そう、ほんの少しでも林様は私に再会したいと願ってくださったのだろうか。そう思うだけで、また胸が一杯になる。泣くのは今日で何度目だろう、瞼が腫れてか目が開きにくくなっていて、私は両手で顔をおおってしゃくり上げる。

「数日前、見知りの者が池田屋に逗留していると聞いた。文で済む話であるにもかかわらず、某はわざわざ池田屋を訪ねて面会した。そしてそなたの姿を探す己に気づいて、ようやく我を取り戻した。今頃、何を血迷うておる。かような時期に何ゆえ、娘一人に会いにここまでと。そのまま去るつもりでいた。……だがこれで最後だと思うと、坂道で振り返った。我知らず、そなたの名を口にしていた」

はっとして顔を上げると、林様は私の身から少し間を置いた辺りに片膝をついており、懐から何かを差し出していた。手拭いだった。

「汚れておろうが」

「い、いいえ、かたじけのうございます」

掌の上の物に手を伸ばすだけで、今度は火がついたように顔に朱が散るのが己でもわかった。手拭いは汗と土埃の匂いがして、ずっとこの布に頬を埋めていたいような気がした。すると気配が動き、部屋の隅で身繕いをする姿が目に入った。商人のように裾を高く端折り、夏羽織をつけて風呂敷包みを背に結わえている。

「もう……行っておしまいになるのですか」

振り返った林様の顔にはもはや、何の感情も浮かんでいなかった。

「お待ちください。わ、私もつれてってくださいませ。お伴させてくださいませっ」

このまま離れたら、今度こそ二度と逢えぬような気がした。いかに見っともなく、はしたなかろうが、私の想いは身の内から迸って溢れ出る。

林様は頭を振った。

「某はもはや藩を脱けた。池田屋の娘御とは釣り合わぬ縁だ。苦難は目に見えている」

お母っ様と同じようなことを口にした。

「ましてそなたは、家業を継ぐ身であろう」

「何ゆえ、かようなことをおっしゃるのです。そんなこと」

まさか。お母っ様が林様に何かを言った？　ああ、きっとそうだ。そうに違いない。

「違うのです、違うのです、林様」

「……息災に」

林様は私の言葉を振り払うように素っ気なく背を見せ、障子に手をかけた。

もうおしまいなのか。そう思うと膝頭の上にぽたぽたと涙が落ちる。追い詰められて、私は何もかもを吐き出した。

「この想いが遂げられるなら、私はいかほどの苦労も厭わぬでしょう。たとえこの命を捨てても、悔いはありませぬ」

林様の肩がゆっくりと動いて、振り向いた。

岩にせかれて離れ離れになった流れがまた巡り会い、水飛沫を上げる音を聞いたような気がした。

二

庭の楓が色づいて空に雁《かり》の姿を数える頃、私は水戸へと出立した。

「嬢様、お疲れじゃありやせんか」

旅姿の爺やは何くれとなく労わってくれるが、いかにも町娘の甘ったれらしく思われやしないかと気が気でない。御用繁忙にもかかわらず道行の先導を引き受けてくれた市毛様に聞こえぬよう、小声を作った。

「ねえ、私は大丈夫だから構わないで」

「けど、嬢様、駕籠も遣わずに歩こうだなんて、そりゃあ無茶だ。辿り着いたら熱を出すってんじゃあ、目も当てられやしやせんぜ」

「だから、その嬢様ってのもやめてよ、お願いだから」

「へっ？　んじゃ、何てぇお呼びすればいいんで？」

そう訊き返されただけで、私は言葉に詰まる。爺やはさも嬉しそうに咽喉の奥で笑うから、きっとわざとに違いない。と、前を行く市毛様がやにわに足を止めて振り向いた。

「御新造《ごしんぞう》とお呼びするがよい」

「へえ、さいですか、手前はどうも不調法でいけやせんや。有難う存じます」

爺やが礼を言うと市毛様は「ん」と四角四面にうなずき、また足早に先を進む。爺やは亀の子のように首をすくめ、「水戸の御家中が生真面目は心得てやしたが、市毛様は飛び切りのかちこちでやすねえ。まるで石毛様だあ」と口の中でぼやくこと、長持や木櫃《きびつ》を担いで後ろを従いてくる人足らも吹き出す始末だ。

今朝、以徳様は嫁入道中に出立する私を迎えに来てくれたものの、いきなりお母っ様に頭を下げた。

「火急の用が出来《しゅったい》いたした次第にて、某は同道がかなわぬことと相成り申した。面目ござらぬ」

お母っ様は両の眉を弓なりにしてしばらく呆れたように以徳様を見ていたけれど、市毛様が代わりに道案内をしてくれると言うので大きな溜息をつき、「では、せめてお盃だけでも」と女中に用意を命じたが、以徳様はその暇すらないと二本の刀を腰に戻した。

以徳様は他の尊王浪士と共に藩を脱けた罪を赦され、中士の士分に戻っていた。桜田門外の変の後、公儀に対する禁裏《きんり》の発言力が増し、そのお口添えによる御裁断だろうという噂だった。

外まで見送りに出た私を以徳様は振り返り、低い声で告げた。

「道中、気をつけて行かれよ」

「有難う存じます。……林様も」

「すまぬな。水戸で待っていてくれ」

以徳様はそう言い、涼しげに目を細めた後、

「待っておれ、登世」

と言い変えた。わが名を呼ばれた、それだけで私は涙ぐみそうになった。晴れて嫁ぐという日に当の花婿がいない、その心細さが一瞬で消えた。

「行ってらっしゃいませぇっ」

坂道を下りて行く後姿に向かって、私ははしたなくも袖口から肘まで出して大きく手を振り続けたのだった。

あの夏の日、何が何でもこのお方に添いたいと願った。そして夜にはもう、お母っ様にその意を告げた。いかほどの雷が落ちるのも覚悟して身構えていたけれど、お母っ様は何も言わなかった。まるで取り合ってくれなかったのだ。それからはもう毎日、毎夜、お母っ様の部屋を訪ねたが、言を左右にして肝心の話のきっかけさえ摑ませてくれない。

「お許しがいただけぬのなら、もうこの世に未練なんぞありません、髪を下ろしますっ、伝通院様に入りますっ」

そう叫んでも、敵はびくともしなかった。

「伝通院様には無理でしょう。入れていただくなら尼寺になさい」

私はつい、ご近所のお寺の名を口にしてしまっていた。生半可な方法ではお母っ様にはとても太刀打ちできなかった。何もかもを承知している爺やは心配して、度々、庭伝いに私の部屋を覗いてくれた。

「嬢様、按配はいかがでやすか、何とかなりましょうか」

「一寸の隙さえ見せない。敵もさるものよ」

「呑気に感心してる場合じゃありやせんよ。ここが天下分け目の関ヶ原、正念場じゃありやせんか」

「わかってるわ、わかってますとも」

私には策があった。それを話すと爺やは素っ頓狂な声を出した。

「逆兵糧攻《ぎゃくひょうろうぜ》めぇ？　何ですか、その兵法《ひょうほう》は」

「とにかく籠城するから、私」

そう決めた日から私は一切、膳の物に箸をつけず、自室に閉じ籠った。女中によればお母っ様も躍起になって方々に見合い話を頼んで回っているらしいけれど、どうぞお好きにという気持ちだった。柱に我が身を括りつけてでも、この部屋から出てやるものか。けれど二日目の夜から空腹で目が回り始めた。夜更けにこっそり爺やが大きな握り飯を運んできてくれたが、私は意地を張って首を横に振った。

「そんなの持ってこないで……や、やめてよ、爺や、決心を鈍らせないで」

爺やは私の両手に無理やり握り飯を持たせ、「ほれ」と肘を掴む。

「嬢様はそういう真っつぐなところがいい。あたしはその裏表のないところが好きだ。けど、これからはちぃと方便も遣えるようになっとかねえと、女将さんにはとても勝てやしやせんよ」

うまいこと持ち上げられて私は難なく陥落した。爺やが自ら用意してくれたのだろう、妙に塩《しょ》っぱくて不格好だったけれど、あんなにおいしいお握りを食べたことはなかった。

その十日ほど後のことだった。以徳様が池田屋を訪れ、正式にお母っ様に縁組を申し込んでくれたのだ。

お母っ様はその場に私を呼びもしなかったので後で女中らが注進に及んでくれたのだが、以徳様の申し入れに対してお母っ様は唇を引き結び、以徳様も返事を待って黙坐していた。互いに一言も発せぬまま四半刻ほどもそうしていたという。

ようやく口を切ったのは、お母っ様の方だった。

「説得なさらないのですか」

「は」

「ただ、娘を欲しいとだけおっしゃられても、犬の子を差し上げるようには参らぬのは、先刻ご承知でございましょう。ましてこちらは早うから、登世を嫁がせるつもりはないことをお伝えしてあります。いえ、恐れ入りますが、林様に不足があって申しているのではありませぬ。お武家に嫁がせる気は毛頭ござりませぬ、こう申し上げているのです。その私を説得せんとなさるならば、きっと倖せにするとか日々の不自由はさせぬとか、こちらが安堵できることを少しでもお約束くださるのが尋常でございましょう。でなければ当方も思案のしようがないではありませぬか。失礼ながら、林様がいかなる御料簡でおられるのか私には見当がつきませぬ」

　すると以徳様は身じろぎもせずに応えた。

「約束は何一つ、でき申さぬ」

「……今、何とおっしゃいましたか」

「果たせぬ見込みのない空約束はできぬ、そう申し上げた。不自由な思いも淋しい思いもさせよう、まして必ず倖せにするなど某には到底、口にできぬ。……なれど」

「なれど？」

「生きていきたい、登世殿と共に」

　そして以徳様は「そうとしか申し上げられぬ」と、頭を下げた。お母っ様はまたしばらく黙して、息を吐きながら背を立てたようだ。

「あの子を、登世を松平播磨守様の奥に御殿女中奉公に上げましたのは、可愛い盛りの十歳の頃にございました。本人には池田屋を継ぐ者としての格を身につけさせるためであったと話してありますが、恐れながら当時の私ども夫婦はほんの行儀見習いで奉公に上げる、その程度の心積もりでございました。

　林様もご存知の通り、登世は真に一途にございます。幼い頃はそれがもっとひどうございまして、こうと思い込んだら梃子《てこ》でも引かぬ子にございました。野良猫や野良犬を拾うては寝間の中にまで入れますのできつく叱ったら、犬猫を引き連れて縁の下に潜って出て来ませぬ。夜、姿が見えないので大騒ぎで探したら屋根の上に上がっていて、星を摑むのだと言い張って聞き入れませぬ。何度、肝を冷やしましたことか。ほんに手を焼きました。なにせ私は慣れぬ家業で手一杯、娘の躾にまでとても手が回らぬ毎日でございましたから、あの子はそれが淋しかったのやも知れませぬ。

そんな子を行儀見習いに上げるなど、松平の奥方様にはさぞご迷惑なことでありましたでしょう。私も若かったのですね、よくもそんな図々しいことを目論んだものです」

そこでお母っ様は、自嘲気味に笑ったのだそうだ。

「ところが登世は大層、可愛がっていただきました。奥方様はもとより御女中方や婢女《はしため》に至るまで、あの子がいる部屋はぱあっと明るうなると。あんなお転婆はさぞお珍しかったのでございましょう。宿下がりで登世がおらぬ日は物足りのうてならぬと、わざわざ文までお寄越しになって、早う返すようにと矢の催促で。あの子はいかなるお方の前に出ても怖《おじ》けることがなく、次は何を言い出すか、何をして見せるのかと楽しみになるのだと仰せになりました。実は、それを知ったときでした。私があの子に池田屋を継がせようと決めましたのは。

宿屋商いなるもの、人好きのする者でなければとても務まるものではないのでございます。お客様をおもてなしするのはもとより使用人らを差配するのも、まず人を惹きつける力がなければ、いかにお銭《あし》勘定に敏《さと》くても続きませぬ。もしかしたら登世にはさような天分があるのだろうかと、まったくもって親は子に甘いもの、こうして口に出すのも恥ずかしゅうござりますが、私はあの子をそう見込んで、それからは池田屋を継ぐ娘としてだけ育てました。ですから林家の妻女としては到底、務まりますまい。今は殊勝な気持ちでおりましょうが、あの子は十八です。まだ何もわかっちゃいません。何も」

そしてまたしばらく、お母っ様と以徳様は向き合ったまま沈黙に陥った。ややあって、今度は以徳様が先に口を開いた。

「それでも、添いたい。……真に身勝手な願いだとは承知しながら、登世殿を我が妻として迎えたいと存ずる」

低声で、そう言い切ってくれた。

「林様でしたら御縁談も多うございましょうに、それでも登世が良いと仰せになるのですね」

念を押すお母っ様に以徳様が何と答えたのか、それは女中に聞きそびれた。けれどきっと黙って、首を縦に振ってくれたのだろうと思う。お母っ様はそれを受けて手を膝前につかえ、頭を深々と下げたという。

「至らぬ娘にございますが、よろしゅう願い上げ奉りまする」

そしてお母っ様は「林様」と、声に力を込めた。

「かくなる上は、どうか生き抜いてくださりませ。いえ、僭越《せんえつ》なのは承知しております。この御時世にあってそれは、命を擲《なげう》つより遥かに多難なことかもしれませぬ。……なれど妻を娶《めと》られる限りは、どうかお覚悟を」

「しかと、心に刻みます」

するとお母っ様は顔を上げ、思わぬことを口にした。

「池田屋は今日まで水戸様に食べさせていただきました。その御恩をお返しいたしましょう。……登世に持参金を二つ持たせます。一つは林家に、そしてもう一つはお仲間と尊王攘夷を遂げられるための軍資金としていかようにでもお役立てくださりませ」

以徳様はしばし瞠目した後、

「池田屋殿のお志、有難く頂戴いたす」

静かな声で返した。

それからというもの、お母っ様はまるで家産を懸けるかのように嫁入りのための道具を拵え、そして多額の持参金を包んでくれた。

「諸式高騰の折、いかほど持参しても瞬く間に消えていくことでしょう。……なれどこちらは家計に遣ってはなりません。林様にお渡しするのですよ」

お母っ様は以徳様の軍資金として、百両もの為替《かわせ》を用意してくれていた。


柴又から松戸へは関所を通らずに舟を使うのが常道と、市毛様の采配で私たちは何杯かの舟に分かれて江戸川を渡った。市毛様と私、爺やの三人が乗り込んだのは白髪の嫗《おうな》が棹を握る小舟で、後列の人足らが担ぐ荷の数々に池田屋の定紋を染め抜いた祝風呂敷がかかっているのを見て察したのだろう、「嫁入御寮《よめいりごりょう》でございますな」と、日に灼けた皺深い顔に人の好い笑みを浮かべた。

松戸からさらに東に進むと、一本道の左右には見渡す限りの稲田が広がっていた。雀が盛んに鳴き、黄金《こがね》色の波が寄せては返す中を進む。やがて野辺が広やかになり、一面に尾花《すすき》が繁って銀の穂を靡かせていた。なだらかな丘では馬がそこかしこで草を食みながら戯れている。躰の小さい馬を見守るように大きな馬が寄り添っているのは母子であろうか。

ふいにお母っ様の面影が胸に迫った。

「しっかりおやりなさい」

池田屋の後継を失った己の立場を嘆きもこぼしもせず、穏やかに見送ってくれた。女中らは私の恋の成就をわが事のように喜び、泣きながら別れを惜しんでくれた。爺やが婚家でも仕えることになっていなかったら、私はいつまでも出立できなかったかもしれない。今も獅子丸の顔を思い浮かべると、胸がきりきりと痛む。

お前は今頃、私を探して啼《な》いていないだろうか。本当は一緒につれてきたかったけれど、これ以上の我儘はならぬとお母っ様にきつく戒められた。私も折れた。皆に可愛がっておもらいよ、獅子丸。ごめんね。ごめんなさい。

とりえずは消ぬと思へ 梓弓《あずさゆみ》 ひきてかへらぬ道芝《みちしば》の露

私は胸の裡で古歌を繰り返し、心を勇み立てた。一歩、また一歩と嫁ぎ先に向かう道中は、一歩、また一歩と生家に別れを告げる道中でもあった。

牛久《うしく》という土地《ところ》も広い原が広がっており、秋草に混じって吾亦紅《われもこう》や女郎花《おみなえし》が咲き競う。栗の木の林では昨夜の雨の名残りだろうか、実の青棘《とげ》に露が結んで陽に光るのも美しい。市毛様は足を止め、私たちを振り向いた。

「あれは三度栗《さんどぐり》と申す木での」

「へえ、三度もほっぺを落とさせるたあ、そりゃ、てえした栗だ」

爺やがわざと早合点して見せると、市毛様は真面目な顔で咳払いをした。

「いや、三度栗というは年に三度、実を結ぶという謂れから来ておる。ただし、某はしかと確かめたことはござらん。そもそも栗なるものは……」

市毛様は前を行きながら講釈を始めた。爺やは私に肩を寄せ、「嬢様、水戸に着いたら、あたしはえらく利口になってるに違いありやせん。楽しみでさ」と、口を尖らせた。けれど私はそんなやりとりさえ有難かった。土浦《つちうら》へと水戸街道を下り、江戸からは雲霧のかなたでしかなかった山々の稜線がくっきりと目に映るようになるうち、次第に心細くなっていたからだ。歩いているときはまだ良かった。風景の珍かさに出遇うたび胸を躍らせることができたし、こうして爺やと市毛様がちぐはぐな問答を繰り返して笑わせてもくれる。けれど夜、枯草の匂いのする旅籠《はたご》で床に入ると、以徳様が傍にいないことが無性に不安になる。

火急の御用とは、もしやまた桜田門外のような変事が起きるのだろうか。

暗闇の中でひとたびそんな考えに囚われると次から次へと厭な想像が湧いて、眠れなくなった。私はいつからこんな心配性になったのだろう。後先を考えずに言いたいことを口にし、したいように振る舞っていた己がもはや違う娘のように感じられる。

――待っておれ、登世。

あの言葉を胸に掻き抱くようにして、私は己をようよう寝かしつけるのだった。

府中《ふちゅう》の宿を過ぎてまもなくの頃だった。爺やが歩きながらしきりと首を傾げる。

「どうしたの?」

「いえね、この道、どうも水戸街道じゃねえような」

「そんなはずはないでしょう」

「さっき、一里塚がありやしたでしょう、その先から道を左に取ってるんじゃねえかと思いまして。いえ、江戸者のあっしのことだ、何か勘違いしちまってるのかもしれやせんが」

そう言われれば、西に傾きかけた陽が真正面に見える。すると前を行く市毛様が「いかにも」と応えた。

「今、歩いておるのは笠間《かさま》街道だ」

「笠間？ってえことはですよ、市毛様。恐れながら、それはひどく遠回りになりゃあしやせんか」

「その方の申す通りだ」

爺やは私と顔を見合わせた。水戸街道を逸れるとは、いったいどこへ向かうつもりなのだろう。するとと市毛様は足を止めて振り向いた。

「理由《わけ》は後ほど申すゆえ、まずは黙って従《つ》いてこられるがよい」

市毛様は以徳様が信頼して水戸への先導を任せた同志だ。信じて歩くしかなかった。

その日の夜、草鞋《わらじ》を脱いだ旅籠でのことだ。初めて三人で夕餉の膳を囲んだ。爺やが如才なく酒を勧め、当たり障りのない、しかも嚙み合わない会話が続いたが、やがて膝が胡坐に変わった頃、市毛様が四角い顎に手をやった。

「それはそうと、日中、道を変えた理由だがな」

「はい。笠間街道に迂回した理由でやすね」

酔いの回り始めていた爺やはやにわに猪口を膳の上に戻し、両の膝に拳を揃えた。

「あのまま水戸街道を行くと長岡宿に入るのだが、長岡は今、火種を抱えておる」

「火種……と申しますと」

「ん。長岡の陣屋に我らの仲間が多勢、参集しておるのだが、諸生党の輩と一触即発の状態なのだ。いつ何どき陣屋に奇襲を掛けられるやも知れぬゆえ、江戸を発つ前に林殿とも相談して、難を避けることにいたした」

「奇襲とは、そいつぁ物騒だ。その諸生党ってのは彦根藩士でやすか」

するとと市毛様は言下に首を横に振った。

「水戸藩士だ」

「ですが、長岡の陣屋に集まっておいでの皆さんも市毛様のお仲間、ってえことはその方々も水戸の御家中でやしょう」

「いかにも」

私は唾を呑み下した。と、ふいに何かを思い出しそうになった。いつか、お母っ様が水戸藩の中が割れていると口にしたような、そうだ、間違いない。けれどそれは私自身とは何のかかわりもない、遠い世界のことと聞き流してしまっていた。

爺やは大きな掌で頬をつるりと撫でた。

「水戸の御家中は一枚岩ってぇわけじゃあ、ねぇんですね。……あたしは、皆さんが尊王攘夷のお志を持って、こん国を守るために井伊大老を討たれたのだとばかり思ってやした。あれでしょう、尊王攘夷ってのはいわば水戸様のお家芸でやしょう」

市毛様は苦々しい顔をして、酒を干す。

「それはそうだが、その尊王攘夷をいかに成し遂げるかは各々、考えが異なる」

爺やが徳利を持ち上げ、市毛様の猪口の中を満たした。

「難しいことはあたしにはわかりやせんがね。で、林様と市毛様はいってぇ、いかなるお立場なんで?」

「天狗党だ」

「天狗党？　へえ、そいつぁ威勢がいいや」

「三十年ほど前になろうか。烈公が藩主の座に就かれて藩政の改革に乗り出された折、家臣の一派が共に世直しを目指し、天狗のごとき働きをせんとの決意を籠めたと聞いておる。まあ、我らの父の代のことだ。かたや諸生党は藩祖以来の名家出が多うての、成り上がりの天狗が名の由来だと謗《そし》りの種にしておるわ」

と、爺やは市毛様の気を引き立てるかのように剽軽に肘を張り、己の二の腕を叩いて見せた。

「市毛様もさぞかし、こっちの腕がお立ちになるんでやしょう」

すると市毛様は「いや、林君にはかなわぬ」と苦笑いを零《こぼ》した。

林君……。耳慣れぬ言いようだけれど何やら新しい響きを感じて、私はようやく小さな笑みを取り戻す。

「へえ、そんなに強ぇですか、うちの旦那様は」

爺やも目尻を下げ、待ってましたとばかりに先を促す。

「林君は天狗党の内でも一、二の剣筋と謳われる、水府流《すいふ》の剣士だ。槍は佐分利流《さぶり》」

そこで市毛様は微かに顎を上げた。

「口にするのも恥ずかしいが、水戸っぽは血の気が多い上に己が功名に拘《こだわ》るところ大でござっての。仲間内の談合でもすぐに相手の非を鳴らし、刀の柄に手を掛ける。まして己が名を懸けた正念場では言うに及ばずだ。昨年の春……井伊大老をお討ち申すべく天狗党の有志が集まって決意を固めたとき、仲間の誰もがその襲撃隊に加わりたいと願った。むろん、某も林君も、心底だ。ゆえに高橋様が水戸で幕吏に捕えられたとの報せを受けたとき、皆が一瞬、迷った。水戸に助けに走れば襲撃に間に合わぬ恐れがあったゆえだ。迷わず立ったのは、林君だけだった」

高橋様とは、今は烈公と尊称される斉昭公の御側用人《おそばようにん》から郡奉行《こおりぶぎょう》、弘道館《こうどうかん》の学校奉行をも務められた高橋多一郎《たいちろう》というお方であるらしい。あの変の後、高橋様は大坂の薩摩藩邸に走って決起を促されるも袖にされ、であるばかりか薩摩藩は御公儀に高橋様の居場所を密告した。高橋様親子は追捕を受け、四天王寺という古寺の境内で切腹して果てたのだという。

市毛様は少し前屈みになり、太い息を吐いた。

「某は林君に意気を感じてのう。共に水戸に走った。今から思わば、それが間違いの元であったのだ。斬り合いの最中、危うく殺《や》られるところを林君に救われた。御蔭で某はほとんど無傷だったが、林君は某を庇ったばかりに多勢に囲まれ、脚をやられた。桜田門に駆けつけるはおろか、水戸を出ることとさえかなわなんだ。

……無念であったろう。林君はいつもそうだ。長刀を抜いて敵と構え合っておっても周囲が見える。伏せろ、背後に来るぞと、身分の低い中間《ちゅうげん》や小者《こもの》でも助けられる者は助けて回る。口さがない者は、林は剣の腕が立つにもかかわらず命惜しみをする、間に合わぬと陰でほざきおる。いや、林君はまるで意に介さぬ。言いたい者には言わせて置けとばかりに悠揚と構えておる。が、某はそれを耳にするたび口惜しゅうてならぬのだ。口惜しゅうて申し訳のうて……」

爺やと酌み交わしながら、市毛様はまるで目の前に以徳様がいるかのように声を湿らせて「相済まぬ」と詫びた。私も以徳様が恋しくて、貰い泣きをした。

笠間という土地を過ぎると、山路にさしかかった。鬱蒼とした山中は昼間も夕暮れのように暗く、冷え冷えとしている。木の根が大きく張り出した道はほんの少し気を緩めただけで足を取られそうになる。踏みしめる土は岩深く、硬い。たちまち足の裏が痛んで膝が重くなる。爺やも軽口を叩くこともなく、時折、私の肘を支えてくれる他は黙々と歩き続ける。

やがて頭上をおおっていた木々の枝の合い間に秋空がのぞくようになり、前を行く市毛様の肩や背中が時折、陽射しを浴びて明るくなる。一抱えほどもある松の幹に蔦葛《つたかずら》が紅葉して巻きついているさまに出会うと、私はその美しさに足を止めて見惚れた。山の神に思わぬ祝儀をいただいたような気がした。

山中を抜けると、また広やかな野原に出た。一列になって細い畦道を行く。どこからか澄んだ声が聞こえて辺りを見回すと、なだらかな陵《おか》の上を娘が歌をうたいながら馬を引いている。その手前の平地ではもう稲刈りをしていて、夫婦なのだろうか、亭主が刈った稲を女房が束ね、稲木《いなぎ》に次々と掛けていく。まだ幼い子供がその傍らで落穂を拾って遊んでいるのが見えた。

茜さす、常陸《ひたち》の国にまかりけり。

そう呟くと、我知らず胸が高鳴る。とうとう来たんだという歓びと不安が綯《な》い交ぜになって、動悸が止まらなくなった。

爺やは市毛様と並んで田畑を見渡していたが、「へえ」と独り言のように洩らした。

「ここが親爺の古里かあ」

市毛様は一瞬半身を引き、傍らの爺やを見下ろす。

「清六、そなた、水戸っぽであったのか」

「いいえ、あたしは江戸の水で産湯を使った江戸っ子でさ。ですが親爺がね、水戸の百姓の三男でやした。あたしは嬢様のお蔭で、この地を踏むことができやした。有難ぇこってす」

嫁入りの日取りが決まった数日後だったろうか、爺やはお母っ様に思いがけぬことを申し出た。

「あたしも水戸にお供させてくだせえ。この通り、お頼み申します」

お母っ様は道中の供ととらえたようで、傍にいた私もそう思った。けれど爺やは私と一緒に林家で暮らしたいと願い出たのだ。

「女中や乳母《めのと》を伴って嫁入りすることは商家でもあるけれど、清六……が行くのですか」

お母っ様は戸惑ったように問い返した。私は爺やが一緒に来てくれるというだけで舞い上がって、口を添えた。

「私からもお願いします、お母っ様」

「ほら、もうこんなに喜んで。爺やが傍にいれば、いつまでも頼るのではありませんか。清六は忠義で申してくれているのだろうけれど、登世の為になるとは思えませんね」

「いえ、違うんで。……あたしもそろそろ、死んだ親爺の年に近づいてきやした。こちらの御奉公を御役御免になったら足腰の丈夫なうちに一度なりとも親爺の在所《ざいしょ》を訪ねてみたい、かねがねそう思ってたんでさ。親爺は亡くなる前に水戸に帰りてぇって、譫言《うわごと》で何度も言いましたんでねえ。自分から飛び出したくせに古里ってのはそんなに恋しいものかって、それが肚の底に残って離れなかったんでさ。そしたら、此度の御縁でがしょう？　もう矢も楯も堪らなくなったんで。……嬢様のお供とは言い条、その実はあたし自身の為に望んでることです。どうか、女将さん、年寄りの気儘をお聞き届けくださいやせんか。お願い申します」

その言葉でお母っ様は承諾してくれたけれど、私一人を部屋に残して言い渡した。

「あなたはほんに恵まれていますよ。清六がついてくれているだけで、いかほど心丈夫なことか。……なれど甘えてはなりません。これからはあなたが慈しむのですよ」

爺やは市毛様にまだ話を続けている。

「百姓の子は大抵、三人目から間引きされたもんで、三男ってのは大層、珍しかったらしゅうございますよ。わしは間引きされなんだだけで大儲け、けど、そんときに一生分の運を使い果たしちまったべいが、親爺の口癖でやした」

笑いながらさらりと言う。初めて聞く話だ。

そういえば爺やはいつも私に気配りしてくれる一方で、自身のことはほとんど語らなかった。幼い頃からずっと池田屋にいたのに、妹夫婦が神田明神下にいることさえ私は知らなかったのだ。

市毛様は「ん」と咽喉仏を動かして、田畑に目を戻した。

「百姓だけではござらぬよ。侍の家も百石以下の下士では似たようなものだ。養子に出す先もないゆえ、兄弟は二人きりという家が大半での。……誰もそれを口にする者はおらぬが」

それきり誰も何も言わぬまま、晴れた秋空に目をやった。江戸に比べて途方もなく広い空では、白い鱗雲が絶え間なく流れていた。

第三章　星合

一

糸車の音が、朝早くから響いている。

梅雨の間はその音も琵琶のように重く湿っていたけれど、六月の真夏ともなれば軽やかで、何やら楽しげに聞こえるから不思議なものだ。

てつ殿が糸車を回している間にまたこっそり、あれをしよう。そう思いつくと、私は足音を忍ばせて機《はた》織り部屋に入った。

小鬼の居ぬ間に何とやらって、このこと。私は己の言いように満足して、くすりと独り笑いを浮かべる。織機の前に坐り、踏板の上に軽く右足を置いた。確かこれを踏んで経糸《たていと》の間に緯糸《よこいと》を通すんだった。あら、鰹節みたいな形の道具はどこにあるのかしら。ああ、あった、あった。これで緯糸を通すんだわね。ん？　どんな風にやるんだったかしらと、私は手を止めた。

おかしいなあ、この間は難なくやれたのに。

「義姉上《あねうえ》っ」

恐る恐る振り向くと、小鬼がいつのまにやら板戸の際に立っていて頭から湯気を出していた。

「何をなさってるんですっ」

「あ、いえ、あの、ちょっとお手伝いをと思って」

「結構でござえます。梭《ひ》をお返しくださえ」

「ひ?」

「その、お手の」

「ああ、この鰹節」

私が右手の中の道具を見ると、てつ殿はひったくるようにそれを奪った。

「これは元機《もとおり》ですから、手出しはご無用に願えます」

顔を真っ赤にしている。平素は以徳様によく似た華著な面貌で、睫は見惚れるほど長い。けれど私のやることなすことが気に入らぬらしく、しじゅう目の端を尖らせる。

「もとおりって、何のこと?」

「織り始めにござえます。機織りは最初の糸が肝心要ゆえ、悪戯はよしにしてくださえ」

「い、悪戯なんかじゃないわ。私も織れるようになりたいの」

「元機でのうても、毎々、やり直すのが大儀にござえます。向後、二度と触らんでくださんしょ」

「やり直すって……」

てつ殿は私が時々、織機を触っていたのを知っていて、それを黙ってやり直していたとでも言いたげな口振りだ。

「ええ、義姉上の織られたとこはごじゃっぺにござえますから、すぐにわかります」

「ご、ごじゃ?」

何を指しているのだか、言葉が皆目わからない。

「めちゃくちゃなのですっ」

てつ殿はもうそれ以上構うつもりはないとばかりに顔をそむけ、織機の前に坐った。私は取りつく島を失ってすごすごと部屋を出る。庭に向かって巡る濡れ縁を伝い、居間の前の縁側に腰を下ろした。

何ゆえ、受け入れてくれないんだろう。

以徳様の妹、てつ殿は私より四つ歳下の十五だというのに家政に優れ、自らも骨身を惜しまない働き手だ。だから私も一緒に働きたいと思うのに、そうやって林家の人間になっていきたいと願うのに、事あるごとに「それは私の務めです」だの「それは女中が」などと口にし、ぴしゃりと閉ざしてしまう。

昨秋、この家に入った日の翌朝もそうだった。私は生まれて初めての雑巾がけに張り切ったのだ。すると、てつ殿が廊下にすっ飛んで来た。

「義姉上、お止めくださえ」

「私はお客じゃないんだもの、これくらいさせてくださいな」

「左様なことは女中がいたすものにござえます。見っともない」

「え……?」

犬のように四つん這いになったまま目を上げると、屋敷を囲む柴垣の向こうにずらりと頭が並んでいて、一斉に腰を屈めたのが見えた。髷の先がそこかしこで動き、皆、息を詰めているのがわかる。

「あれ、何の儀式？」

するとてつ殿は「こちらへ」と袖を引き、座敷の中に私を入れた。

「町の者が見物に来てるんでござえます」

「見物って、何を？」

「義姉上をです。派手な御仕度でこの家に入られましたゆえ、江戸の池田屋の娘御が林に嫁いで来たと、もう噂になっておるのでござえます」

「まあ、そうなの。じゃあ、お道具をお披露目しなくちゃ。江戸では近所の方々をお招きしてね、茶菓なども差し上げるのよ」

「ここは江戸ではござえません、水戸にてござえますっ」

鈍感なことに、私はそこでようやくてつ殿が憤っていることに気がついたのだ。

「何もご存じねえようでござえますからお教え申し上げますが、そのお着物は水戸では御法度《ごはっと》にござえます」

私は己の姿を見下ろした。浅黄《あさぎ》色地に白糸で柳に燕を刺繍してあり、裾には流水文様を回した縮《ちり》緬《めん》の夏小袖だ。で、雑巾がけのために緋《ひ》縮緬の紐で襷《たすき》をかけている。

「これは、ほんの普段着だけれど……あ、もしや縮緬がいけない？　でも、市中に入るときに見かけたおなごの中には縮緬姿もあったような気がするけれど」

私は首を傾げた。

「当家は百五十石取りの中士にござえます。町人ではござえません。水戸の武家は質素倹約が第

一、妻女《さいじょ》の着物は木綿《もめん》が決まり、絹や縮緬は裏や裾回しにしか用いぬものにござえます」
そういえば、てつ殿は若いのにひどく地味な縞木綿だ。江戸娘の十五、六であれば長振袖で役者絵に胸をときめかせる年頃であるのに、てつ殿にはまるで娘らしい彩りがない。それは藩の仕来《しきた》りゆえであったのかと気づいたときはもう遅く、てつ殿は己が言いたいだけを言って後は何も受けつけぬとばかりに部屋を出て行った。

私は以徳様の自室を掃除するなら文句も言われまいと、そっと襖を引いた。文机の上から床の間、畳の上にまで書物が堆《うずたか》く積み上げられている。水戸藩は「水戸学《みとがく》」を成すほど好学の土地柄で、ことに尊王にまつわる学問は水戸で生まれ、今では諸国の志士らが競って学んでいるそうだ。でも不器用な私が触れれば途端に山が崩れてしまいそうで、早々に退散した。

そして今日も私は所在なく、縁側に腰を下ろしている。不行儀にも縁側に両の手をついて半身を反らし、沓脱《くつぬぎ》石の上に足をのせて空を見上げた。

機織りを手伝うどころか迷惑をかけていたのは申し訳ないけれど、でも何も黙ってやり直すことはないじゃないのと私は鼻を鳴らした。どこが拙いのかを教えてくれれば私だって織れるようになるのに。それを以徳様に見ていただきたいのに。そう思うと肚の中がふつふつと泡立ってくる。いつも上に立った物言いで、私を押しのける。頭に来るったらありゃしない。

そもそも、林家に着いたあの日から躓《つまず》いていたのかもしれないと、私は思い返した。

嫁入りの道具が多過ぎて屋敷内に入る、入らぬと大騒ぎになったのだ。てつ殿は薄暗い家の中で女中らを従えて坐り、あの美しい眉を顰《ひそ》めながら道具を見上げていた。私は道中を共にして、荷入れでも苦労をかけた人足らに祝儀を弾んだ。お母っ様がいつもそうしていたからだ。めでたきことは周りにも福を分ける、それが池田屋の流儀だった。その後、酒も振る舞う心積もりでいたけれど、気がついたらもう人足らは姿を消していて、後で爺やは「義妹御《いもうとご》がすげなくお帰しになっちまったんで……あたしごときがそれをお止めするわけにもいきませんで、申し訳ありやせん」と、頭を下げた。

朽ちて所々が欠けた垣根の際で、槿《むくげ》の白だけが清々しい。

水戸の上町五軒町《うわまちごけんちょう》にあるこの屋敷は、私が想像していた以上に立派な構えだった。けれど内情の苦しさはさらに想像以上で、家内といわず庭といわず、あちこちに傷みが目立つ。爺やが近所で見聞きしてきたことには、中士以下の侍の家はみな同様のありさまで、百石以下の下士は内職を許されているけれど百五十石取りともなれば内職も禁じられている。そのうえ家来は三人、女中も三人、馬の一頭も置かねばならず、内情はかえって苦しいのだという。

水戸の武家の妻女の暮らしぶりも、江戸の侍の奥方たちとは大違いの慎ましさだ。そもそも、前《さき》の藩主である徳川斉昭様、今は烈公と呼ばれるそのお方が始められた藩政改革の目玉が、質素倹約の奨励であったのだそうだ。京の帝を敬い奉り、夷狄を徹底攘夷すべきとの考えを貫かれた烈公は、藩政の立て直しにも果敢に取り組まれた名君であられたらしい。

爺やは市中に出かけては町の様子を仕入れてきて、こっそり教えてくれたものだ。

「お武家は文武に勤《いそ》しみ、質素倹約に暮らすべし。これはまあ、どこの藩でもお題目のように言われていることだ。けど水戸は芝居遊芸も御法度、行楽は偕楽園のみと定められているってぇんだから驚くじゃありやせんか。烈公がお亡くなりになった後も頑固一徹の水戸のこと、その気風はしかと守られているようでございやすよ。

大きな声では言えやせんが、池田屋にご逗留の御家中らん中にゃあ気の荒いお方が多うございやしたでしょう。今から思えばなるほどと合点が行きまさ。長年、これほど締めつけられちゃあ気が内に籠ってしまうはずだ。いえね、町人は絹物も芝居も許されてるらしいんですが、鳴り物禁止が行き渡ってるんでしょう、市中もひっそりと不景気でいけやせん。何もかも、江戸とは大違いでさ」

私はまたそっと溜息を洩らす。一汁二菜の慎ましさも家内が静か過ぎることも池田屋とはまるで異なるけれど、それもすべて覚悟の上、どうということはない。おさんどんもお掃除もしたことのない身だっただけに精々習い憶えて働いて、夕餉はてつ殿といろんな話をして、時には以徳様の幼い頃の話を聞いては笑う、そんな日々を思い描いていた。けれど膳の最中は物を言うこともならず、頃合いを見計らって話しかけてもてつ殿は面倒そうに「はい」か「いいえ」と返すだけだ。

何もすることがなく、何もさせてもらえないなんて。

手持無沙汰のままに日を送るのは存外にしんどいものだった。いかにも厄介者らしく、ただつくねんと以徳様を待つしかない。

以徳様は私が嫁いでまもなく、下士や百姓の子らを教える郷校《ごうこう》の取締役を拝命し、郷校のある潮《いた》来《こ》に仮住まいしている。屋敷に帰ってきたのは三度きりで、着替えてすぐにまた慌ただしく出かけたこともある。束の間の逢瀬というのに声をかける隙もなくて、先だってもお刀を渡すてつ殿の肩越しに以徳様を見ながらぼんやりと佇んでいた。すると、以徳様は私の前にわざわざ引っ返してきてくれた。

「息災であったか、登世」

囁くほどの小声であったけれど、その一言を私は褒美のように胸に抱きしめる。

近くに住む縁戚やご近所の妻女ともつきあいたいのだけれど最初の挨拶で顔を合わせただけで、皆、家事に忙しいのだろう、それっきりだ。いっそこちらから訪ねて行こうと用意をすれば、「妻女が頻繁に外歩きをするはこの家の主たる兄上の顔にかかわります。お控えくだせえ」と、てつ殿から先回りをするように言い渡された。

私は縁側で足をぶらつかせる。

誰かまた、お遣いに来てくれないかしら。

無為な日々の中では、たまに訪れる他家の遣いと言葉を交わす機会がささやかな心慰めだ。遣いの中にはまだ年端の行かぬ子供も多く、菓子など心ばかりの物を包んでやると大層、喜んでくれる。十二、三ともなれば一端《いっぱし》の口を使う者もいて、

「林様に随分と気の明るいお嫁さんが江戸から輿入《こしい》れなすった、いっぺん、見るべいと言われてたけんど、ほんにおめぇ様は気がきく御新造だっぺ」

そしておずおずと、けれど目を輝かせながら私の掌の上にある物を受け取るのだ。

「今日もまあ、暑かっぺ」

庭先の畠の畝に屈んで草引きをする爺やにも遣いの子供は一言、二言、声をかけ、満足げに背戸から出ていく。己が気持ちを素直に表す振舞いにほっとさせられて、爺やと笑みを交わし合うのだ。

爺やが一緒に来てくれて良かったと、つくづく有難く思う。てつ殿の目があるのであまり大っぴらに話すことはできないけれど、爺やが見守ってくれているから私は何とか気が沈み込まずに過ご

せているのだろう。

「嬢様、文が」

爺やが腰を屈め、縁側に小走りに近づいてきた。

「駄目よ、その嬢様っての、本当に。叱られるんだから」

すると爺やは「おっと、小鬼さんは耳が敏うござんすからねえ」と、首にかけた手拭いで口許をおおった。

私がてつ殿に受け入れてもらえないのを爺やはとうに呑み込んでいて、けれど敵愾心《てきがいしん》を露わにすることはなく、何かと剽《ひょう》げて流してくれるのが助かる。思う以上にむきになられると、私はもう何も口にできなくなるだろう。爺やはいい按配に水を差して、愚痴を薄めてくれる。それで十分だ。

文の表には懐かしい手蹟で、「林登世どの」とある。お母っ様の字は御家流とは思えぬほど大きく、力強い。上書きをしみじみと見つめながら、お母っ様が武家に嫁いだ娘に対する礼をとっていることに困惑した。

私はまだ一歩も踏み出せていないのに、お母っ様はどんどん先を行く。

「女将さんからでやすね。……あ、もう池田屋の女将さんではないんでやしたねえ。はて、じゃあ、あたしは何てお呼びすればいいんで?」

爺やが縁側に片手をついて、私の手許を見ながら訊く。

「あ、うん、そうね……お母っ様でいいんじゃない?」

「はあ、なるほど、御母上、でやすか」

爺やはどうということもない私の答えにも威勢よく感心し、「んじゃ、あたしは水汲みがありますんで」と屋敷裏にある井戸端に向かって踵を返した。

「後でまた、お母っ様の様子を教えてあげる」

「楽しみにしてやすよ」

お母っ様はいつからそんな思案を持っていたものか、私が江戸を発ってまもなく、池田屋を元の持ち主である加藤家に返し、自らは獅子丸をつれて郷里の川越に赴いた。というのも、川越藩の前の藩主夫人、慈貞院《じていいん》様より「是非に」とお召しがあり、四十八歳にして近侍《きんじ》奉公を始めたのである。お母っ様の往時の勤めぶりは数十年を経てもなお、御殿の語り草であったらしい。

文には、慈貞院様の若くお美しいこと、その慈愛の深きことを讃え、久方ぶりのお勤めゆえ仕来りも変わっているかと案じたが取り越し苦労であったこと、しかも慈貞院様は夫を若くして亡くされた御身、お慰めになるかと獅子丸をお目にかけたところ大層、気に入られ、今や片時もお放しにならぬほど可愛がってくださることなどが綴られている。

さらに青楓の押し葉が添えられた小さな包みがあり、開くと金子が入っていた。胸を衝かれ、慌てて包みを持って自室に向かう。

お母っ様ったら。もう充分なのに。こんなの送ってきてくれなくて、いいのに。

自室に入って襖を閉じると、膝を畳んで押し葉を見つめた。

私の持参金は中島家から林家へと渡るものであるから、家政を預かるてつ殿がそれを何にどう費やしているのかはわからなかったし、今の私は口を出す立場でもない。ただ、お母っ様が他人様に仕えて得たこの金子は馬の飼葉代にされたくない。無性にそう思った。

私は黒漆がまだつんと匂うような真新しい手文庫を取り出し、包みを仕舞った。林家の妻女としてはふつつかな所業かもしれない。けれど大して喜んでもくれないであろうてつ殿に渡すくらいなら、いざというときのために手許に置いておこう、そう思った。

手文庫を簞笥の奥に仕舞おうと抽斗を引くと、足の裏でみしりと妙な音がする。この八畳は畳こそ替えられていたものの、根太《ねだ》が緩んでいるのか、妙な具合に傾ぐ箇所がそこかしこにある。嫁入り道具の数々をあちこちの部屋に納め、ここには鏡台や文机、簞笥を入れたのだけれど、贅を尽くした華やかさがあまりに不釣り合いで、このお道具のせいでてつ殿の機嫌を損じたのだ、早く古びてくれないかしらと八つ当たりしたものだった。

何と親不孝なことをと、申し訳のなさで鼻の奥が痛くなる。

お母っ様はおそらく私の縁組を受け入れたと同時に、商いを閉じる決意を固めたのだ。そして池田屋のすべてを私の支度に懸けた。江戸町人の意気地を、娘に注ぎ込んだ。

私は文机の前に移り、硯を取り出した。礼状の文言を頭の中で繰りながら墨を磨る。

「お母っ様も獅子丸も息災の御様子、何より嬉しく存じおり候。私は皆様に大切にしていただき、賑やかに仕合わせに暮らしておる由、何卒ご安堵くださいますようお願い申します」

……近頃は私も機を織っております。

ついそんな一文が思い浮かび、慌てて首を横に振った。いけない、そこまで書いたらきっとお母っ様に嘘だと気づかれてしまう。つかねばならぬ嘘は短く、己が憶えていられる程度に。確か、お三味線のお師匠さんがそう言っていた。

障子を開け放した庭の向こうでは、近所の女たちが機織りに精を出す音だけが響いていた。

二

六月も末の夕暮れ、以徳様が帰ってきた。

此度は四、五日は滞在できると聞いて、抑えども抑えども心が浮き立つ。座敷で着替えを手伝うだけで、はしゃぎたくなるほど嬉しい。

けれど下帯一つになった以徳様の前では目のやり場を失って、俯いた。動悸の音が外に洩れやしないかと胸を押さえる。すると廊下で、てつ殿の声がした。

「兄上、よろしゅうございますか」

「ああ」

てつ殿は水を張った小桶を抱えて部屋に入ってくるや、懐から手拭いを取り出して水に浸し、固く絞った。

「お拭きいたしましょう」

上背のある以徳様に向かい、てつ殿は爪先立ちになって陽に灼けた肩に手拭いをあてた。と、肩先がほんの少し動いた。

「てつ、良い」

「なにゆえです、いつもこうして」

「今宵は大勢、集まる。そなたはその準備に忙しかろう」

以徳様はそう言い、てつ殿の手から手拭いを受け取ると私に差し出した。迷いながら受け取る。

するとてつ殿の頰が強張り、白くなった。

「では……お願えいたします」

足早に廊下へ出て行く。私は手拭いを持ったまま呆気に取られ、けれど以徳様が加勢してくれたような気がして無性に心丈夫になる。桶の前に坐って手拭いを水に浸し、絞り上げた。するとしずくが飛び散って、己の膝も畳のあちこちも濡れて色が変わった。

「ああ、もう何てこと。てつ殿は一滴だって零《こぼ》しやしないのに」

慌てて手巾《しゅきん》で辺りを拭うと、以徳様が傍で片膝をついた。手拭いを縦に持ち、器用にも手本を見せてくれる。

「こうするんだ」

私は恥じ入って肩をすぼめた。

「申し訳ありませぬ。手拭い一本、満足に絞れないなんて」

「いや、水扱いは年季が要るものだ。いずれ慣れる」

そう言って以徳様は立ち上がって背を向け、自分で躰を拭き始めた。

「それは私にさせてくださいませ」

すると首だけで見返って、以徳様は笑みを浮かべた。

「いや、そなたにさせようと思うて手拭いを渡したわけではない。ああでもせぬと、てつは引き下がらぬ。……頑固だからなあ。いや、心根はあれも優しいのだ」

私は立ち上がって、「ええ、わかっていますとも」と頷いた。本当は優しさなど露ほども感じたことはなかったけれど、でも私は義姉なのだ。わからねばならない。

以徳様の手から手拭いを奪い返すと、以徳様は一瞬、私と目を合わせたが、もう否とは言わなかった。首筋から肩、背にかけて拭く。手拭いはすぐに温くなって、桶の水で濯《すす》ぎながら己の動悸を鎮《しず》める。太腿からふくらはぎ、踵まで拭き終えて見上げると、私はその裸身にたじろいだ。

隅々まで引き締まった、武神のようなさまに息を呑む。少し脚を広げて立ったその姿は寛いでいるようにも、今にも弓矢を取って矢をつがえそうにも見える。

前に回って一心に拭いていると、どこかで蜩《ひぐらし》の声がする。夕暮れの座敷に陽が差し込んで、水色と赤が漂う。

立ち上がって以徳様を見上げた。気がつけば以徳様の顔が近づいて、私の頬に冷たい頬が合わさった。

目を閉じたまま、ずっとこうしていられれば良いのにと思った。

日が暮れて訪れた御家中は十人ほどで、てつ殿は下男らに命じて酒を樽ごと座敷に運ばせた。それには驚かなかった。池田屋の逗留客も皆、大層な酒豪揃いであったからだ。

てつ殿は台所で采配を取って次々と酒肴を用意させるが、宵になってからもさらに客が増え、女中らはきりきり舞いをしている。さしもの小鬼も「手出しをするな」と言えぬ忙しさであるのだろう、私が膳を持っては運ぶのに気づきながら見て見ぬ振りをした。

「御免」

玄関で声がして、出ると式台の前に立っていたのは市毛様だった。

「ようこそ、おいでくださいました」

「登世殿、久しぶりだの。息災でおられたか」

「ええ、元気で過ごしております。その節はほんにお世話になりました、有難う存じました」

「清六は？」

「さきほど見かけたのですが、あら、どこにいるのかしら」

辺りを見回しながら「爺や」と声をかけると、市毛様は「いや、結構」と手を振る。

「いずれ後で会えよう、手を止めては悪うござる」

「申し訳ありません」

「今宵は世話をかけ申す」

律儀な辞儀をして、市毛様は勝手知ったる屋敷内とばかりに廊下を進み、座敷へ入って行った。

「やあ、しばらく」

「遅い、遅いぞ、市毛君、いずこで油を売っておったっ」

誰かが怒声を挙げた。座敷を覗いてみると、市毛様と言葉を交わしている当の本人は半身を後ろに反らせて笑っている。どうやら余所者の耳には、水戸の人の口の利き方が怒ったように聞こえるだけであるらしい。

二列にずらりと並んだ御家中は皆、盛んに呑み、言葉を交わしていた。以徳様はひとり口の利き方が静かで、声高に何かをがなり立てることがない。時折、座を見渡しながら、盃を口に運んでいる。

ふと廊下に近い下座に坐る若者の膳の上を見ると、酒肴の皿が早や綺麗になくなっている。何だか申し訳ないような気がした。腹を空かせて訪れたであろうに蒟蒻《こんにゃく》のつけ焼きや切干大根、艶蕗《つわぶき》のひたし煮くらいでは、腹はくちくならないだろう。

台所にとって返しててつ殿の姿を探すと、女中に厚揚げの含め煮を命じているところだった。今夜は風がなく、座敷では皆、汗を拭き拭き、団扇《うちわ》を遣っていたのを思い返す。

「ねえ、てつ殿」

小鬼は鉢に入れた胡麻を擂るのに夢中で、目を上げもしない。私は傍に寄ってもう一度、「ねえ」と呼びかけた。

「鰻をお出ししたらどうかしら」

そうよ、それがいい、水戸の名物といえば鰻でしょうと、私は己の思いつきに声を弾ませた。が、てつ殿は擂粉木《すりこぎ》を持ったまま、きゅうと眉根を寄せた。

「義姉上、この忙しいのに戯《ざ》れ言《ごと》も休み休みにしてくださえ」

「いいえ、本気も本気、大本気だわ。皆さん、この暑い最中に足をお運びくださったんだもの。鰻くらい振舞って喜んでいただきましょうよ」

「うちは宿屋じゃなかっぺっ」

てつ殿が苛立った声を出した途端、台所で忙しなく立ち働いていた女中らが一斉に手を止めてこっちを振り向いた。皆、非難がましい目つきで私を見ている。

「そ、それは承知しているけれど」

「義姉上はご存知ねえでござえましょうが、ここ水戸では上士は鰻を喰い、下士は内職で鰻の串を削るという国柄にござえます。中士である当家が奢《おご》った振舞いをすれば必ず人の口の端《は》に上り、それが兄上の咎《とが》にもなりかねませぬ。派手なお考えは金輪際、お控えくだせえ」

そう言い捨てると、てつ殿はまたごりごりと擂粉木を回し始めた。

半分得心して、半分は気の治まらぬまま廊下に出ると、縁側に面した庭に小さな篝火《かがりび》を置いている爺やが見えた。庭といえど松と梅の古木があるだけであとは勝手に生えてくるらしき草花ばかりだけれど、爺やはそれらも手まめに世話をし、以徳様を喜ばせていた。そして池田屋でそうしていたように、客へのもてなしとして夜の庭の風情を灯している。

私はお母っ様ならどうするだろうと考えを巡らせてみた。小声で爺やを呼んだ。

「市毛様とはもうお目にかかれた?」

「へい、有難ぇことでござんすねえ。あたしみたいな者にわざわざ声をかけてくだすって」

「じゃあ、お願いがあるんだけど、ちょっとお遣いを頼んでもいいかしら」


脂の焼けた匂いの香ばしさに、どよめきが上がった。

私は手文庫に仕舞ってあった金子を爺やに預け、「お店一軒で誂えないで、御足労だけど十数軒を回って一尾ずつ購ってきて」と頼んだのだ。爺やは一刻ほどで帰ってきて、さっそく皿に盛りつけて座敷に運んだ。てつ殿には「目立たない方法を取ったから。ね、今夜だけは大目に見て」と小さく拝み手までしたけれど、私の言葉が終わらぬうちに剣呑《けんのん》な声で女中に何かを命じた。

各々の膳に配り終えると、中には鰻を初めて口にするという者が何人もいた。

「鰻とは、こうも旨い物であったたっぺ」

ぺろりと平らげてしまった若者は下士か、百姓上がりの俄侍《にわかざむらい》なのだろう。以徳様は、

「気に入ったか、ではこれも行け」

皿を差し出してやっている。

「だども、林様は」

「某はこれがあれば良い」

口の端を上げ、杯を持ち上げた。

「ほんに林君は底なしよ。昔は斗酒《としゅ》も辞さなかったのう」

市毛様がそう笑って加勢し、若者に「遠慮なく頂戴するが良い」と言い添えてやっている。

「相済まぬが、某のは分けてやれぬぞ。もうここに納まってしもうたゆえ」

市毛様がきょろりと目を剝いて腹を叩いたので、座が野太い笑い声で沸いた。爺やはさも満足げに座敷を見回して、一緒に台所に引き返す。

「今夜はお疲れさま。皆もどうぞ上がって」

高揚した気持ちのままに使用人らに声をかけた。皆、首をすくめて小鬼の顔色をうかがうが、当人は洗い上げた小鉢を籠から取り出しては拭いている。硬い、苛立たしげな音が響いて使用人らは互いに顔を見合わせたけれど、どうやら止め立てはされぬようだと察したらしき一人が鰻の皿の前に腰を下ろすと、誰もがその後に続いた。ためらいがちに箸を取り、ひとくち口に入れたが最後、貪るように顎を動かしている。

「てつ殿もご一緒に」

「結構です。私は長い物は嫌いでござえますゆえ」

にべもない。私は仕方なく爺やと共に久しぶりの鰻を食した。

なるほど、水戸の鰻は江戸の物より遥かに美味しかった。身が厚く脂が乗っていて、躰に力が戻ってくるのがわかる。使用人らも皆、いつのまにか頰を緩めていて、「ご馳走様でござえました」と箸を持ったまま手を合わせた。

「どういたしまして」

そう返した途端、てつ殿が立ち上がり、手荒に前垂れをはずして台所から出て行った。皆、怖けたように顔を伏せ、前屈みになる。

「何とも片意地なことで。けど、ご本人が一番しんどいことでござんしょう」と、爺やが呟いた。爺やと共に酒を座敷に運び、空いた皿を引いたり煙草盆の灰吹きを替えたりしているうちに、私は廊下で侍する格好になった。御家中らは両隣りに坐る者同士で口々に言葉を交わしているので、話の中身はさっぱりわからない。団扇を手にして、座敷に風を送ることにした。

「和宮《かずのみや》様が江戸城に入られて半年になれど、公武合体《こうぶがったい》は今もって進まぬではないか」

「公武合体なんぞ所詮、幕府が描いた絵の餅よ。おいたわしきは皇女だ。有栖川宮《ありすがわのみや》様という許嫁がおられながらそれを破鏡にしてまで江戸にお下りになられるとはのう」

御名が気になって手が止まった。やはり皇女、和宮様のことだった。畏《おそ》れ多くも、和宮様は私が水戸に発った同じ年の秋、京を出立されて降嫁された。

「烈公夫人であらせられる貞芳院《ていほういん》様も有栖川宮家のお出なれば、我らは何としても和宮様をお守り申さねばなるまい」

「何の、お守りすると言えど大奥には手も足も出ぬぞ。しかもあの薩摩のおなごは姑である立場を笠に着おって、宮様の上座に坐りおったと漏れ聞いた。不敬にも程があるわ」

「某も聞いたっぺ。天璋院《てんしょういん》はそもそも尊王攘夷の雄藩たる島津の出ではねえかや。それがかくなる仕打ちに出ようとは、やはり薩摩は信用ならんっぺ」

そう憤慨した侍はあの桜田門の変を主導した同志、高橋多一郎様親子のことを持ち出した。

以徳様はその高橋様を助けに走ったことで江戸を離れ、襲撃に参加できなかったという事情を私は市毛様から聞いていた。以徳様のみならず私にとっても運命の手綱を引かれたようなお人だけに、他の声を掻き分けるようにしてその水戸弁に耳を澄ませた。

「高橋様は大坂で身を潜め、薩摩藩兵の立ち上がるを待っておられたっぺや。で、いかが相成った。幕吏が踏み込んで自刃に追い込まれたっぺえ。薩摩との連絡役であった川崎君もそうだが、気がついたら追手に取り囲まれておった」

「おかめ、何が言いたい」

口吻の激しいその若者は皆から「おかめ」と綽名されているらしく、なるほど少し目尻が下がって頬骨が高い。けれど肩幅の立派な、精悍《せいかん》そうな若侍だ。

「鈍かっぺや。薩摩は裏で幕府と通じておった、我ら水戸の同志を裏切ったとしか考えられねえべ。だいたい、林殿と市毛殿も薩摩っぽに裏をかかれたではねえべか。高橋様をお助けした後、ようよう江戸に辿り着いたはええが駒込の藩邸に禁足《きんそく》となられた。なにゆえだべ、薩摩が幕府に、いや、諸生党の者どもに密告したゆえだっぺ。襲撃に間に合わぬうえ禁足され、水戸へ移されてなおも禁固を受けた無念をよもやお忘れではなかっぺ」

その言葉に場が静まり返り、と、蜂の巣をいくつも放り込まれたように騒然となった。

私は以徳様も市毛様も語らなかった当時の顚末を思いもかけぬ形で知り、膝の上に置いた団扇の柄をきつく握り締めた。以徳様の無念を我が事のように感じる。

けれど心の隅で、よくぞ禁足されてくださったという思いを抱く己もいる。ほんの少し何かが違えば、以徳様はもはやこの世にいなかったかもしれないのだ。私たちは夫婦になるどころか、二度と逢えなかった。そこに思いが至ると、鳩尾《みぞおち》が冷たくなった。それはまるで反り返った刃《やいば》の上を歩いてきたような空恐ろしさだった。

座の中は薩摩を同じ志を持つ藩と信じて擁護する者もいれば口火を切った若侍に同調する者もいて、どうにも混じり合わない。若侍は片膝を立て、皆を見回した。

「この二月、桜田門外で襲撃の指揮を取られた関様がとうとう越後の湯沢で捕えられ、江戸で斬首の刑に処せられたは皆もよう存じおるべ。こうして我ら天狗党が一命を賭して大老を討ったからこそ、戊午の大獄は収束したんではなかっぺか。諸藩の攘夷派はあの桜田門の変のお蔭で弾圧を免れた、命拾いをしたんだが。

なれど、我らが開いた道を大手を振って歩くは誰だ。水戸じゃねえ、薩摩だっぺえ。あの久光公は厚顔にも朝廷に幕政改革を建議して、勅使が江戸に下向されるに随《つ》き従う御役目まで果たされた。本来であれば、それは我が水戸藩の賜る御役ではねえべえか。なあ、皆はそれを口惜しいとは思わねえが？　沽券《こけん》にかかわるっぺ」

するとじっと黙って皆の弁に耳を傾けていた以徳様が、若侍に「小四郎」と呼びかけた。

「戊午の大獄は、そもそも水戸の内紛が元だ」

「何、今、何と申された」

若侍はいきなり刃を突き立てるような物言いで、綽名とは裏腹な荒々しい気性を剝き出している。前のめりになり、周囲から止められるとなお猛《たけ》り立つ。成行きが怖くなって私は身震いをした。背後で気配がして振り向くと、爺やが縁側の前に立っていた。同じように話を聞いていたようだ。

以徳様は表情を寸分も変えることなく、若者に目を据えた。

「戊午の密勅《みっちょく》の件を忘れたか。あれを朝廷にお返し申す、申さぬで我が藩内が対立しておらねば、戊午の大獄は起きなかった」

「さてもさても奇怪なことを申される。あの勅許《ちょっきょ》は帝より水戸に下されたものだっぺい。そもそも幕府が朝廷の許しを得ずして米国との通商条約に印など捺《つ》くゆえ、主上《おかみ》の怒りを買うたのではねえが。御三家及び諸藩は今こそ公武一体となりて攘夷を成し遂げよ、その命《めい》を他でもねえ、我が藩に下された。その勅許を何ゆえ返納せねばならぬ。

なるほど幕府は頭越しに水戸に勅許を下されて面目を失うたであろう。が、それは自業自得よ。主上の信を失うた幕閣らが自ら招いた咎《とが》だっぺ。それを、密勅をお返し申して端《はな》から無かったことにせよなど片腹痛いわ。林殿はいつから諸生党になられたっぺ」

するといい市毛様が「おかめっ」と叱咤した。

「林君が密勅をお返しすべきではないという立場を貫いて来たのは、そなたもよう存じおろう。そもそも林君が今、言うたは左様なことでは無かろうが。忖度《そんたく》すべきは他藩ではのうて、我が藩だと申されておる」

「はっ、諸生党と肩を組めとでも申されるっぺか。幕府の気息を窺《うかご》うて、己が立場を守るに汲々としおって。あんな奴らを思うだに反吐《へど》が出そうだっぺ」

若侍は酔いで濁った目を血走らせて市毛様を睨み返していたが、ふいに怒らせた肩を下ろして坐り直すと、自棄《やけ》のように酒を立て続けに呷《あお》った。市毛様はまだ怒っている。

「よりによって林君を諸生党と一緒にするなど、いかな親しい間柄とはいえ口が過ぎ申そう。林君は叔父御も弟御も桜田門で喪うておられるのだぞ。お詫びせよっ」

以徳様は小さく首を横に振り、「いや、もう良い」と市毛様を止めた。

「某が申したかったのはその諸生党との対立を終息させねば、尊王攘夷を成すどころか薩摩にも長州にも後れを取るであろうということだ。薩摩と協調するか否かも藩の方針として一つにまとめねば、向こうも水戸を相手にすまい」

するとと同時に賛否が湧き上がり、また紛糾する。

「薩摩っぽは信用できぬ」

「いや、ここは我らが一枚も二枚も上手《うわて》を取って、今しばらくは芋侍どもを使いこなすが肝要ぞ。向こうは何というても軍資金が潤沢なのだ」

そして面々は水戸の財政の脆弱《ぜいじゃく》さを口にし、どこまで貧乏神について回られるのかと嘆いた。

「そもそも、毎日鰻を喰ろうておる諸生党どもが藩政に乗り出してきおったのが、運の尽きぞ。桜田烈士の首を内心、ほくそえみながら幕府に差し出しおった」

「そうだ、ことにあの市川三左衛門《いちかわさんざえもん》は陰で幕閣と意を通じておるらしい」

「烈公が亡き今、頼みの綱は江戸執政の武田耕雲斎《たけだこううんさい》様のみぞ。耕雲斎様には何としても、市川が力をつけるのを喰い止めていただかねばなんねえ」

「いっそ、今のうちに潰しておくが？」

「誰をだ」

「市川に決まっておるべ」

「放っておけ。奴らは積年の恨みつらみを晴らしておるだけであろう。烈公は長年、我ら天狗党を重用されて、諸生党を藩政から遠ざけて来られたからの。何、いかほどのこともできはせぬ。家格ばかりが高い、能無し揃いよ」

諸生党の市川某を今のうちに潰せと意気込む者がいれば、相手にするなと軽侮する者もいる。以徳様は恬淡《てんたん》として、市毛様の盃に酒を満たしている。色の黒い若侍は両隣りの者らと盛んに言い争い、拳を振り上げていた。


以徳様の胸に頬を埋めて眠りにつくだけで、私は胸が一杯になる。

寝入ってしまうのが惜しいような気がして、以徳様の寝息に耳を澄ます。夜が深まるにつれ、木々の葉擦《はず》れに混じって星々がさらさらと流れる音まで聞こえるような気がする。

以徳様の水戸での滞在は、残すところあと二日だ。明後日の朝に出立すれば、また無為に待つだけの日々がやってくる。そんなことを思いながら寝返りを打ち、はっとして身を起こした。隣りを見ると、綺麗に畳まれた夜具があった。

ああ、また朝寝坊……。

慌てて身仕舞いをする。水戸はそもそも江戸と違って、大層、朝が早い。燈心の油を惜しんで夜が更けるまでには床につくからだ。池田屋では商い柄もあって皆、宵っぱりで、私などはいつも昼前にしか起きなかったから、嫁いでからというもの昼夜を合わせるのに一苦労だった。けれど近頃はようやく、夜明けと共に目を覚ませるようになっていた。

なのに、よりによって以徳様がおられるこの数日に限って毎朝、寝坊だ。ほんとにもう、私は何て間が抜けているのだろう。

廊下を小走りで駆けると、拭き掃除を始めている女中が頭を下げた。

「お早うございます」

「お早う。ああ、でもちっとも早くないのよね。今、何刻《なんどき》?」

「はあ。そろそろ、明け六つ半だっぺ」

「きゃあ、大変大変大変。だ、旦那様はもう登城されたのよね。ああ、私ったらまたお見送りもせずに」

「いいえ、今日はまだお出かけにならねえでござえますよ」

私はさぞうろたえて髷も崩れているのだろう、女中は廊下に屈みながら笑みをこらえている。

「大変、大変」とわめきながら手水《ちょうず》を遣おうと、庭に出た。

剣術の稽古をしている以徳様の後ろ姿が見えた。諸肌を脱いでいて、一太刀振るたび腕や背から汗が飛び散る。爺やが柴垣に絡ませた白い野茨《のいばら》が揺れる。

黙って見ていたいような気がしたけれど、陽射しの中で以徳様がついと振り向いた。

「お、お早うございいます。申し訳ありません、私」

「あまり気持ちよさそうに寝ておったので、起こすのが気の毒であった」

「あ……あの、その、斟酌《しんしゃく》していただいて恐れ入りまする」

身を縮めて妙なことを口走ってしまう。以徳様は歯を見せて破顔した。目尻に細い皺が寄ると、剣士らしからぬ人懐こさがのぞく。私はまたぼんやりとして、私は本当にこのお方の妻であるのだろうかと目を瞬かせた。

以徳様は筒袖の胴着に肩を入れ、木刀を携えたまま大股でこちらに近づいてきた。

「弘道館に行ってくる。今宵はまた仲間が集まるゆえ、雑作をかけるが頼む」

「承知いたしました。あの、お着替えは」

「いや、稽古着のまま参ろう。どうせ向こうでも汗みずくになる」

「はい。行ってらっしゃいませ」

門に向かう以徳様に従うと中間《ちゅうげん》が走り寄ってきて、お道具を担ぐ。その先を以徳様は行きかけて、また振り向いた。

「登世」

「はい」

「今宵はもう、鰻は奢らんでも良いぞ」

「も、申し訳ございません。出過ぎた真似をいたしました」

小鬼はあの一件がよほど気に入らなかったのか、あれから一言も口をきいてくれない。

「いや、皆、大層、喜んでおった。ゆえに今宵はもう良いと申すのだ。でなければ口の卑しい奴らのこと、癖になる」

以徳様は片眉を上げ、悪戯っぽい目をした。

夜、林家に集まったのはごく内輪のお仲間のようで、五人だった。

私は言いつけを守って鰻はよすことにして、台所にも近寄らないことにした。先だっては、てつ殿の持ち場を奪ったような気もしたからだ。もっぱら座敷に酒や膳を運ぶ役に徹したが、徳利の空くことの早さといったら、爺やはまた樽ごとを運び込んでいる。

青簾を巻き上げた広縁の隅に坐した私は、団扇で座敷に風を送る。今宵は夜風があるので本当はそんなことをしなくても良いのだろうが、少しでも以徳様の近くにいたかった。

蚊遣《かや》りの煙が目に入って痛い。袂で目尻をこすりながら、昼間、爺やから聞いた話を思い返した。

座敷で以徳様の荷を作っていると縁側から「嬢様」と呼んだのだ。その呼び名は駄目だと何度説いても、爺やはすぐに元に戻ってしまう。近頃は私ももう根負けして、とやかく言わなくなっている。

爺やは水桶を手にしたまま辺りをうかがうように口許に掌を立てた。

「このあいだ、酒席でいざこざがありやしたでしょう」

「……そうね」

「旦那様が、まずは藩内の対立を解かねえとって、こう主張なさってたんでさ」

「ええ、憶えてる」

「ほんに？」

「ほんとよ。ちゃんとこの耳で聞いてたわ。諸生党が随分と専横なお振舞いをなさっているんで、皆さん、怒ってらっしゃるんでしょう」

「さて、それでさ」

爺やは小さく掌を鳴らし、塩辛声を潜める。

「その諸生党と旦那様ら天狗党のいざこざってのは、そもそも烈公が九代藩主の座にお就きになるときに起きた跡目争いにまで遡るらしいんでさ。その当時、烈公の藩主就任を推したご家臣らが、後に天狗党と呼ばれる一派になったそうで。諸生党は違うお方を推した一派で、まあ、烈公の時代はそれで冷や飯を喰わされたようでがす」

「爺や、何でそんなこと」

「いえね、この間、下足番をしている間に市毛様のお供からちょいとね」

爺やは市毛様の御家来ともすっかり懇意になっているようだ。

「で？」

私が先を促すと、爺やは嬉しそうに得意顔になった。

「それが嬢様、驚かねえでくだせえましよ、その天狗党の始まりってのが、御側用人《おそばようにん》であられた藤《ふじ》田東湖《たとうこ》様なんでさ。憶えておいでですか、まだ嬢様はお小せかったが、よく可愛がっておもらいになったんでやすよ」

「お、憶えてる。お父っ様をよくお訪ねにみえていたお方だわ」

「池田屋の旦那様は通人でらっしゃいましたからねえ、藤田様とは学問でも遊びでもよくご一緒に」

「たしか、藤田様はあの安政の大地震でお亡くなりになったのだったわね……」

あのとき、私は十二歳だった。今も思い出すのが怖いほど地面が突き上げて、箪笥や火鉢が宙に浮くように揺れた。大名屋敷や旗本屋敷でさえも倒壊して、方々から火が出た。身内や家を失った者は数万人とも噂された。

「烈公は懐刀《ふところがたな》として大層、藤田様を頼りにされておられたそうでやすから、そのお嘆きようは並大抵ではなかったと聞き及びました。烈公は御気性の激しさでは江戸でも鳴り響くほどのお方でやしたから、臣を可愛がるも退《しりぞ》けるも極端だったんでございやしょうねえ。藩政改革に臨まれた折も御先祖が古着屋上がりであるという藤田様を御側用人に抜擢されて、いえ、藤田様のみならず有能であれば家格にかかわらず重用されたようでがすね。が、名家出身の上士でも無能な者は一顧だにせぬような黒白のつけ方で。それが怨みを買い、反烈公、反東湖様という一派、諸生党を作ることになったんでさ」

「ところが藤田様がお亡くなりになって……」

「そう、そこでさ。それまで押さえつけられてきた諸生党は水面下で着々と幕府と通じておったようで、隠居された烈公を排斥に及び、今の御藩主、慶篤《よしあつ》公を取り込んで、今や次々と藩政の中心に返り咲いているらしいです。

……こっからは市中で耳にしたことでございやすが、商人らの言うことにはそもそも烈公の御策は行き過ぎも多かったようで。なるほど、質素倹約令や鳴物禁止令による不景気もその伝でございやしょう。諸生党の中にはむろん真っ当な御方もいて、強引に幕府に物申される烈公の言動は御三家としていかがなものかと意見する向きもおられたそうですが、なにせ長年、御禄や御役で抑圧されてきやしたからその鬱屈が溜まりに溜まっておるんでございやしょう。

けど天狗党にしてみたら、烈公の薫陶を受けて頭が進んでいるのは自分らだという自負がある。互いに角を突き合わせてもう、藩政は船頭のおらぬ舟のごとく波に揉まれ続けているんだそうで」

ふと、江戸からの道中で、案内役の市毛様が途中で水戸街道を逸れ、わざわざ遠回りをしたことを思い出した。諸生党に襲われるかもしれぬ、市毛様はそう言った。

爺やも言葉を吸い込んだように黙り込み、いきなり「おっと、いけねえ」と顔を戻した。

「お手を止めちまいやしたね、嬢様」

「ううん、それはいいけれど」

そのまま尻切れ蜻蛉《とんぼ》のようになって別れた。爺やは内情を知れば知るほど天狗党の面々に肩入れしてしまうのか、座敷でも小まめに世話をしている。

「おい、こっちも徳利を頼むっぺ」

大声を挙げて爺やを呼ぶのは、小四郎という若侍だ。綽名は忘れもしない、おかめ。今夜はより仲間内であることで気を緩めているのだろう、まるで水でも呑むかのように酒を呷っている。

「もはや、よかろう様はどうにもならねいべ。天狗党の言い分にもよかろう、諸生党の言い分にもよかろうでは、決まるものも決まらんっ」

小四郎様の言う「よかろう様」が、どうやら今の水戸藩主、慶篤公を指していることがわかって、私は耳を疑った。家臣が主君を指して「どうにもならん」とは、あまりに不逞《ふてい》な物言いではないのか。けれど話を聞くうち、小四郎様は慶篤公の無定見ぶりが内紛を深刻化させていると主張していることに気がついた。天狗党対諸生党の敵対関係は藩主によって作られ、また藩主によって深刻さを増しているということだろうか。

主君を戴く侍の生きようとは何と難しいことだろう。己が信じる道を進む前に、越えねばならぬ峠や川が多過ぎる。

「我らの希みを託すは、唯お一人、英邁なる一橋慶喜《ひとつばしよしのぶ》公だべ。是非とも、慶喜公に藩主になってもらうっぺ。わしはそう決めたっ」

「おかめ、無茶を言うでない。慶喜公はつい先だって、将軍後見職にお就きになったばかりではないか」

「市毛殿、無茶ではねえ。慶喜公は頭脳明晰、英明で、副将軍であらせられた義公の再来とも謳《うた》われるお方だべ。後見職をお務めになりながら水戸藩の舵を握られるなど、たやすいことだっぺい」

「それが無茶でのうて、何が無茶か」

「そもそも、林殿が言われる藩政の一本化もあのよかろう様が藩主の座に坐っておられる限り、見込みのねえ思案だっぺ。まして諸生党はあの市川が笛を吹いて幕府や諸国の親藩と着々と結びつきおるというに、我が天狗党は藩政からじりじりと追ん出されつつある。そのうえ、薩摩と結ぶ者に長州と結ぶ者、それに反対する者と、派が分かれてしもうた。これを一つにまとめるは、藩主の首をすげ替えるしかなかっぺい」

「おかめ、派を割って分かつはそなたの弁舌ゆえではないか。近頃、激派《げきは》の者を集めてこそこそとやっておるらしいの。何を企んでおる」

　市毛様の口振りは率直ながら、教え諭すような穏やかなものだ。けれど小四郎様は子供のようにぷんと口を尖らせた。

「こそことは、何ちゅう言いよう。わしは林殿も市毛殿もお誘い申したっぺえ。だども、お前さん方は来てくれんかった。……待っておっだに」

　拗《す》ねたように、胡坐《あぐら》に組んだ膝を抱えた。

「どうせお二人とも、鎮撫派《ちんぶは》同士でくっちゃべっておられたんだっぺ」

以徳様と市毛様は目を合わせ、同時に苦笑いを浮かべた。

「おかめ」

以徳様が呼びかける。

「その方の申す通り、天狗党も派閥に分かれている時節ではないのだ。自説に固執して譲り合わぬままでは到底、大義に生きることなどかなわぬ。我らの大事は藩政の主権を奪還するにあらず、まして殿を藩主の座から引きずり下ろすことでもない。……桜田門以降、我らは思い知らされたではないか。誰かをお討ち申しても、神州日本を欧米列強から守る道筋には全く届かなかった。むしろ政情の不安を掻き立て、民百姓が安んじて生きられる世を遠のかせたやも知れぬ。……この国のために我らは何をせねばならぬのか、小四郎、共に考えてくれぬか。共に歩いてくれ」

その声音にも、まるで兄が弟の肩を抱くかのような近しさがある。けれど以徳様の忸怩《じくじ》たる心中がふと透けて見えたような気がして、私は切なくなった。

潮来の郷校は江戸藩邸はおろか、水戸の御城にも遠く隔たっているのだ。国事に奔走したい衝動をいかなる意志で抑えておられるのだろうかと、教鞭《きょうべん》を執《と》る以徳様の姿を思い浮かべた。

小四郎様はもはや口を返すことなく、今度は膝を立てて顎をのせている。やがて一人二人と暇を告げ、市毛様も「そろそろ」と腰を上げた。夜が更けたからか、市毛様の四角い顎はお髭の翳《かげ》でうっすらと青く覆われている。

「おかめも。さ、長居するでない」

だが小四郎様はまだ話し足りぬらしく、猪口に手を伸ばして自分で酒を注ぎ入れた。

「市毛君、いいよ。滅多に会えぬのだ。もう少し呑ませてやる」

「そうか？　登世殿、世話をかけ申すの」

市毛様は私にまで気遣いをして、「しからば」と刀を持って座を辞した。

小四郎様はかなり酔っているようだがしぶとく杯を重ね、語り続ける。といっても、もう何度も同じ話を繰り返しているだけだ。

「よかろう様と慶喜公は、同じ御腹から生まれたとは思えねえ。ありゃ出来損ないでねえげ？」

以徳様は廊下に坐っていた私を座敷に招いてくれ、三人で円座になった。小四郎様は私より年嵩《としかさ》の二十一歳であるらしい。見るからに負けず嫌いな横顔で、けれどひとたび笑うと垂れた目が頬に埋もれて闊達な少年のごとき面差しが現れる。

「わしはいかな東湖の倅といわれでも、悪名高い妾腹だっぺ。まあ、わしが出来損ないなのはしょうがあるめえ、なあ」

そう聞いた途端、「え」と目が丸くなった。

「こ、小四郎様は藤田様の御子息なのですか」

「いかにも。わしの生みの母親は勝気な出過ぎ者で有名な妾での。正妻を押しのけて家内を牛耳りたがるわ贅沢三昧するわで、とうとう離縁された口だっぺい」

小四郎様はあっけらかんと笑い声を立てる。以徳様も片頬に笑みを浮かべて私に訊ねた。

「いかがした、登世」

「いいえ、私の父が東湖様に懇意にしていただいておりまして、幼い頃は大層可愛がっていただきました」

「そうか。それは奇縁だな。……いや、池田屋は藩の御重役も重用しておられたゆえ、無理からぬ縁か」

小四郎様は俯いて頭をぐらぐらと揺らしている。と、ふいに顔を上げた。

「林殿はあの池田屋の娘御を娶られたとは聞いておったが、なるほど噂通り色が白うて七難隠しておられっぺい。それにしても眼《まなこ》が大きゅうてよう回る、虫が入り申そう」

ぐふりと笑い声を洩らしたが最後、小四郎様は身を揺すって笑い続けている。

「ず、随分と笑い上戸でございますね。それほど私が可笑しゅうございますか」

「何、おかめはこれでも褒めている」

そう言う以徳様も可笑しげに眉を下げている。

「あんまりです。とても褒めているようには聞こえません」

頰を膨らませながらも、私は嬉しかった。以徳様の眼差しから翳《かげ》りが消え、声まで明るむことが途方もなく倖せに思えた。

小四郎様が引き揚げたのはそれから一刻ほど後のことで、足がもう縺《もつ》れていた。家来の一人もつれてきていなかったので、爺やが提灯《ちょうちん》を持って送ることになった。

「ああ、今宵は少々、呑み過ぎたようだ」

寝間に入るなり、以徳様は畳の上に大の字になった。傍に行って、揺り起こす。

「夜具を敷きますゆえ、お待ちください。そのまま寝られてはお風邪を召します」

すると以徳様の腕がいきなり伸びて、膝ごと引き寄せられた。頭を私の膝の上にのせて、「うん、いい按配だ」と呟く。

「明日はもう、潮来に発ってしまわれるのですね」

言わでものことを口にしてしまう。

「いつか、そなたもつれていってやろう」

「真ですか」

「潮来は水の郷だ。濃紫や白の花菖蒲が一面に咲く」

菖蒲はぽってりとした花弁も美しいけれど、私は緑葉の姿が好きだ。大名家の奥に女中として上がっていた幼い頃、奥方様の遊山《ゆさん》のお供をして、荒川《あらかわ》近くの堀切《ほりきり》まで足を延ばしたことがあった。菖蒲の葉が根元から勢いよく立ち上がり、蕾や花を守るように寄り添うさまに私は気を惹かれた。風もないのにふいに葉の何枚も揺れると思ったら、そこかしこで蛙《かわず》が飛び出し、遊んでいるのだ。ぽちゃり、ぽちゃりと水面を跳ねる音が愛らしいと申し上げたら、皆が笑った。

「楽しみにお待ちしております。でも来夏の前にまずは梅見がしとうございます。偕楽園におつれくださいませ」

いつか、以徳様は偕楽園の梅樹を久しく見ていないと口にしていた。二人で梅の枝から枝を巡りたい。お弁当とお酒を持参して、草の上で広げるのだ。きっとそこかしこに見知りになった家族がいて、互いに挨拶を交わす。江戸であればすぐに誰かが枝を手折《たお》って踊りや手拍子が始まるけれど、水戸ではそれも御法度だから梅見もきっと静かであるに違いない。その静寂の中で、梅の香だけが濃く漂うだろうと私は夢想する。

気がつけば、以徳様は私の膝を枕に寝入ってしまっていた。横顔にそっと指を這わせながら、このお方が天狗だなんてと不思議な気がする。

庭の暗がりに目をやると、澄んだ夜の空に満天の星が瞬く。もうすぐ七夕なのだと思った。

第四章　草雲雀

一

中秋の名月も過ぎた八月の末、御役目で江戸に向かった以徳様から文が届いた。いつもながら短い文で、むろん政《まつりごと》や世情のさまざまに触れてあるわけもなく、家の内に変わりはないか、皆が息災で過ごしているかを案じてくれている。

けれど爺やが市中で仕入れてきた噂によると、十日ほど前、東海道沿いの生麦《なまむぎ》村なる土地で薩摩藩士が英吉利人を斬り捨てて死に至らしめるという難事がまた起きていた。島津公の御行列に騎馬の英吉利人が乱入したのが理由であるらしく、今や水戸に引けを取らぬ尊王攘夷の先鋒たる薩摩藩士にとってはごく至当な成敗《せいばい》だったのだろう。

「気持ちはわからんでもありやせんが、事は薩摩だけで済みますまい。下手すりゃ、国と国との戦になるってぇ話でさ」

御公儀はこの事件で英吉利国から猛抗議を受けているらしいと爺やは教えてくれたけれど、私には国というものが茫洋としてどうにも摑みがたい。将軍のお膝元である江戸者にとっては江戸が国のすべてであったし、諸藩の者もしかり、国といえば自藩を指していたはずだ。

ただ一藩、徳川御三家であるこの水戸藩だけは義公の時代から将軍よりも京におわす帝に頭《こうべ》を垂れ、諸藩すべてを束ねたこの日本国を意識してきたのである。

それは何ゆえだろう。水戸藩は御三家の中でも将軍を出すことを許されぬ家格である。であればこそ、副将軍であられた義公は将軍家の臣たる身分に甘んじていられなかったのではないか。以来、「己の頭上におわすは帝のみ」と尊王の念を強めることで、水戸は藩主も藩士も矜持《きょうじ》を保ち続けてきたのかもしれない。

と、機織りの音が私を咎めるように響く。

「妻女が家の外のことに、まして御政道に思いを至すなど不行状極まりないこと。向後、お控えくださえ」

てつ殿の癇走《かんばし》った声がじわりと滲むようによみがえって、私は文を畳んだ。夏の鰻の一件以来、さらに隔てを置かれるようになっていたけれど、以徳様が潮来に発って数日の後、てつ殿がふいに私の自室を訪れたのだ。

「噂になってござえます」

私の前に坐るなり、てつ殿は切り口上になった。

「何のことですか」

「林の御新造《ごしんぞ》は酒席に侍《はべ》って酌をするそうな、親しう口をきいて座持ちまでするっぺ、なるほど江戸の御方は違う、まるで芸妓のごとくでござえますなと」

「だ、誰がさようなことを。私は酌などいたした覚えはありません」

「覚えはのうても、人の口に戸は立てらんねえですべ。……ほんに、通夜の手伝いに参じて赤恥を掻きあんした」

近所の年寄りが亡くなって、てつ殿は昨夜、通夜振舞いの手伝いに伺ったのだ。私も一緒にと申し出たけれど「一家から一人と決まっております。女中もつれて行きますゆえ」とすげなく断られた。お勝手で役に立たぬ私を近所の妻女に見られたくないのだろうと察し、私も引き下がった。けれど竈《かまど》の前でおなごばかりが集まれば、誰かの噂話に花が咲くと相場は決まっている。きっと私が客人たちと親しく口をきいたことがお仲間の妻女に伝わって、そこからまたこの界隈にまで流れてきたのだろう。

「林家の名折れでござえます」

そこまで言われて、頭に血が昇った。

「あなたは、私の申し開きより根も葉もない町の噂を信じる、そうおっしゃるの」

「長い間、味噌醤油を貸し借りしてきた仲でござえますから。昨日今日、突然、押しかけて来られたお方とは違うに決まっておりましょう」

「押しかけ……」

「兄上は、志を遂げるまでは嫁御を娶らぬ、そう決めておいででござえました」

てつ殿は眉間に嫌悪を集めて私を睨みつけていた。その眦《まなじり》が濡れているのに気づいて、出かかった言葉を吸い込む。

泣くほど憤っているのか、この私に。冷たいものが胸の中を走り抜ける。

「妻女が家の外のことに、まして御政道に思いを至すなど不行状極まりないこと。向後、心してお控えくださえ」

てつ殿は居丈高に命ずると、着物の裾を蹴るようにして出て行った。

巻紙を広げ、「私も皆も変わりなく、平穏に過ごしておりますのでご安堵くださいませ」と以徳様に返事をしたためる。手文庫に仕舞ってあったお母っ様への文と共に袱紗《ふくさ》に包み、爺やを呼んだ。

「飛脚にこれをお願いできるかしら」

「へい、合点で」

爺やは袱紗包みを押しいただくように受け取ったものの、数歩行きかけてまた縁の前まで戻ってくる。

「嬢様。たまには町にお出かけになりやせんか」

「町へ？　でも……」

庭越しに機織り部屋を見る。

「御用があればいいんでがしょう。供はあたしが務めやすし」

それでも迷う私に爺やは片目を瞑って見せた。

「御母上に水戸の名物を購ってお送りなさいやし。出過ぎた言いようですが、嬢様の御持参金と御母上の御送金でこの家は借銀をなさらずに済んでおられる。まあ、他家にはそれもやっかまれておいでなんでしょう」

ここ五軒町の屋敷に奉公する下男や下女らと馴染みになっている爺やは、何もかも見通しているようだった。

「御母上に礼の品をお送りになる御用となれば、小鬼様も否やは仰せになりますまい」

「でも……もう工面が」

私はこういう段になって己の遣り繰り下手が厭になる。お母っ様が送ってきてくれる銀子は手元に置くのだけれど、いつもあっという間に消えてしまう。後先を考えずに鰻を奢ったり、お遣いの者に配る菓子や手拭いをふんだんに用意してしまうからだ。先だっても潮来に赴かれる以徳様の荷の中に身の回りの品を整えて入れたばかりで、小粒さえ残っていなかった。そんな手許も呑み込んでいるとばかりに、爺やは白混じりの短い眉を動かした。

「ですからそういう用向きでお出かけになるって、あたしが女中らに伝えておきます。そうそう、ちょいとお待ちなすって」

爺やは小走りに庭を抜け、お勝手に入る。ほどなくして小さな包みを提げて戻ってきた。

「御母上にはこれをお送りなすったらいかがです？　こいつぁ一年ものでね、ちょいと味見させてもらいやしたが、いい塩梅に漬かってまさ」

爺やが差し出した包みから赤紫蘇の匂いが立った。

「梅干し？」

「へい。水戸の名物ったあ、鰻に蒟蒻、それと梅干しでございやしょう」

この家の庭にも梅樹があり、古木ながら皐月の時分には青い実をたくさんつけていた。爺やは当家の使用人らとも打ち解けていて、いつもむっつりと押し黙って働いていた皆が、時折、爺やの軽口で肩肘を緩めることもある。私とはえらい違いだと己が情けなくなりながら、勧めに従うことにして着物を替えた。

中士屋敷の集まった界隈を抜け、飛脚屋のある下町《しもまち》に向かう。

「嬢様、ご覧なせえ。雲影一つねえ秋晴れだ」

気乗りしないまま「ふうん」と返すと、爺やは塩辛いしわぶきを落とした。

「なあに、御子がおできにでもなれば、また変わりまさ」

その声があんまり優しくて、凝り固まった心が穏やかに解けていく。あたたかい。涙ぐみそうになるのを私は笑ってごまかした。

「うん。……それじゃあ、じゃんじゃん産んじゃおうかな」

「そうなさいやし。旦那様はきっと子煩悩でいらっしゃいやすよ」

「そうね、家の中もきっと賑やかになるわね」

「やあ、大変だ。嬢様の御子はきかん坊の、はねっ返りに違いねえですからね」

「私に似たら、やだ。お顔も気性も、何もかも旦那様に似てほしい。ことに鼻は駄目、私みたいな鼻ぺちゃは可哀想」

「鼻？」

爺やは前に回り込むようにして、まじまじと私を見上げる。

「そうですかねえ、あたしは嬢様の鼻は可愛いと思いやすがねえ。おなごの鼻筋がこう、きちっと細く高く通ってるってのも権高《けんだか》でござんすよ。その点、嬢様のは控えめにぽっちりしてなさる」

「んもう、気にしてるのに。ひどいなあ」

二人で同時に吹き出した。けれど下町の通りも笑い声が響くほど人通りがまばらで、ひっそりと陰気だ。

「爺やが言ってた通り、淋しい町だこと」

江戸は大名や武家の屋敷が集まる町は別として、町人が暮らす界隈はどこも物売りの声や威勢の良い駕籠かきの声、荷を曳く人足や商人らのやりとりでごった返している。その合間を行くおなごの着物は目に鮮やかなほどの粋に満ち、いつの季節も祭のように活気に溢れていた。

「日暮れまでまだ時がありやす。一つ、那珂川《なかがわ》沿いに足を延ばしてみやすか。お嫁入り道中のときに渡られたきりでやしょう？　それとも千波湖《せんばこ》になさいやすか。あすこも大層、風情のある水辺だそうでござんすよ」

私は今朝からよほど塞いでいたのだろう。爺やはしきりと気散じを勧めてくれる。「それじゃあ」と、私はわざと呑気な声を出した。

「ひとりで歩いてきていい？」

「おひとりで？　そいつぁ……危なくねえですか」

爺やは思案顔だ。

「大丈夫よ。こんなに人の行き来が少ないんだもの。誰の目にも留まらない」

私は拝み手をして見せる。

「ね、お願い。そう遠くまでは行かないから」

「参ったなあ、そう出られるとは思いもしねえ」

「夕暮れまでにはここに戻ってくるから。きっとよ」

「さいですか？　んじゃ、あたしは飛脚屋に文を預けて、あすこの茶店でお待ちしてやすよ」

秋も深まりつつあるというのに葭簀《よしず》が立て掛けたままになっている茶店を、太い指で指した。

爺やと別れた下町から御城を左手のかなたに見ながら、ゆっくりと北に向かって歩いた。

水戸の御城は北に那珂川、南には千波湖という湖を擁し、御城の東西に鳥が翼を広げるように町がある。御城は最も高台に聳え、南北と東は崖に面しているので石垣は築かれていない。常陸にはもともと石材が少なかったためでもあるようだ。唯一、御城の西側だけは台地続きのため幾重にも土塁と空堀《からほり》が巡らされている。

嫁いできた一年前の秋は山々も通りの木々も黄葉して、辺りを吹く風が黄金色に見紛うほど美しかったことを思い返した。あのときはこんな情けない自分を想像もしていなかった。お母っ様に梅干ししか送れぬ娘で、義妹に持て余されている嫁……徒労感が咽喉元まで詰まっている。

けれど心底、こたえていたのはあの言葉だった。

「兄上は、志を遂げるまでは嫁御を娶らぬ、そう決めておいでででござえました」

まるで、私が以徳様の志を殺いだかのような言いようだった。かような時節に、しかも余所者を娶るは恥だとでも言いたいのだろうか。

歩くうちに次から次へといろんな想念が萌《きざ》してきて、私はまた腹を立てる。

何が林家の名折れよ。あの子はおなごながら志士気取りでいるんだわ。いいえ、きっとお肚の中では私を町人の娘だと侮ってかかっているに違いない。二言目には武家を持ち出して、私を下に置きたがる。

そんなことまで思いつく己にもっと嫌気が差しながら、何度も息を吐く。気がつけば、目の前に悠々たる流れが広がっていた。堤沿いの緑の道を西に行く。川向こうはまだ青みを含んだ稲穂の波がどこまでも広がっていて、収穫を待つばかりの綿《わた》畑もある。俯いた実が含む綿花の白は清々しくて、女たちの野良着の藍が畝から畝へとゆっくりと動く。田畑を遠く見渡せば黒いお椀を伏せたような森が点在し、鳥居の朱色が陽を受けて光った。

爺やも一緒に歩かせてやれば良かったと、私は後悔した。爺やは己が父祖が耕したであろうこの田畑、この里の中に身を置いてみたくて、水戸に下ってきたのではなかったか。近いうちにまた何か用を作って、この辺りを歩かせてやろうと私は心組む。

やがて胸の裡でくすぶっていた黒い靄が薄れ、躰から抜けていくのがわかる。私はいつしか我を忘れ、ただ風景の中を夢中になって歩いた。

ひんやりと影の内に入って左手を見上げると、御城の御杉山《おすぎやま》の際に椎《しい》の樹が枝を伸ばしていた。樹冠はこんもりと傘のように丸い大木で、艶のある深緑と葉裏の金色が混じって広やかな木蔭を作っている。御杉山の濃緑の向こうには、御城が垣間見えた。本丸にも二の丸にも塗塀を巡らせた堂々たる威容は思いの外、間近に迫っていて、けれど途方もなく静かだ。

顔を戻すと、目前の那珂川は蒼く透き通っていた。草の這う川縁をあてもなく、そぞろ歩く。時折、叢《くさむら》の中から鈴を震わせたような澄音が湧き立つ。草雲雀《くさひばり》だろうか。

しばらく行くと、誰かが床几《しょうぎ》に腰をかけて釣り糸を垂れている。それが小柄な老女であることがわかって、思わず歩を止めた。

老女と釣竿との珍しさもあるけれど、まるで一幅の絵を眺めるような心地になる。藩の決まり通り着物は何の変哲もない黒紬ながら切り下げた銀髪は艶やかな光を帯び、坐姿にも﨟長《ろうた》けた、何とも言えぬ風情がある。

老女が気づいたのか、ふとこちらに目を向けた。途端、背後で物々しい足音がした。

「無礼者っ」

何人もの女が私を取り巻き、身構えて叱咤する。

「控えやっ」

釣りをしている老女の身分の高さをようやく察した私は飛蝗《ばった》のように草の上に伏し、両膝を畳んで平伏した。が、何本もの腕が伸びてきて両脇から引っ張られるようにして立たされる。躰を改められながら名と住まいを尋ねられ、小声で答えた。

「何ゆえ一人歩きなどしておるのや」

「と、供の者とはぐれまして……」

嘘をつくと言葉が尻すぼみになる。女らも私の釈明をまるで信じていないかのように躰を引っ繰り返し、背や尻に手を這わせて調べている。歯をどう喰いしばっても総身がすくみ上がる。ようやく躰改めが済んだと思いきや、屈強そうな女が私の肘を摑んで離さない。女の一人が隣りの女へと耳打ちし、さらに次々と耳打ちが続き、老女の近くに侍る女に届くと、女は小声で老女に何かを言《ごん》上《じょう》した。

老女が微かに目で頷き、女から女へとまた伝言が戻って来る。私の目の前にいた女が重々しく口を開いた。

「こなた様は、貞芳院様であらしゃいますぞ」

貞芳院様……。

地面から足が浮いて、またつんのめるように平伏した。けれど左の肘は摑まれたままで、腰も膝も半身だけが無様に泳ぐ。それでも私はお詫びを口にした。

「平に、平にご容赦くださいませ」

貞芳院様といえば亡き烈公夫人で、今の御藩主、慶篤公と一橋慶喜公の母御である。とんでもないお方に出くわしてしまったものだと総毛立った。どうしよう、このまま捕らえられたりしたら只事では済まない。以徳様の顔が浮かんで膝が震える。しばらく時を置いて、頭の上でまた侍女の伝言が聞こえた。

「腕を放しておやりと、仰せであらしゃいます」

途端に躰が軽くなり、また前に倒れそうになった。無様にようやっと身を立て直し、両手をつかえて額を草に押しつけた。夏の名残りか、青いような草いきれに包まれる。

「近う」

命じられたような気がする。けれど振舞い方がわからず、顔だけを上げて傍らの侍女を見上げた。

「お召しや。お傍に近づいてもよろしい」

「い、いえ、畏れ多きことにございます」

この場から放免されたい一心で、私は懸命に首を横に振った。もう二度と一人歩きなどすまいと誓い、これからはてつ殿の言いつけに従って神妙に暮らそうと思い決める。だからこの場だけは助けて。

「早よ、こちらに参れ」

練絹《ねりぎぬ》のような深い声の主は貞芳院様だった。侍女らに引っ立てられるようにお傍近くまでつれていかれると、私はまた平伏した。

「さてもさても、水戸のおなごが懐剣《かいけん》も差さずに一人歩きとは、珍しいことやな」

「も、申し訳ございませんっ」

詫びると、侍女が脇からすかさず言葉を遮った。

「御簾中《ごれんじゅう》様に直にお応えするなど畏れ多いこと、うちにお応えしなされ」

御簾中とは、御三家の藩主夫人にだけ許される尊称だ。今度は口をつぐんで頭を下げる。

「禁裏やあるまいし、そう堅いことをお言いやない」

貞芳院様が鷹揚《おうよう》に、たしなめてくれた。私はひしと頭を下げながらほっとする。と同時に、こんなお方があの烈公の御簾中様だったのかと少し意外な念を抱いた。

江戸では水戸の烈公は大層、不人気をかこっていたのだ。頭ごなしに大奥への財政緊縮を命じながら手当たり次第に奥女中に手を出す女癖の悪さで、市中でも眉を顰めて噂されることしばしばだった。水戸のお殿様の所業は、在所より江戸者の方がよほど詳しかったりする。

けれど目の前のお方には、老いても曇らぬ気の格のようなものを感じた。なるほど、和宮様と同じく宮家から嫁がれたお方なのだと、今さらながら思い知る。

貞芳院様は確か、有栖川宮織仁《おりひと》親王の王女、登美宮吉子《とみのみやよしこ》様だ。幼い頃から歌や物語で親しんできた十二単《じゅうにひとえ》や御垂髪《おすべらかし》の世界が彷彿《ほうふつ》と立ち昇り、私は帝という存在を初めて真のことと感じた。畏れ多いことだが、江戸の多くの者にとって江戸城におわす公方《くぼう》様は身近だけれど、京の帝は何だか幻のような曖昧模糊《あいまいもこ》としたものなのである。

けれど今、その御血筋の御方の前に私はいる。そう思うと胸が熱くなった。これが尊崇《そんすう》の念だとすれば、水戸に嫁いだことで私もいつのまにか尊王の気風を吸っていたのかもしれない。

「そもじは、釣りは好きか」

お尋ねがあった。侍女を見上げると頷くので、思い切って直にお応えする。

「つ、釣りでございますか？　い、いたしたことがございません。なれど……」

舌がもつれて、私は赤面する。

「ふん、なれど？」

「御簾中様があまりに長閑《のどか》な御風情にて、つ、釣りはさほどに心地良いものかと見惚れてしまいました」

「そうか、かような婆にも風情はあったか」

驚くことに、貞芳院様は朗らかな声を挙げられた。こんな上《うえ》つ方《がた》でも声を立てて笑うことがあるのだと、私はそのことだけで驚き入る。

「やってみるか？」

「い、今にございますか？」

「ふん」

お申し出を受けるべきか、それとも辞退するのが作法なのか、礼の取り方が全くわからない。御殿女中時分に習い憶えた行儀などもう、とうに忘れている。まして奥方は私の不行儀を珍しがって歓迎してくれることさえあったから、そもそも身についていないに等しかった。

背後の侍女らに目で問うてみたが、皆、人形のように押し黙って眉一つ動かさない。私はええい、ままよとばかりに「はい」と頷いてみた。またひっ捕らえられそうで肩をすくめる。けれど貞芳院様はゆったりと微笑し、侍女に命じた。

「竿を持て。短いのをな」

えらいことになった。やはり辞退すれば良かった、もう帰りたい、もう放免してほしいと願いながら一歩たりとも動けない。ほどなく侍女の一人が朱漆の竿を捧げ持つようにして運んできた。

「そちらは下がっててよろし」

「畏まりました」

命ぜられるままに侍女らは静かに身を退《ひ》き、けれど数間《けん》、間を置いたところでぴたりと止まった。いざとなれば私の胸に懐剣を繰り出せる、そういう間合いなのだろう。

皆、主に従った地味な装いで、黒紋付の留袖に白茶地の硬帯《かたおび》だ。横一文字に結んだ帯は両端を長くきっかりと張ってあり、武家の贅《ぜい》を凝らした装いよりも遥かに潔く見える。往時はさぞ瑞々《みずみず》しく、匂い立つような侍女衆であったろう。おのこと通じ合うことなく、ひたすら女主に仕えて生涯を終える御殿女中はお清《きよ》と呼ばれるが、この侍女衆も皆、初老にさしかかっており、中には貞芳院様よりも年嵩で、背が丸くなりかけている者もいた。

「川岸にはな、生きた石と死んだ石がありますのや。お魚《まな》が多いのは石が生きてる岸、釣りはまずその場を見極めんとなりませんせん」

生きた石とは青苔を帯びた石のことを指しているようで、なるほどそれが餌になって魚たちが多く集まるのだろう。でも草履の下がぬめって何とも歩きにくく、私は貞芳院様の隣りに置かれた床几に腰を下ろす前に滑って、あやうく尻餅をつくところだった。そんな無作法をしでかせば今度こそ手が後ろに回るかもしれないと、ぞっとした。

私が持たされた竿は貞芳院様のより短尺らしく、畏れ多くも手ずから鉤《はり》に餌をつけてくださる。京の高貴な御方は決して手を見せないと聞き及んでいたけれど、童女のように小さく白い手は川蚯蚓《かわみみず》を器用に摑み、難なくその身を鉤に通す。私は教わるまま竿を振ったけれど、川面とはまるで逆の方向で引っかかる。そのつど侍女が道糸《みちいと》を戻してくれるが、どっと厭な汗を掻く。ようよう川面に浮子《うき》が浮かんだ。

貞芳院様は次々と釣果《ちょうか》を挙げ、水を張った塗樽《ぬりだる》に入れていく。侍女が馳せ参じて桶の中を吟味し、時折、素手で魚を摑んで川に戻している。泳ぐ魚といえば鯉《こい》か金魚ぐらいしか知らない私は、魚が身をくねらせて川に放される瞬間、鮮やかな紺色の筋が光るのに目を奪われた。

「御簾中様。御尋ねしてもよろしゅうございますか」

「ふん」

「今、戻されたのは何というお魚ですか」

「ああ、今のは真鯉《まごい》や」

「鯉でございますか、今のは」

「ここは鮒《ふな》や川鯥《かわむつ》、鱮《たなご》も釣れる。渓流にまで上がったら銀口魚《あゆ》や杜父魚《かじか》もいてますけどな、夕膳でいただく分はここで充分や」

「め、召し上がるのですか」

するとと貞芳院様は奇妙な目をして私を見た。

「食べるために釣ってます。他に何の理由があるとお言いやる」

「なれど、と、時折、川にお戻しになっておられます」

「ああ、あれはな、まだ若うて元気なお魚だけや。鉤で口が少々切れてても、きっと生き延びるやろう、そういう子は解き放つことにしてます」

貞芳院様は川面に顔を戻された。

「殿様がお元気であらしゃった頃は銃《つつ》の扱いも習うて、鹿《しか》を狩りに遠出もしましたけどな。逃がしてやる鹿と仕留める鹿と、どう見極めると思う？」

さきほどの理屈でいえば、若い元気な鹿を見逃すということになるのだろうか。首を傾げていると、貞芳院様が言葉を継いだ。

「若いとか、躰がまだ小さいとかはあんまり見ません。銃口を向けられて立ち竦《すく》んでしまう者、これを仕留めるんが流儀や。躰が大きゅうても肝の小さい者は足を竦めて、膝をぶるぶると震わせる。そんな鹿はいずれ他の獣に喰われるか仲間内の争いに負けて殺られますからな、そういうのを仕留めます。ほんまに強い者は撃つなら撃ってみよと、こっちをじいと睨《ね》めつけてびくともせえへん。ことに肝の据わった牡鹿《おじか》はいずれ山の主《ぬし》になるゆえ、烈公も私も負けを認めてその場を去ることにしてました」

「それが野山の掟なのですか」

「ふん。天地の 理《ことわり》 でもある」

宮家で生まれ育った御簾中が山の中で銃を構えている姿は、何とも思い浮かべにくい。よほど努めて武家に馴染まれたものか、それとも生来、豪気な御気性であったのか。

魚はまるで釣り人を知っているかのように、私の竿の先はぴくりとも動かない。

「釣りの愉しみとは、いかなるものでございますか」

「そうやな。お魚との駆け引き、水面に映る己の心とのやりとり。……そないなことを皆さん、いろいろ捻《ひね》って言わはるのがお好きさんなようやけど、私の理由はただ一つ」

貞芳院様は無邪気な笑みを浮かべ、声を潜めた。

「自分で釣ったお魚は、おいしいからや」

私も一緒になって、くすりと笑う。

川風に乗って若い男たちの声が聞こえてきた。上流に人がいるらしい。

「葉月も末というにまだ水練とは、熱心なことやな」

「水練？　川で泳ぎの鍛錬をしておられるのですか」

「……そもじ、水戸の者ではないのか」

江戸から嫁いで来たと話すと、貞芳院様は「この時世に、酔狂なおなごや」と面白がっておられる。

「侍の子らが水練するは水戸の風物、ゆえに金槌は一人もおりません」

以徳様もここで泳ぎを習得されたのだろうか。那珂川の川面は秋の陽射しに照り返り、青と銀の帯を流したようだ。

「この川の美しさに初めて、相見えたような気がいたします」

素直な思いを洩らすと、貞芳院様は思わぬことを尋ねられた。

「近頃の暮らし向きは、いかがや」

これもどうお応えしたものか、迷う。けれど嘘や飾った言葉はこの御方には通じない、かえって畏れ多いことだと思った。気取らぬ振舞いをされても、やはり高貴な御方は違うのだろうか。私はまるで巫女《みこ》の前に頭を垂れるような気持ちになっていた。

「どちら様もお台所はお苦しいように思われます。私は江戸育ちでございますゆえ、先だってお客様に鰻をお出ししました」

「ふん。鰻もおいしい」

「中には、生まれて初めて鰻を口にしたという方がおられまして……驚きました。水戸の鰻は江戸でも有名ですのに」

「ほうか……」

考え込むような顔つきになった貞芳院様に、私は水戸に来てからずっと疑問に思っていたことを尋ねてみた。

「水戸のおなごは何ゆえ、束の間の楽しみも許されぬのでございましょう」

背後の侍女らに叱られるかもしれないけれど、前藩主の御簾中であり現藩主の御母上であるこの御方がどうお答えになるか、私はどうでも聞いてみたいような気持ちになっていた。江戸市中の武家の妻女の暮らしもご存じのこの御方なら、あれほど頑ななてつ殿の心を開くきっかけを与えてくださるかもしれない、そんな気がした。

「烈公は、質実で剛健なる国作りを目指された。まだ部屋住みであらしゃった頃、江戸の旗本らが武士の本分を忘れ、風流に流されるを目の当《ま》たりにされていたゆえと聞いてる」

貞芳院様は何かを手繰《たぐ》り寄せるように、遥けき目をされた。

筑波山の稜線が秋空に映える。その優美さは万葉の頃から歌に詠まれて紫峰《しほう》との雅号まであるけれど、朴訥《ぼくとつ》な野武士が戦の合間に腰を下ろして束の間の休息を得ている姿にも思える。田畑の豊穣を満足げに見渡しているのだ。

「私が水戸徳川家に輿入《こしい》れすることになったのも、公家《くげ》の娘であれば貧窮に慣れておるやろう、大名家の姫御のように奢侈《しゃし》をいたさぬやろうとの思惑があったようやな。……お察しさんの通りで、公家屋敷の塀はどこもかしこも崩れたまま、朝夕の御膳もぞろぞろ、お素麺やお餅《かちん》ばかりや。私が嫁いで一番初めに嬉しかったのは、お鮨《すもじ》をいただいたことやった」

私は川面にそっと眼差しを戻した。

京の堂上《どうじょう》家は、雅で平安な暮らしをとうに失っていたのだ。それにしても貞芳院様の言いようの率直なこと、よほど二心のない御方らしい。

「むろん、烈公が質素倹約を奨励せざるを得なんだ事情も藩にはあった。義公以来、連綿と続けられてきた大日本史、あの編纂事業のために、いかほど莫大な掛かりを費やし続けてきたことやら。それで、未だに完成してへんのやから」

貞芳院様の釣り糸がまた動き、竿がしなった。

「烈公が弘道館や偕楽園を造るとお決めにならしゃった折はな、藩の財政を圧迫すると反対した家臣も少のうなかったのや。けど烈公はその反対を押して、我が子とも思う領民と偕《とも》に楽しむ場としてあの園を開く、そない、おっしゃりましたがな。私も桜の木を手ずから植えましたけどな、春は千本もの梅に桜やろ、秋は萩に、そや、紅葉も見事でな。好文亭《こうぶんてい》の二階から見晴るかす千波湖は水面まで紅う燃え立つようで、そこに渡りの水鳥が白い点を添えるように行き交うのや。

その美しさたるや、私は偕楽園こそ常陸の国の誇りやと思うてます。烈公が残されたのは尊王攘夷、刻苦勉励《こっくべんれい》の気風だけやない、百年後も民の心を慰める風景をお残しにならしゃった。烈公も今頃はさぞ、ご満足さんであらしゃいましょう、そない思うてます」

私は未だ訪れることのかなわぬ偕楽園の景色に惹かれながら、ふと胸の片隅に割り切れぬ思いが湧いて戸惑う。

人の楽しむ心は、そんなあてがい扶持《ぶち》で満たされるものなのだろうか。長年の財政難にまた難を重ねて、そのために水戸の侍や町人、民百姓はいかほど苦しみ続けてきたことだろう。

私は初めて、会ったこともない誰か、多くの人々を思った。

江戸ではその日暮らしの物売りでも、花見や潮干狩り、夏祭と、束の間の楽しみを持っている。夏の蚊帳《かや》を質に入れて冬の搔巻《かいまき》を請け出し、暑くなったらまた蚊帳と交換するような暮らしでも、人々は一日の働きを終えて湯屋に行き、満ち足りた顔をして湯に浸かる。物を持たず身分を持たず、けれどその分悩みがないのも得だと笑う。

いつか、水戸の民百姓も、己が思うままに偕楽園に集えますように。真に、偕に楽しめますように。

目を伏せ、口の中で呟いた。貞芳院様の耳には届かぬように、そっと。

私は己の小っぽけさを思い知る。私は何の力も、何の言葉も持たない。

「引いてる、引いてるがな」

掌の中の竿が急に重くなり、大きくしなった。糸が川下に引っ張られ、と、ふいに竿が軽くなった。浮子だけが虚しく川面で揺れていた。

爺やと共に家路を急ぐ。私は裾が乱れるのも構わず、足早になった。もう日が暮れそうなのだ。

「あんまりだわ、爺や。私が躾改めされてるのを黙って見てるなんて」

「咄嗟のことでやしたからね。いやもう、いざとなればあたしも飛び出すつもりでおりましたさ。けどまあ、遠見でも御女中ばかりなのはわかりやしたから、そう大事にもなりますまいと思いやして」

爺やは私が一人歩きするのがやはり心配で、岡っ引きよろしく後をつけていたらしいのだ。向こう岸の木蔭に身を隠して見物していたというのだから、人が悪い。

「それにしてもあの御方が貞芳院様だとは、嬢様もまあ、とんでもねえお方と釣りをなすったもんだ」

肩を揺らしている。

「もう、笑い事じゃなかったんだから」

「さいでしたねえ。まるで唐辛子だ」

「唐辛子?」

「青くなったり赤くなったり」

「ねえ、誰にも喋らないでよ。てつ殿の耳に入ろうものなら、また角が出る」

「へえ、承知してまさ。小鬼さんには内緒、内緒」

二人で息を切らしながら五軒町の屋敷に戻ると、てつ殿が玄関の式台の前で待ち構えていた。

「義姉上」

「あ、はい。ごめんなさいっ」

小心にも先に詫びてしまった。てつ殿はそのまま黙って立ち上がり、奥へ向かう。私は振り向いて爺やと顔を見合わせた。爺やは「観念しろ」とばかりに私の肘を押す。また叱言を喰らうのかとげんなりしながら後に従いて座敷に腰を下ろすと、目の前に坐したてつ殿は声を潜めた。

「さきほど、江戸から早馬で報せが参りました」

「早馬?」

「兄上が……駒込の御藩邸に押籠《おしこ》めとなった由」

「押籠め……って」

思わぬ言葉に身が硬くなる。

「な、何ゆえですか」

報せによると、以徳様は潮来から江戸に上り、薩摩藩士と会合を持ったようだ。天狗党の同志四十名近くで共に攘夷の先鋒たらんことを話し合ったというから、薩摩は信用ならぬ、いや共に動かねば攘夷はかなわぬと分かれていた意見がまとまったものか、それとも薩摩との連携を主張する者だけで動いたものだろうか。それはわからない。しかしまたもこれが薩摩の藩邸に洩れ、藩邸は公儀に上申したという。

そして公儀は桜田門外に続いて再び幕府に弓引く策謀かと、すぐさま水戸藩の重役を呼びつけて譴責《けんせき》した。

「ゆえに兄上らは禁足され、水戸藩邸に移されたようです」

「また……薩摩ですか」

「どうやら、薩摩の中でも派が割れているようにござえます。それも忌々しきことですが、憎きは諸生党にござえます。昨今の公儀は諸藩に不穏な動きあらばその処分を各藩に任せ、忠義の嵩を測っておられる御様子」

ふと、不思議な心持ちになって私は瞬きをした。武家の妻女が御政道に思いを至すなど不行状極まりないと眦《まなじり》を吊り上げていたてつ殿が、政の事情に通じている。滅多に外出《そとで》をせぬのに、どこからそんな話を仕入れているのだろう。

「泣く泣く志士を罰する藩もありましょうが、水戸の諸生党にとっては勿怪《もっけ》の幸いにござえましたでしょう。政敵たる天狗党を大手を振って始末できるのですから。よかろう様はまたもやその神輿に乗ってしまわれたに違いありません」

「始末……」

「兄上らはまもなく水戸に送還され、正式な御沙汰を受けるだろうとの見込みにござえます。最悪の場合、切腹もお赦《ゆる》しいただけぬやもしれません……」

「切腹よりも最悪ってどういうことっ」

気がつけば膝立ちになって、てつ殿の両腕に取り縋っていた。

「取り乱されてはなりません。江戸表の御執政であられる武田耕雲斎様は天狗党の御重鎮にござえます。耕雲斎様がきっと御尽力くださいましょう。それがただ一つの希みと、藤田様からの報せにて……」

「藤田様？　小四郎様がお報せくださったのですか」

てつ殿は黙って首肯した。それにしても、何という事態が出来《しゅったい》したことかと、私は何度も息を吐いた。かようなときこそ落ち着いて覚悟せねばならぬと己に言い聞かせるほど、血の気が引いていく。

いったい、何を覚悟せねばならぬのか。最悪の御沙汰とは、何なのか。

とうとう堪りかねて、てつ殿に問うた。

「……教えて。切腹もお赦しいただけぬとは、いかなる仕儀なのですか」

てつ殿は眼差しを私の眉間に据え、無慈悲なほどきっぱりと言った。

「斬首にござえます。侍にとって、最も不名誉な」

その後、てつ殿がいつ座敷から出たのか、憶えていない。首筋から背中を射抜かれたように、私は坐したまま動けなくなった。

二

爺やの鼻唄を久しぶりに聞くような気がする。朝早くから捩り鉢巻きで張り切り、樽酒の用意も万端だ。

文久三（一八六三）年の梅雨も明け、今宵は当家でささやかな宴を開くのである。

昨秋、江戸藩邸から水戸に送還された以徳様らは一転、処罰を免れた。薩摩嫌いで知られる一橋慶喜公が事件を耳にされ、兄上である水戸藩主、慶篤公に藩士らの助命を依頼してくださった、その御蔭だった。

てつ殿から斬首刑を賜るかもしれぬと聞いてからというもの、私は日々をどうやり過ごしたのか、ほとんど思い出すことができない。以徳様に万が一のことがあれば私も後を追う、それだけを思い詰めた。身柄を放免されたと知らされたときは言葉もなく、ただただ、爺やと手を取り合った。爺やも泣いていた。そんな断片だけが痛みと共に残っている。

年が明けて二月には、以徳様を始めとする二十名ほどの藩士が大役を仰せつかった。将軍家茂《いえもち》公が江戸を出立、上洛《じょうらく》の途に就くこととなり、慶篤公がその護衛隊の命を受けられたのだ。そして以徳様らはその供を命じられた。幕府の征夷大将軍が上洛するのは三代将軍家光公以来二百三十年ぶりのことで、ようやく公武一和《こうぶいちわ》が成るかと、いつも静かなこの武家屋敷界隈も沸き立ったものだ。しかも天狗党に属する藩士は諸生党の策略によって重要な任から遠ざけられるようになっていたから、いつも冷静なてつ殿まで誇らしげな笑みを浮かべたほどだった。

以徳様が慶篤公のおわす江戸藩邸に向かって出立するのを、私は町角まで出て見送った。「市中に立って見送るなど」とてつ殿に制止されるのを振り切って、外に出た。あれは一月も末のことで、どの家の庭からも梅の香りが漂い流れていた。

どうか御無事で。

一心に祈るばかりだった。私と同じように、家々の板塀の陰に身を隠すようにして見送る妻女がそこかしこに佇《たたず》んでいた。

将軍家茂公の上洛は尊王派には大きな前進だとされていたけれど、佐幕派にとっては言語道断、受け入れがたい決定であったらしい。ことに京では佐幕派の浪士らが尊王派の侍を襲撃する事件が相次いでおり、道中では井伊家の家中による報復も囁かれた。危険極まりない大役、それを天狗党の藩士に任せた諸生党の思惑が透けて見えた途端、私はまた不安に苛《さいな》まれねばならなかった。以徳様は恐らく何もかもを承知していながら淡々として、何も口にすることはなかった。

「今年も偕楽園につれていってやれそうもないな。相済まぬ」

「よいのです。梅の木は逃げませせぬゆえ」

出立の朝も、そんな言葉を交わしただけだ。町角で見送る妻女たちは内心、どこまでも従いていきたいような気持ちであったろう。夫や子の身を案じながらもそれを表に出すことなく粛々《しゅくしゅく》と家を守る、それが武家の女たちに課せられた務めだった。私は御行列の槍の紅い房が見えなくなるまで、立ち尽くした。

一行は三月五日には京に着到し、家茂公は二条城に入られた。義兄にあたられる孝明天皇に攘夷を誓われ、京に滞在すること二十日、四月には江戸城に戻られた。巷間の噂によると、家茂公と和宮様の御夫婦仲は大方の懸念を裏切って睦まじいことこの上なく、帝も上機嫌であらせられたようだ。以徳様が水戸のこの屋敷に戻ったのは、四月の半ばも過ぎた頃である。

そして先月、梅雨の時分に、藩主、慶篤公の格別の思し召しを受けて、以徳様は御馬廻役《おうままわりやく》に抜擢された。以徳様が指揮した水戸藩護衛隊の規律正しさは、「昨今にもまだかような武士《もののふ》が残っていたか」と街道沿いで評判になったらしい。水戸藩は参勤交代を免じられているので庶民はこれまで藩士の一群を目にすることがなかったうえ、三年前の変の血塗れの印象によって無闇に恐れられていたのだ。慶篤公は公儀にも面目を施していたく満足され、一行の功労を賞された。

御馬廻役は藩主に近侍して護衛から御取次まで行なう御役で、御禄も二百石に加増された。縁戚や懇意の家々から祝いの品を頂戴したので私はてつ殿に相談し、内祝にお招きすることにしたのである。

夕暮れになっても来客が引きも切らぬので、爺やが襖を取り払って座敷の二間を続き間にした。

以徳様と共に上洛に随伴した方々は同様に御加増を賜ったようで、晴れやかな声が途切れない。内職と縁の切れなかった下士の方も多いので、お家内もさぞ安堵の息をついておられることだろうと思う。

私もようやく気持ちの区切りがついたような気がして、笑みを浮かべる。以徳様はこれから江戸詰《づめ》となり、また滅多にこの屋敷に戻られることはないのだと思うと、降り続く雨を恨めしく眺めていたのだ。夫婦でありながら束の間の逢瀬を待つような日々に倦《う》んでいたのかもしれない。いっそ私も江戸に出て身の回りのお世話をさせてくださいませ、そう言い出したくなる己を抑えるのが精一杯で、口に出せなかった言葉は胸の裡をしとしとと濡らし、湿った匂いを立てた。

女中らは酒を運ぶのに懸命で、それでも手が足りないのか、てつ殿までが座敷の中で盆を手に立ったり膝をついたりを繰り返している。爺やはもう市毛様に一献《いっこん》いただいたらしいが、てつ殿が目で咎めるような素振りもなく、私はほっとしながら台所と座敷を行き来する。

「あの桂《かつら》小五郎《こごろう》とかいう御仁《ごじん》の志の高きこと、我ら水戸っぽも形無しにござったな」

誰かが苦笑交じりに言う。

「久坂玄瑞《くさかげんずい》殿にも感服いたした。吉田松陰《よしだしょういん》先生がその志、凡《ぼん》ならずと評されただけのことはある」

京に赴いた面々にとって何よりの収穫は、御禄の足し増しよりも、滞在中に長州の志士らと交誼《こうぎ》を得たことのようだった。水戸よりも遥かに激烈な尊王攘夷の空気に揉まれてきたのか、皆、心酔を隠そうともしない。

「先月はまた果敢にも、亜米利加の商船に発砲して見せたというではないか。攘夷の勅を受けながらのらくらと無策を続けておる幕府より、よほど肝が据わっておるぞ」

「呑気に感心しておるときではなかっぺ。我らも早急に銃を調達いたして、夷狄共に水戸藩士の魂、ここにありと見せつけてやろうでねえかっ」

早口の尻上がりに物申すは、おかめと呼ばれる藤田小四郎様だ。

「そうだ、そうだっ」

「そうすっぺ」

同調の声が四方から挙がると、小四郎様は得意げに立ち上がった。

「ついては、わしから皆に提案したき議がある。此度、加増を賜った者は皆、それを返上すっぺいっ」

冷水を打ったごとく、座が一気に静まり返った。皆、盃を持ったまま呆気に取られている。

「何だっぺ、どうした、みんなっ」

「おかめ、酔うにはまだ早かろう」

市毛様がからかうように混ぜっ返すと、皆が一斉に眉を下げる。

「酔うてはおらん、ほれ、この通り」

小四郎様は両手を案山子《かかし》のように広げると、片足立ちになって見せた。

「よせよせ、倒れるぞ」

「何の、ほれ、ほれ」

小四郎様は片足のままその場でぴょんぴょんと飛び跳ね、誰かが手拍子を打ち始めた。以徳様も苦笑しながら手を叩いている。小四郎様は長い脚をくの字に曲げたまま座敷の中を回り始め、私の傍に来た爺やが呆れ半分に呟いた。

「何ともまあ、餓鬼大将がそのまんま大っきくなったようなお方でやすね。長屋に一人はおりましたさ、あんな子供が」

「ほんと」

女中らまで盆を脇に置いて手拍子を打つ中、てつ殿だけが素知らぬ顔をしている。と、小四郎様の背が大きく傾ぎ、足が乱れた。てつ殿の真上に倒れ込みそうになる。女中が叫び、私は肩をすくめた。

「おっと、天狗が落ちるわけには行かねえべ」

小四郎様は大軀《たいく》でありながらよほど身が軽いのか、くるりと足を踏み替え、直立した。座敷じゅうがどよめいて、誰も彼もが拍手をしている。

小四郎様は胸を張って静まるのを待ち、おもむろに皆を見渡した。

「皆、水戸を変えたいとは思わんべいか」

拳を振り上げる。

「な、誰もがそう願うておろう。そうだっぺい。そんためには、よかろう様に隠居していただき、慶喜公を藩主としてお迎えする。その意を奏上するにはまず、我ら天狗党の忠義を示さねばならん。それでわしは言うのよ、御禄を返上せよ、と。……慶喜公を藩主にお迎えできれば我が藩は間違いのう、烈公が往時の勢いを取り戻せる。

のう、皆もさんざん苦汁を舐めさせられて身に沁みておるべい。諸生党によかろう、天狗党にもよかろうのあの殿がおられる限り、我らの志は阻まれてばかりぞ。な、妙案であろう、加増を辞すればその財で大砲《おおづつ》も調達できっぺ。さすれば長州とも手を結んで尊王攘夷を一気に進められる」

「おい、どこに間者《かんじゃ》が潜んでおるかわからぬ時世だ。さような大事《だいじ》を易々と口にするでない」

市毛様が一喝した。小四郎様はそれでも一歩も引かぬ態だが、座敷の中の面々は皆、伏し目がちになって酒を呷った。

以徳様は額に指を当てて思惟《しい》している。そしてもう一人、一筋たりとも顔色を変えぬのはてつ殿だった。兄上によく似たその端正な顔は何の動揺を浮かべることもなく、膳の上の物を片づけ始めた。女中が傍らで捧げ持つ盆の上で、徳利や皿が触れ合う硬い音だけが響く。

「小四郎」

ややあって、以徳様が顔を上げた。

「何だ、わしの思案のどこが悪いが」

「そう嚙みつくでない。なるほど、その方の申すことも一理ある、そう申そうとしたのだ。まあ、坐れ。おかめは身が大きいゆえ、立っておると手元が暗うなる者がおる」

小四郎様の両隣りに坐っていた者らが安堵したように、溜息交じりの笑いを洩らした。以徳様が言葉を継いだ。

「小四郎は常々、我らも長州のように武器を持たねばならぬと言うておったな」

「そうだ」

「その資金捻出のために此度の加増を辞するべきだ、こう主張するのだな」

「いかにも」

「ならば……皆の家内の資金はいかに調達する」

小四郎様はいきなり咽喉が詰まったかのように、眼《まなこ》を泳がせた。

「長州が異国と闘えるのはその準備を怠って来なかったからだ。薩摩もしかり。両藩共におそらく長きに亘って軍資金を蓄え、ゆえにかほどの武器を揃えることができたのだろう。が、我らはどうだ。下士の者らは女房子に粥を啜らせながらも銀子の一枚、二枚を懸命に持ち寄ってくれている。加増を受けてようよう借財を減らせる目途をつけた者も少のうないのだ。それは小四郎も知っておろう」

すると小四郎様は音を立てて腰を下ろし、座敷の隅で胡坐を組んだ。

「わ、わしは何も、己の禄が加増にならんかったがら、かような考えを平気で披露しておるわけではねえべ」

「それは皆、わかっている。その方はそんな男ではない」

以徳様の諭すような物言いに小四郎様は広い肩をすくめ、口を尖らせる。

「ただ、よくよく頭を冷やして事に臨まねば、公武一和となっての攘夷など、到底、果たせぬと言っているのだ。我が藩はまずは諸生党と天狗党の内紛を治め、藩政を一つにまとめねばどうにも動けぬ。そのためには此度、御役を賜った者の果たす務めは重い。良いか、藩の中枢に人を送り込めねば藩の財政も立て直せぬのだぞ。ことは侍だけの問題ではない。水戸の町人、百姓に浮かぶ瀬を用意するには、加増の返上など焼け石に水に過ぎぬ」

「だがら、わしも藩政を正さんがために慶喜公をお迎えしようと言うておるべえ。これまで何度、主張してきたか。林殿は何でわかってくれねえんだ」

「耕雲斎様はまだ藩を一つにまとめんとする希みを捨てておられぬ。我らがそれをお助けせずして何とする。殿の首をすげ替えようなどという謀《はかりごと》が諸生党に洩れでもしたら、長州と結ぶどころではなくなるぞ」

「はんっ、林殿も薩摩に密告されたではねえかっ、今さら諸生党なんぞ恐れて何とする」

するると座の中で最も年長らしき男が話に割って入った。

「それは違うぞ、おかめ」

「そうだ、林殿は薩摩はもはや信用ならぬと最後まで反対しておられたのだ。なれど一派の総意として決まった。その限りは付き添うていただきたいと我らがお頼み申したのだ」

「そもそも薩摩の藩邸に洩れた発端は……」

以徳様と共に藩邸に禁足されて斬首の刑を覚悟した者も多いだけに、口々に当時の事情を言い募って座が紛糾する。

「済んだことはもうどうでもええべ。ともかく今だ、今、事を起こさねばどうにもならんべいっ」

「小四郎、血気に逸るでない」

「そげなこと、わかってるべい」

「いや、わかっておらぬっ」

以徳様が激しい声を出した。皆、息を呑んで以徳様を見つめている。そしててつ殿も目を見開くようにして兄上を凝視した。

「今、我らに必要なのは勇ましき志ではない。もはやかような時期は過ぎたのだ。これからは政の何たるかを弁《わきま》えて人を配し、人を動かさねばならぬ」

と、小四郎様はまた諸生党への批判に火をつける。

「奴らはもはや尊王攘夷の志など放擲《ほうてき》しておるべ。あんな腰抜け揃いの上士めらと共に、いがにして藩政を動かせと申される」

堂々巡りだった。以徳様は市毛様と顔を見合わせ、小さく首を横に振った。

やがて小四郎様はまた仲間と口論を始め、夜が更けても誰も帰らない。座持ちは爺やが引き受けてくれたので、女中らをもう休ませることにした。

激しい議論を襖越しに聞きながら、私はてつ殿と繕い物をして夜を過ごす。

「藩の中枢に人を送り込むと言うても、あの市川がそう易々と受け容れようか。近頃はよかろう様を通じて貞芳院様にも度々、御目通りを願うておるようだ」

「何、それは真か」

「幕府との人脈は今や盤石と豪語しておるそうな。次は貞芳院様を通じて、京に伝手を作る肚積もりではないか」

「市川め、両の天秤に粉を盛りおって、どこまで奸計《かんけい》を巡らせる気か」

私は黙々と針を動かすのが何とも気詰まりで、つい、てつ殿に話しかけた。

「そういえば、桜田烈士であられた広岡子之次郎様はてつ殿の兄上なのですね」

「はい。幼少の折に広岡家に養子に参りましたが、実兄にござえます」

ふいに肩を突かれたような気になって、思わずてつ殿の横顔を見た。いつものように何も応えてくれぬのを承知で口にしたからだった。しかもさらに驚くことに、てつ殿は針を運びながらまた言葉を継いだ。

「子之次郎兄は見事、本懐を遂げられて、さぞ本望でおられましたでしょう」

井伊大老を誅殺した後、自刃して果てた兄を、てつ殿はさも誇らしげに語った。

私が武家の生まれでないことを思い知るのは、こういうときだ。死花を咲かせて散るのが侍の本懐であれば、生き残った以徳様や市毛様はそれを恥とせねばなるまい。そんな馬鹿なことがあってたまるものかと、私は胸の中で言い返した。あの血腥い、凄惨な御門前に美しさなど微塵もなかった。斬首に比べれば切腹は侍の誉《ほまれ》であるとの言いようも、今もって全く得心できず、肚の底にわだかまったままだ。

けれど私には、苦手な針をこうして黙々と動かすしか術がない。思うことをそのまま口に出していた娘時分のようには、もう行かない。

「子之次郎兄はほんに真っ直ぐな雄々しきお方でございました。幼き頃から何かに夢中になると周りが見えぬようになる性分《しょうぶん》で、兄上はそれをよう案じておられましたが、私は子之次郎兄の一途な志が、誇らしゅうてなりません」

「そう……どことなく藤田様に、小四郎様に似ておられるわね」

何の考えもなく口にした言葉だったけれど、てつ殿の右肘がふいに上がり、顔を顰めた。針で指を刺したらしく血が噴き出している。

「大変」

私が膝にかけた手拭いで指を縛ろうとすると、

「結構です、このくらい自分でいたします」

私の手を振り払い、部屋を出て行く。ようやく親身に話ができるかと思った矢先の邪険な声で、私はまた取り残された。

てつ殿は一向に部屋に戻ってこない。心配になって廊下に出てみると、半月に細い雲が幾筋もかかり、庭の暗がりでは蛍が飛び交っている。と、人の声を聞いたような気がした。耳を澄ますと座敷の賑わいとは異なる、囁くような声だ。もしや市毛様のおっしゃっていた諸生党の間者かと咄嗟に爺やの姿を探したが、座敷のお仲間に加えてもらったらしく上機嫌な塩辛声が聞こえる。

胸がどきつくのをこらえながら、私は前屈みになって目を凝らした。やはり、庭の隅に人の気配がある。雲が風に流されたのか、月明かりが庭をうっすらと照らし出した。

人影が動いた。大柄な背中は小四郎様だった。そして黙って小四郎様を見上げているのはてつ殿だ。そうわかった途端、私は固唾を呑んだ。小四郎様はてつ殿の手を取り、指先を己の口に押し当てる。てつ殿は驚いたように身を引き、背を向けた。けれど走り去るわけではない。小四郎様はその肩にそっと掌をのせた。

あの二人は。

私は部屋に引っ返し、障子の陰に身を潜めた。胸が高鳴って、坐り直しても手が震えている。なにゆえかように動揺しているのか、自分でもわからなかった。月の光に一瞬、照らされたてつ殿が、あまりに美しかったからかもしれない。懸命に威を張るふだんとはまるで別人のような、十六の娘らしい仕草はやがて私の胸の裡を鎮め、癒してくれた。

私は針を運びながら、てつ殿を初めて愛おしいと思った。

師走に入ったある日、珍しくてつ殿に言われて武田耕雲斎様の屋敷に同行することになった。耕雲斎様は烈公に仕えて藩政改革に挑まれ、今も江戸執政を務められている水戸藩きっての重臣だ。そして以徳様が弘道館以来、師と仰いでいる御方だと聞かされていた。

道々、後ろを振り向くと、供をする爺やが腰を低めて摺り足で随いてくる。まるで武家の中間らしい生真面目な顔つきだ。爺やは近頃、洒落っぽさが抜け、軽口をあまり叩かなくなった。薪割りなどの合間に、市毛様の御家来に槍などを習っているからだろうか。

私は前を行くてつ殿の白いうなじに目を戻す。あの夏の晩に見たことは以徳様にも誰にも話していないけれど、以徳様が弟を案ずるような面持ちで口にした言葉がずっと気にかかっている。

「小四郎は京で長州藩士らと会うてから、目の色が変わった」

あれから時折、てつ殿にさりげなく小四郎様のことを持ち出してみるけれど、いつもの頑なな横顔を見せるだけだ。

耕雲斎様の屋敷は御城の袂に構えられた立派な上士屋敷で、長屋門の前では多くの御家来が馬の世話や武具の手入れなどで立ち働いている。けれどこの御宅も暮らし向きは厳しいのだろう、裏庭の一部が蔬菜《そさい》畠になっており、放し飼いにされた鶏が鄙《ひな》びた声で鳴いた。水戸藩ではこのところ御禄の御借上げが続いているのだ。いったん家臣に下された俸禄を藩がお借りになるという体裁で、実質は減俸だった。

てつ殿と私は庭沿いの広縁を通り、奥の座敷に案内された。手入れの行き届いた庭には見事な老松があり、枯滝や景石のさまざまも清らかだ。梅林の枝々には微かな隆起が見え、あと一月も待てば蕾を膨らませる木もあるだろう。

私たちの応対に出て来られたのは耕雲斎様の奥方である延《のぶ》様と、御長男、彦右衛門《ひこえもん》様の奥方、いく様だ。延様は六十近い耕雲斎様とは二回りほども年の違う御継妻で、いく様の方がわずかに年上であるようだ。お二人とも上士の妻女らしく、典雅な佇まいに目を洗われるような心持ちになる。着物はやはり黒の紬であるけれど、袖口や裾回しに見える縮緬に薫き込めたものだろうか、所作のたびに伽羅《きゃら》の薫りが馥郁《ふくいく》と零れ出た。

年頃の近いお二人は姑嫁の間柄でありながら至って仲睦まじいようで、無口なてつ殿と緊張している私の気を引き立てようと世間話を始めてくださる。話し方だけで、お二人の素養や嗜みの並大抵でないことがうかがえる。むろん、近頃の時世や御政道には一切、触れようとなさらない。

話が進むうち、いく様があの藤田東湖様の妹御であることが知れた。

「では、小四郎様の叔母君でいらっしゃるのですか」

「ええ、おかめの叔母でござります。ちと似ておりましょう?」

いく様は明るいご性分らしい。けれど小四郎様とはどう考えても面影の重なるところがない、黒髪のそれは美しい佳人である。談笑していると隣室の襖が小さく引かれ、茶羽織をつけた初老の御仁が入ってきた。耕雲斎様だと察し、膝を退らせて平伏する。

「此度は結構なる御挨拶を頂戴した。礼を申し上げる」

耕雲斎様は小柄な痩軀《そうく》で頭には白いものが混じりながら、辺りを払うような威厳をお持ちだ。まるで古武士のごときで、私はふと筑波の紫影を思い出した。

「そなたが林殿の御新造か」

「はい。登世と申します」

「たしか、安藤坂の池田屋の娘御であると聞いたが」

「さようにございます」

「女将は達者でおられるか」

水戸藩の上屋敷に近かっただけに、亡き東湖様といい耕雲斎様といい、やはり私の両親は随分と水戸様の御蔭を蒙ってきたのだ。お母っ様の来し方をお話しすると、耕雲斎様は「何と」と目を丸くされた。

「御殿女中に上がられたと申すか、いや、さすが女傑よの」

耕雲斎様はしばらくお母っ様との思い出話を披露された後、いく様に話を促された。

「して、おかめがいかがした」

いく様はちょっと困った風に小首を傾げた。

「いかがいたしましょう、私は陰口を叩こうと思うておりましたに」

「誰のじゃ」

「おかめのでござります」

すると耕雲斎様は「またか」と笑い、「まあ、良いではないか。叔母が甥を案じて口にすることであろう」と鷹揚に膝を崩した。煙管を持たれたので、延様が灰吹きを差し出された。

「小四郎は幼少より武芸に励み、利口な子でありました。剛直な偉丈夫に育ってくれたのには安堵いたしておりますけれど、直情径行な言動が危なっかしゅうて仕方ありませぬ。言葉や振舞いは荒うございますが、その実は情愛の溢れる性分にて、それがゆえに一途に突き進んで周りが見えなくなってしまうのでございます。それを案じて度々、説いて聞かせるのですが、私の申すことになど耳を貸しませぬ」

「十四で父親を亡くしたゆえ、藤田東湖の子として力むところがあるのやもしれぬの」

「さればこそ、でございます、義父上。小四郎はつい先年、彰考館《しょうこうかん》の写字生の御役を頂戴したようですが、あの子の今の年頃には我が兄は既に水戸学の後継者として才を謳われ、彰考館の総裁代役に就いておりました。あの子もそれを承知しておりましょうから、父親と己を引き比べて焦っておるのではないかと、冷や冷やしておりまする」

「あれは幾つになった」

「年が明けましたら二十三でございましょうか」

「若いのう。……その時分のおのこは誰しも、己が力を、天運を試したいと、闇雲に魂を躍らせるものよ。ましてこの動乱の世だ。才気煥発で腕も立つ者としてはここで大事を成して世に打って出ようと、衝動が強うなる。かような若者は今、諸国に五万とおろう」

煙管を遣いながら気さくに語る耕雲斎様からは野武士のような朴訥さが影を潜め、江戸暮らしが長いゆえだろうか、むしろ江戸の粋人のような風情が見える。

私の傍らのてつ殿は礼儀を守って伏し目がちに話を伺っているが、小四郎様の名を耳にするだけで動揺があるのだろう、袖から熱いものが迸《ほとばし》って私の袖に伝わってくるような気がした。

話が途切れると、延様がてつ殿に声をかけた。

「いかがなされました」

「は」

てつ殿の色白の顔が朱に染まっている。

「この冬の冷えは格別厳しいゆえ、風邪を召されたのではありませぬか。手焙りの炭を足させましょうか」

「い、いえ、何ともありませぬ。どうぞ、ご放念くださりませ」

耕雲斎様は私に顔を向け、先月、失火で江戸城が炎上したのを存じておるかと訊ねられた。私はお母っ様の文でそれを知らされていた。

「半年前に西の丸を焼失したのに続いて、此度は本丸も焼失し申した。本丸と西の丸を失うたは創建以来初めてだ。……公儀も御難続きよのう。薩摩が夏に英吉利と事を構えたであろう、朝廷は薩摩の攘夷実行を讃えて褒賞を下されたが、負けた薩摩が英吉利に払うことになった賠償金など朝廷が肩代わりしてくれるわけもない。幕府に泣きついて借りたは六万両ぞ。薩摩は到底、それを返せまい」

尊王攘夷の牙城であり続けてきた水戸藩の江戸執政、耕雲斎様は、幕府の藩屏《はんぺい》たる御三家の重臣でもあられるのだと、私は内心、少なからず驚かされた。朝廷に肩入れし過ぎることなく、冷静な眼差しで天下の動きを見据えておられるような気がした。

襖の向こうで、控えめな声がした。

「よろしゅうございますか」

「おお、参ったか」

耕雲斎様が打って変わって、眉根を開いた。

「さ、客人に挨拶せよ」

十歳にも満たぬであろう男児が敷居前に腰を下ろし、膝の上に拳をきちんと置いた。幼い弟も伴っていて、まだ二歳くらいのその子も兄上を真似てちょこんと坐る。

「暮れの御挨拶を賜りまして、まことに有難う存じまする」

兄上は礼の口上をそれは折り目正しく述べ、けれど弟御は私たちに照れてか、まっしぐらに耕雲斎様の膝の中に飛び込んだ。

「これ、金吾《きんご》殿、いけませぬ。不行儀ですよ」

「良いではないか。林殿は近しい間柄ぞ」

「まことにもって、殿は甘うてござります。お許しくださえ」

延様が詫びるように私たちに向かって頭を下げた。孫ほどに見える御兄弟は耕雲斎様の御子のようで、可愛くて堪らぬとばかりに頰ずりをされた。兄上は母御の傍に畏まり、精一杯、背筋を立てているのも微笑ましい。

私は少し切なくなった。嫁いでから早や二年を過ぎており、心底、子が欲しいと願う。けれど御馬廻役を拝命した以徳様は江戸に詰めている。私は今も夫の帰りを待ち侘びる身だった。

耕雲斎様は御子のぷっくりとした腕を摑みながら、「てつ殿はいくつになられた」と問われた。

「十六にてござえます」

「ふむ。そろそろ嫁入りせねばの」

耕雲斎様の口調には親しみが籠っていたけれど、てつ殿は頰を強張らせた。

「いえ。尊王攘夷が成るまでは、我が身のことなど顧みぬ所存にござえます」

言葉少なに応えて平伏した。その頑なさに私はたじろぐ。ふと、斜め前に坐るいく様と目が合った。

蔬菜や干し柿など、持って参じた以上の土産を頂戴して武田様の屋敷を辞した。

上士屋敷の集まる町を抜けると、道端に立ち止まって動かない二人と行き遭った。前髪があるのでまだ元服前だろう、十二、三の少年と十歳ほどの男児だ。筒袖の稽古着に黒袴をつけ、武具を持っているので弘道館の帰りだろうか。

幼い子はどうやら泣いているらしく、身を折るように蹲ると「痛い、痛い」と膝に頬を埋めた。すると年長の子が肘を引っ張り、「立てっ」と叱咤する。

「そなた、それでも市川家のおのこか。天狗などにやられるとは申し開きもできぬ不覚。泣くでない、次はきっとこの兄が木刀を叩き込んでやるっ」

二人は兄弟らしいが、弟は怪我をしているのか立ち上がれそうにもない。助けてやろうと足を踏み出すと、脇から袂を強く引かれた。振り向くとてつ殿が形相を変えていた。

「義姉上には聞こえませせなんだか？　市川といえば市川三左衛門家に決まっております。公儀の機嫌気褄《げんきづま》を取りてその威を借り、我が天狗党に隙あらば一網打尽を企む諸生党の首魁《しゅかい》、いえ、水戸の尊王攘夷を妨げる獅子身中の虫にござえます。かような虫けらにかかわっては、いかなる災厄を招くとも限りませせぬ。さ、参りましょう」

てつ殿は声を潜めて私を説き、その場を共に去ろうとする。いかな諸生党といえど子供相手にそれほど剣呑な口調を遣わずとも良いものをと戸惑いながら振り返ると、弟が「天狗め、卑怯な仕打ち」と悔し泣きをしながら尻を持ち上げ、また「痛い」と太腿に手を当てた。

「でも、怪我をしているのですよ」

思い切って抗弁すると、てつ殿は冷たい目をして二人を睨めつけた。

「こちらは諸生さんゆえ、諸生さんに介抱しておもらいになればよろしいのです」

言い捨てて先を行く。

と、ひゅんっと音がして何かが私の頬をかすめた。目の先の練塀に石礫《いしつぶて》が当たって落ちた。きっとてつ殿の言葉が聞こえたのだろう、私たちが天狗党の妻女であると子らは知ったのだ。

切れ長の目が憎々しげにこちらを睨んでいる。

「何をしやがるっ」

爺やが腕まくりをして子らに向かいかけた。

「いいのよ、爺や。行きましょう」

私が止めても、爺やは肩を怒らせて仁王立ちになったままだ。

「あんな小っせえ子らでも、諸生党だの天狗党だのといがみ合うて……まったく、水戸はどうなっちまってるんでやしょう」

爺やは途方もなく苦い物を口に入れたかのような顔をして、掌で口許を幾度も拭う。子らが去った後の道を、砂混じりの寒風が吹き過ぎた。

三

文久四（一八六四）年の年が明け、水戸に下向された藩主に随伴して以徳様が帰ってきた。裃《かみしも》をつけて謹賀の挨拶をしに登城し、市毛様と小四郎様を伴って戻ってきたのは午過ぎだった。市毛様も同じく裃をつけていたけれど、軽輩の小四郎様は藩主に御目通りがかなわぬ身分なので、いつもの木綿の袷《あわせ》に古びた袴だけをつけている。

私はさっそく座敷に酒を運ばせる。てつ殿を伴って座敷に参じようと思うのだが、当の本人は台所の板間に坐ったまま動こうとしない。小鉢を取り出して、黙々と煮豆を移している。仕方なく私だけで年始の挨拶に伺うと、市毛様が「清六は達者か」と訊ねてくれた。

「はい、変わりのうしております。有難う存じます」

実のところ、最近の爺やは時々、ぼんやりとして上の空であることが多い。

もともと犬よりも猫が好きだった爺やは池田屋でも近くの神社に住む猫をよく撫でていたもので、水戸に来てからも野良猫に煮干しをやっては猫嫌いのてつ殿に厭な顔をされていた。獣はまったく正直なもので、てつ殿が機を織り始めるとどこからか庭に入ってきて、爺やの後ろをついて離れぬのである。けれど近頃はいかに猫らに擦り寄られても気づいていないような節さえ見えるのだ。病でも抱えているのではないかと案じながら、私は仕方なく爺やの代わりに煮干しを投げてやる。

「御新造、度々、馳走になり申す」

小四郎様は殊勝にも、私にぺこんと頭を下げた。気性だけでなく人見知りも激しいらしい小四郎様は、ようやく私に慣れてくれたらしい。裃と袴を脱いで着流しになった以徳様は苦笑いしながら市毛様に酌をしている。そこに爺やがひっそりと手焙りを運んできた。

「清六君、そなたも参れ」

上機嫌の小四郎様は長い腕を振り立てるようにして、顔馴染みになった爺やを手招きする。

「い、いえ、あたしなど」

これまでだって大抵、宴の末席に紛れ込んでご相伴に与ってきたくせに、爺やはちらりと私の様子を窺って遠慮を立てる。

「混ぜていただけば？」

「さ、さいですか？」

神妙な顔つきで爺やは下座に畏まったものの、三人だけの酒席に加わるのは気が引けるのだろう、何が足りない、あれを持って来るなどと呟いては立ち、じっとしていない。

「私が取ってくるわ、清六君は坐っていなさいよ」

廊下で追いついて小四郎様の口真似をしてやると、爺やは小走りに台所に向かいながら「いいえ」と言った。至って真面目な顔つきに、私は首を傾げた。

「嬢様は滅多に旦那様とお過ごしになれねえんです、嬢様こそお坐りになって、お話に交わられたら良うござんす」

「でも……」

「そろそろ、てつ様への気兼ねも引っ込めなせえやし。ここんちの御新造は嬢様だ。嬢様のお考えで、きっかり切り盛りなせえやし。それが筋ってもんです」

近頃の爺やはぼんやりしているなどと心配していたらとんでもないこと、「しっかりしろ」と思わぬ返り太刀を浴びたような気がした。

そうだ、いずれてつ殿を小四郎様に嫁がせねばならないと私は思った。二人が密かに先々のことを言い交わしているような気がしてならないのだ。その後押しをしてやれるのは義姉である私しかいない、私もようやくこの家で役に立てそうだと思うと、すっと心棒が通ったような気がして廊下を引き返した。

座敷の端に腰を下ろすと、小四郎様がまた口角に泡を溜めて熱弁を揮っていた。

「桂君の頭の進み方には恐れ入ったべ。吉田松陰先生も生前、我が友、真の武人と評されていたそうな。真に、武人たる者の鑑《かがみ》ぞ。穏やかなる態度は京で会うた頃と変わらず一貫しているが、林殿も市毛殿もあの精気の鋭さに気づかれたか、己が魂に刃《やいば》を呑んでいるかのごとくでねえが」

此度、長州の桂小五郎様が率いる一派が「烈公墓参」と称して水戸を訪れたのだ。以徳様は他藩との連合を戒めていたけれど、桂様に心服している小四郎様に請われて市毛様と共に会ったようだ。小四郎様の軽挙を戒めるためであったような気がするけれど、小四郎様は長州志士の熱をいっそう強く帯びてしまったように見える。

「小四郎、その方の申す通りだ。桂殿の頭は実に進んでいる。日本国が為すべきは真に攘夷であるのか、それすらも考えておられる節を感じた。我らもここで性根を据えて考えを深めねば舵取りを誤りかねぬ。……水戸の藩士は尊王の土から生まれて育った。我らにしかできぬことが必ずあるはずだ」

以徳様は己の一言一言を嚙みしめるように言った。だが小四郎様は「何を馬鹿な」と取り合わない。

「桂君は欧米を己が目で見た上で、攘夷の決意を固められたのではなかっぺか。まことに以て我らが烈公と同じ道筋でねえが。烈公は水戸学のみならず蘭学にも通じておられたっぺい。我が父が病で臥せった折など自ら処方された蘭方薬を下された。さほどに異国の諸事情に通じておるからこそ、彼奴《きゃつ》らの爪の長さが見《め》えるのよ」

私はふと、その会ったこともない桂様とやらの風貌が以徳様と重なった。

けれど長州藩と水戸藩、その境遇は異国のごとく違う。この時世にあって長州は既に何人もの藩士を欧州や亜米利加視察に送り出し、その力のほどを見極めた上で攘夷を実践しているという。昨年の文久三年には下関の海峡を通過した亜米利加商船への砲撃を皮切りに、ただ一藩のみで亜米利加、仏蘭西、阿蘭陀を相手取って戦い続けているようだ。

そういえば暮れに、耕雲斎様がおっしゃっていた。

——薩摩が英吉利相手に起こした戦の莫大な賠償金は、御公儀が貸し与える形で支払った。既に開国しながら朝廷からは攘夷決行をせっつかれ、公には諸藩に檄《げき》を飛ばすものの、頭越しに薩摩や長州が異国と悶着《もんちゃく》を起こす。その賠償金は幕府が払う。長州がまた負けたらどうなるのだろう。いかな公方様でも金子の生る木を持ってはおられまい、そのうち御蔵の中が払底してしまわないかと、私は所帯臭い想像を巡らせてしまう。

「なあ、清六君っ」

爺やは何とも応えられず、市毛様が代わりに「いや」と首を横に振った。

「原市之進《はらいちのしん》君も勇み足を自重するよう、林君に文を寄越されておる」

「原様が？　何と？」

以徳様が「ん」と、目許を引き締めた。

「……諸藩の肚の底は知れぬゆえ言に煽《あお》られるな、ゆめゆめ逸ることとならず」

原市之進様は水戸のみならず諸国にも知られた才人で、以徳様と同じく藩主、慶篤公の上洛の供をしたが、そのまま京に留まって一橋慶喜公の守衛隊に入っておられるお方であるらしい。

「慶喜公は先年の大晦日、朝議参預《ちょうぎさんよ》なる御役を拝命された。その動きも含んでの考えだろう」

と、小四郎様が前のめりになって以徳様の言葉尻を遮った。

「そんなこと、わしも存じおるべ。帝がおわす御簾《みす》の前で徳川の大名諸侯がわが国の先行きを協議申し上げるのであろう。会津の松平容保《まつだいらかたもり》公に土佐の山内公、宇和島の伊達公も参預になられたべ。まあ、そこに薩摩の島津公が呼ばれなんだは祝着千万《しゅうちゃくせんばん》、慶喜公のお力が増したる証だっぺい」

「いや、それは違う。朝廷に諂って参預会議の絵を描いたは、島津公だ」

「まさか。自身は入らずに、か」

「ん。諸方に目配りされての機略であろうな。……ともあれ、今年はいよいよ御政道の公武一和が動き出す。かような時節であればこそ逸って事を起こすなと、原殿は申されている」

「はっ、何かにつけて逸るなとお止めになるが、会議は上つ方が膝を詰める場、我ら藩士には我らの為すべきことがあるわ。長州は身を切って攘夷しておるに、我らはいつまで手をこまねいて傍観する。林殿も市毛殿も恥ずかしゅうねえがか？　かように腰が引けておるから、薩長に後れを取ってまうんだ」

　すると市毛様が血相を変えて、片膝を立てた。

「おかめ、言うに事欠いて我らを腰抜けと申すか」

「おうよ、腰抜けだから腰抜けと言うた。それが何で悪いか」

「我が藩を一つにまとめ上げ、天下国家のために何事を為すべきかに我らがいかほど議論を尽くしておることか、お前も知らぬわけではあるまいっ」

「議論はもう飽いた。実行なき議論は所詮、腰抜けの逃げ口上よ」

小四郎様は口の端を歪めると、「やれるものならやってみよ」とばかりに市毛様に向かい、刀の柄《つか》に手をかけた。その間に挟まれた格好になった爺やは白い顔をして、半身を引いている。斬り合いになるかと思ったその刹那、以徳様の身が微かに動いた。

「小四郎、拳を振り上げてから考えても遅いのだ」

端坐して前を向いた以徳様を、二人は膝立ちになって腰を低めたまま凝視する。

「長州も薩摩も攘夷のための武器をいずこから調達しておる？　当の相手の異国からではないか。一昔前の銃や大砲を調達して最新鋭の武器を携えた相手に向かって行く……これまでは薩摩や長州の独断で起こしてきた戦だが、国を挙げてこれを行なったらいかが相成るか、それが小四郎には見えぬと言うか。

既に我が国は開国してしまったのだ。……公儀と共に朝廷を説き伏せ、列強とのつきあい方を模索するしかない。海の外と交わる、それこそが我が国に残された唯一つの道だ。……某はそう考える」

以徳様はその考えを初めて口にしたのだろう、市毛様までが目を見開いている。小四郎様は以徳様に摑みかからんばかりに喚《わめ》いた。

「何と、林殿はとうとう攘夷の志を捨てられたか」

「尊王攘夷はもはや目的にあらず。我らの目指すは、いかにこの国の民草と土地を守るかだ。それが志だ」

「民草を守る？　そうだ、わしもその一念で生きてきた。そのためなら、わしはいつでもこの命を捨てる覚悟はできている」

「違う、違うのだ、小四郎。なにゆえ、そうも易々と命を捨てたがる」

「それが武人であろうがっ」

「某はそうは思わぬ、命を捨つる覚悟でいかに生きるかを考えねば誰をも守れぬ。何をも成し遂げられぬっ」

激しい応酬が途切れたのは、小四郎様がまるで泣くように叫んだからだった。

「林殿もあんなよかろう様の傍に仕えたら、やわにならられたっぺい。天狗党の激派として皆々を率いておられた頃の勇武《ゆうぶ》をどごさ捨ててしまわれた。……わしは何があっても志を曲げねえ。わしは、わしのやり方で志を遂げる」

小四郎様は酔った足取りのまま「手水を遣う」と呟いて座敷を出て、そのまま戻って来なかった。


その年、文久四年は三月も経たぬうちに改元され、二月の二十日に元治元年となった。

三月に入ってまもなくのこと、公武一和の幕開けとして期待を寄せられた参預会議があえなく解体された。横浜の港を開くか否かで朝議が紛糾、混乱したのが原因のようだった。慶喜公は三月二十五日、禁裏御守衛総督《きんりごしゅえいそうとく》の御役に就任された。

その二日後の二十七日だった。耳を疑う報せが入った。

小四郎様が天狗党の同志六十名ほどと共に、筑波山で蜂起したのだ。

「幕府の弱腰に憤り、攘夷実行、横浜の断固鎖港を唱えておられるようでがす。し、しかもそれだけじぇねえで。と、殿様の御首のすげ替えまで要求されておらるるようで」

報せてくれたのは武田家の下男だった。延様か、もしくはいく様の命であるのだろう。

「御首のすげ替え？」

そう口にするだけで血の気が引いた。主君に対してそんな要求を突きつけたら、逆臣になるのではないか。

「今の殿様には是非とも御隠居いただき、お後には一橋慶喜公に就いていただく。さすれば藩政改革に着手し、必ずや下々の安寧《あんねい》を導くと」

蜂起の始めは目立たぬように三々五々、筑波山を目指したようだったが、山の中腹の大御堂《おおみどう》前に聳える松樹に「尊王攘夷」の旗が高々と翻ると方々から同志が駆けつけ、たちまち軍勢が膨れ上がった。大将は水戸町奉行の田丸稲之衛門《たまるいなのえもん》という天狗党の重鎮のお一人で、どうやら小四郎様が請うて迎えたものらしかった。

「今も続々と筑波山を目指す者が後を絶たず、軽輩の若党や民百姓まで混じって……さながら百姓一揆の態にござえます」

ずしりと鉛玉を呑んだごとく、私は二の句が継げなくなった。

小四郎様の蜂起に馳せ参じた若者らの姿が目に浮かぶ。血気に逸り、拳を突き上げながら山に入っていく。そこに野良着の百姓らが加わっていることに私はたじろいだ。義公以来、二百年以上にも及ぶ重税に耐えかね、鍬《くわ》や鋤《すき》を手にして立ち上がったのだ。ついに。

てつ殿に何と伝えたものかと私は暗澹となった。と、背後で黒い着物が動き、細い背中が見えた。まるで春雪が凍ったかのような白い頬をして、てつ殿は機織り部屋に入ってしまった。

聴いていたのだ、何もかも。

私は追うこともできずに自室に戻った。機を織る音を待って耳を澄ませるけれど、不気味なほど静まり返って不安になる。やがて、かたん、とんとんと律を刻むいつもの音が始まって、私は細く息をついた。けれど音は咽《むせ》ぶように激しさを増し、乱れてくる。

小四郎様が志を遂げられるまでは、嫁がない。

その覚悟の音なのだろうかと思うと、胸の裡が塞がった。情けないことに、私はてつ殿にかける言葉を一つとて持たなかった。掌がじっとりと汗ばんでいた。

以徳様に報せねばと文机に向かう。いや、もう早馬で江戸にも伝わっているに違いないと、筆架《ひっか》に伸ばしかけた手を膝に戻す。晩春というのに朝からどんよりと曇っていて、私は薄暗がりの中で己の鼓動だけを聞いた。

すると文机の端に、白く小さな物があるのに気がついた。紙を細く折り畳んで、蝶のように結んである。不審に思いながら結びを解いて開く。たどたどしい文字が折り目の中に埋もれていた。最初の数行に目を這わせるなり、ぞっとして顔を上げた。

何なの、これは。

転げるように部屋を出た。廊下を駆け、台所に入って女中に訊く。

「爺やは？　爺やはどこですっ」

水場の前の女中が振り向き、手から水を滴らせた。

「清六さん……はて、私は知りませんども。表を掃いてるんではねえですか？」

勝手口から入ってきた下男に訊ねても「さあ」と首を横に振る。土間に降り立って、外へ飛び出した。

「爺や、爺やっ」

庭にも井戸端にも、裏の畠にも姿が見えない。馬小屋を覗き、潜り門の外を垣根沿いに探し回った。

どこよ、どこに隠れているの。こんな文、嘘でしょう。悪い冗談よ。そうに決まっている。けれど一足踏み出すごとに、冷たい予感が胸を走り抜ける。

爺やが行ってしまった。

筑波山の蜂起に我が身を投じた。

声にならない声を挙げながら中に走って戻り、爺やが寝起きに使っていた中間部屋の戸を引いた。畳が綺麗に拭き浄められ、枕屏風と行燈、掻巻が隅に寄せられていた。私はへたへたと膝をついた。

掌の中の文をもう一度開くと、肘から震えて止まらなくなった。


嬢様。この清六、長年御奉公させていただきやしたが、この春をもちましてお暇を頂戴いたしたく、お願い申します。

嬢様のお顔を前にしたら決心が鈍ります。ゆえに、慣れぬ文をしたためることにいたしやした。御存知の通りの不調法、まともな文など書けやしません。御無礼をどうかお許しなすってくだせえやし。

あたしは死ぬまで隠居なんぞしねえ、嬢様の御子をこの背に負うて子守りいたすのを何よりの心願と致しておりやした。が、僅かな余生を世直しの戦に投じるのも悪くねえ生き方だ、そう思いつきやしてね。小四郎様のお膝元に馳せ参じる決意を固めた次第にございやす。

小四郎様に誘われたわけではありやせん。これだけははっきりと申し上げておきやす。あたしが己自身で決めたことにございやす。年が明けてまもない頃だったでしょうか、百姓らが蜂起するらしいという密かな噂がひょんなことから耳に入りやして、それからはもう居ても立ってもいられねえようになったんでさ。見知りの下男からその在所の百姓、さらにその束ねの百姓を辿って話を聞かせてもらったら、頭領は小四郎様だと知りやした。

小四郎様は何もご存知ありやせん。あたしが雑兵《ぞうひょう》の群れに加わっているなんぞ、気づかれることもねえでしょう。

林家で御厄介になりまして早いもので三年になりやす。思いがけず親爺の古里、水戸で暮らせましたのも嬢様に頂戴した御縁にて、この御恩は死するまで忘れるものじゃあございやせん。

実は、嬢様に従いて水戸に下りたいと女将さんに願い出たとき、親爺が亡くなる前に水戸に帰りてえと譫言で言ってたってのは、あれは嘘でございやす。あたしは嬢様と離れたくねえ一心でございやした。嫁もいなきゃあ子もおらぬ身、嬢様にお仕えするのが生き甲斐だったんです。

ただ、この部屋で寝起きするようになってからのことですが、同じ夢を何度も見るようになりやした。親爺が出て来るんです。いえ、恨み言を言うわけじゃあありやせん。それは古里を捨てて江戸に逃げるときの若い頃の親爺でね、不思議なことに親爺がいつのまにかあたし自身になってるんです。

もう何日も喰ってねえで、腹が空いて足がふらつく。江戸に出るしかねえ、もうそうするしか生きていけねえ、そう思い決めて歩くんです。でね、ふっと振り返ったら、筑波の山の裾に田畑が広がっていた。土の匂いがする。目の前が潤んで引っ返したくなる。けど、戻ったらまた地獄でさ。先祖伝来の田畑などとうに手放して、土地を持たねえ水呑み百姓となったらなお喰っていけねえ。年貢を納め、本百姓に地代を納めたら、手許には何も残らねえんです。働いても働いても、増えるは借銀の証文ばかりでさ。

あたしは、まるで背中の皮を剝がれるような思いで江戸に向かう。いつもそこで目が覚めるんです。ああ、夢だった、良かったと思うんですが痛くてね、背中が。

親爺は死ぬまで何も、一言も口にしませんでした。まあ、貧乏とは縁が切れやせんでしたが、江戸の水が合ったんでやしょう。ですがあたしは憶えてるんです。裏長屋の猫の額ほどの庭に種を蒔いてね、手まめに育ててたんですよ。菜物や瓜なんかをね。土の上に屈み込んでるときの親爺は間違いなく百姓の顔をしていました。苦しい、辛い思い出しかなかったでしょうにねえ。

そのうちあたしは何か、落ち着かなくなっちまったんです。桜田門前の広路で見た光景がしきりと目に浮かんで、気がついたら拳を握り締めていました。このまま無為に時を過ごすは、実を持たぬ籾《もみ》のような生涯じゃねえかって。いえ、あたしは旦那様や市毛様のような大義は持ち合わせておりやせん。尊王も攘夷も未だにわかりやせん。同じ水戸者同士で何で天狗党と諸生党に分かれていがみ合わねばなんねえのかも、さっぱりわかりやせん。ただ、あたしのような者でも世直しに加われるんなら立ち上がりたい。そう思いやした。

嬢様、あたしを水戸に連れてくるんじゃなかったと悔いたりなんぞしないでくだせえ。親爺が逃げ出したこの水戸に倅のあたしが帰ってきた、それはいろんな縁に引かれたもんなんです。であれば、人生で一度っきり、命を懸けて世の中の為に働いてみたい。

しんからそう願って、この手に槍を持つことにいたしやした。

旦那様、嬢様、お世話になりやした。何の御恩もお返しせぬままお別れ申すのは心苦しくてなりやせんが、何卒、末長う、仲睦まじゅうお過ごしくだせえ。

いつ、いかなる地で戦おうとも、あたしはそれだけを念じておりやす。

清六

嬢様御許へ

爺やの思いが一気に流れ込んだような気がして、私は「爺や」と呼び続けた。部屋に残る爺やの匂いの中で身を揉み、慟哭した。

胸の中に、爺やの後ろ姿が浮かぶ。

夜が明ける前に、息を凝らしてこの部屋を出たのだ。背中を丸めて門の潜り戸を抜け、外に出た。まだ闇は深いけれど東の空は微かに紺青に色を変え、明星が瞬く。どこかで鶏が鳴く。

ふと、あの大きな掌で頰を撫で、身を返す爺やの姿が見える。闇に滲むような屋敷を見上げ、腿に手を当てて辞儀をした。

「嬢様、お達者で」

塩辛声が耳許で響いて、私は小さな白い文を抱きしめた。

第五章　青鞜

一

七月も半ばとなった日の朝、私は井戸で水を汲んでいた。

「御新造様はもう、ようござえます。着物が濡れてしまうっぺ」

下女は気遣って私が手にした縄を引き取ろうとするが、私は「いいのよ」と、井戸底に向かって釣瓶を落とす。頭上で滑車がからからと回り、水面に釣瓶が当たった音が深い所から響く。腰を落とすようにして一気に重くなった縄を引き上げた。

「ほんに忌々しい」

下女は愚痴りながら私の手から釣瓶を引き取り、大桶にざぶりと水を移す。また水飛沫が飛び、足元の土はもう泥濘《ぬかるみ》になっている。下男が空の桶を持って引っ返してきて、黙って水の入った桶を受け取る。下女は忙しげに下男の背を見送り、今度は自分で釣瓶を落とす。

「諸生党の奴らの仕業だっぺ、間違いござえませんっ」

今朝、門前に汚物が撒かれていたのだ。

三月の末に小四郎様が筑波山で挙兵して、もう夏を越した。一群は今や八百名に膨れ上がったと噂され、水戸領内のみならず、常陸の方々や上総《かずさ》、下総《しもうさ》、上野《こうずけ》や下野《しもつけ》の藩領にまで進軍しているという。

——天狗党の乱

世間は小四郎様の軍をそう呼び、蜂起を天狗党そのものの暴挙と決めつけている。
「烏合《うごう》の衆とはよう言うたもの、方々で放火や掠奪の限りを尽くし、豪農や名主の家に押し入っては軍資金の強要を行のうておるらしい」

そんな風聞が駆け巡り、世間の反感を買っているのだ。そして林家の門口には物売りさえ訪れなくなった。

以徳様は事態の収拾に奔走しているらしく、「しばらく江戸を離れられぬ」と文が来た。かような最中に爺やが蜂起に加わったことを報せるのは申し訳なくて、返す文にそれを記すことができなかった。

てつ殿も使用人らもふいに姿を消した爺やについて察しはつけているようだが、皆、私を憚って か何も口にしない。私はひとり、起きた事の重さに耐えるしかなかった。胸の中に深い穴を穿《うが》たれたようで、何をどうやり過ごそうと風が吹き抜ける。爺やの志をちゃんと受け止めてやらねばならない、頭ではそれはわかっていた。でも爺やの声や、戯れ言を言う前に眉を何度か持ち上げる癖を思い出すだけで悲しくて淋しくて、自責の念に苛まれた。

とうとう思い余って、爺やのことを打ち明ける文を以徳様に出してしまった。するとすぐに文が返ってきた。

「清六が筑波勢に加わりし件、真に心苦しく読みて候。清六が世の為に働かんが志に頭《こうべ》を垂れ、真摯《しんし》に受け止め申し候えども、清六の失せし屋敷でのそなたの寂寥《せきりょう》を、ひいては我ら夫婦が受けし恩を思い返すに、万感胸に迫りて候。かくなる上は一刻も早く筑波勢を鎮撫《ちんぶ》いたし、民百姓の兵を解散せしめるが肝要と思い決めて候」

以徳様が私の肩を抱いて慰めてくれたような気がして、私はまた泣きむせんだ。

文には続きがあり、そこにはまた辛い事態が出来したことが記されていた。

武田耕雲斎様は小四郎様の陣に足を運んで諄々《じゅんじゅん》と説諭されるもかなわず、であるばかりか江戸執政の御役を突如、罷免されたという。諸生党の首領である市川三左衛門が世情の反感に乗じて策を弄したようだった。水戸の国家老や寺社奉行ら一行は耕雲斎様の罷免に激昂し、藩主に直に陳情せんと江戸の上屋敷に向かったが、御目通りもかなわず門前払いされた。

小四郎様は慶篤公に御隠居を迫っているのだ。烈公の側用人であった東湖様の子息から「暗愚、無能の藩主」と指弾されれば、いかなよかろう様でも面白かろうはずがない。筑波勢の蜂起は諸生党に天狗党一掃の格好の口実を与え、ついに藩政の実権、要を握られてしまった。

耕雲斎様は執政の座を追われた後も小四郎様への説得を断念されておられないようだが、藩主に近侍する以徳様の勤めもいかばかりか困難を極めているだろう。案じられてならないけれど、文では自身のことには何も触れられていなかった。

小四郎様の挙兵についてはただ一言、「無念」と記されていた。己が力を信じて逸る若者を諭し、軽挙妄動に走るを戒め得なかったことを以徳様は悔い、自身を責めておられるのだ。屋敷の中を吹き渡る風が秋めくたびに、何もかもが暗く沈み込んでいくような気がした。

背後の垣根で物音がして振り向くと、下女が後ろに飛び退いた。

「ね、猫がっ」

私は庭の一隅に吸い寄せられるように近づいた。

「御新造様、およしなせ、もう死んでっぺ」

金切声で止めるが、襤褸《ぼろ》のように投げ込まれたそれから目が逸らせない。やはり爺やが可愛がって、よく煮干しをやっていた野良だった。地面から抱き上げると、まだ躰が生温かった。血塗れの猫を抱きしめるうち、怒りで身が熱くなった。世間の何もかもを敵に回したような気がして、門前に飛び出した。

「弱き者の命を奪って、そこにいったい何の義があると言うのです。言いたいことがあるなら出て来なさいっ」

辺りは静まり返ったままで、人影一つ見えない。

「出て来なさい、出て来なさいよぉっ」

箍《たが》がはずれたように私は足を踏み鳴らし、叫び続けた。


夜、夕餉になっても怒りで胸がつかえて、箸を置いた。

てつ殿は私の様子に向かいからちらりと目を這わせるものの、薄寒い顔をして押し黙っている。

小四郎様の蜂起を知った日も、結局、てつ殿は一言も発しなかった。そして毎日、機を織り続けている。

台所の土間で下女らの声がして、まもなく勝手口に若党が姿を見せた。以徳様に仕える家来の一人で、片膝をついて辞儀をした。

「何事ですか」

若党は、以徳様が急遽、水戸に下向されることになったと告げた。そう聞いても、私は以前のように浮き立たなくなっていた。暗い予感めいたものが常につきまとい、自ずと己を抑えてしまう。

「御用の向きは?」

「賊徒の起こした乱の鎮圧にございます」

「賊徒?」

私が言葉を呑むと、てつ殿が気色ばんで若党に問うた。

「まさか……筑波勢は賊徒だと見做《みな》されておるのですか」

「御執政、市川様が御公儀に内乱鎮圧の建白書《けんぱくしょ》を出されたゆえにございます。天狗党筑波勢は尊王攘夷に名を借りて領民を苦しめる賊徒、治安維持が急務と……」

若党は懸命に堪えながらも、言葉の端々に口惜しさを滲ませている。さらに続けて言うには、公儀は市川執政の建白書を受け取るや、すぐさま藩主、慶篤公を召し出された。

——賊徒の輩を早急に鎮圧し、乱を治めよ。

直々の命が下った。

「では、旦那様は御殿様に供して下向なさるのですね」

確かめるように問うと、若党は「否」と応えた。

「御藩主は下向なさいませぬ。鎮圧の指揮は、大炊頭《おおいのかみ》様が御名代としてお執りになることに相成りました」

「大炊頭様？　松平大炊頭様は、宍戸《ししど》藩の殿様でありましょう……」

てつ殿は茫然として、語尾を吸い込んだ。

宍戸藩は水戸藩の支藩、いわば分家であり、松平大炊頭頼徳《よりのり》様は慶篤様の御従弟であるらしかった。本来であれば藩主自らが乗り出して鎮圧するのが筋であるし、公儀からもそう命じられている。が、よかろう様は筑波勢に恐れをなしてかその任を逃れ、従弟に水戸に出向くよう命じたのだ。

何と姑息な為さりようだろう。かような局面こそ藩主たる務めの果たしどころではないのか。まして藩主の右顧左眄《うこさべん》によって乱れた藩政を正すのが、此度の蜂起の目的の一つだと小四郎様は明言している。ならば自らが筑波勢の本陣に乗り込んで主張に耳を傾け、藩政の改革を約束してこそ小四郎様らは戦旗を巻くことができる。その役目を放擲《ほうてき》して、あろうことか他藩の藩主に委ねた。

何たる卑怯だろう。

胃の腑が硬くなった。いつか那珂川の岸辺で相見えたあの貞芳院様の御子であると思えばこそ、小四郎様がいかに藩主を誹《そし》っても、いざとなれば烈公譲りの胆力《たんりょく》を示されるだろうと恃《たの》むところがあった。けれどももう、ほとほと愛想が尽きた。小四郎様は、いや、耕雲斎様や多くの家臣はこうして主君から裏切られ続けてきたのだろうか。今ならその絶望が心底、わかるような気がした。

てつ殿がふらりと立ち上がった。両の手をきつく握りしめ、ぐるぐると板間の中を行ったり来たりする。

「賊徒ではございません、賊徒などではございません」

目が吊り上がっているのに気がついて、私は声を低めた。

「てつ殿、しっかりなさい」

「小四郎様が尊王攘夷に名を借りて無辜《むこ》の民百姓を苦しめるなど、そんなこと、あろうはずがござえません。あ、あの御方は民草を思うて世を正そうと立ち上がられたのでござえます。なのに領民を苦しめる賊徒とは、あんまりな」

「何もかも諸生党が書いた筋書なのよ。そんなこと、心ある人は皆、わかっています」

小四郎様も爺やも賊徒などであるはずがない。断じて。

意を汲んだかのように、若党はてつ殿に身を向けた。

「大炊頭様は天狗党の忠義をよう御承知とのこと、筑波勢にも一方ならぬ同情をお寄せ下されていると他家の中間より耳打ちされましてござります。早晩、筑波勢は帰順、投降なさるだろうと、これが大方の見方にて」

てつ殿は若党が言い終わらぬうちに背を見せ、機織り部屋に向かった。


下町の備前堀《びぜんぼり》に掛かる魂消橋《たまげばし》を渡った。

今日、大炊頭様の一行が水戸に入られるのだ。若党が報せに訪れてから十日ほどを経ていた。私は以徳様の姿を追い求めるように一人で屋敷を出て来てしまっていた。近頃のてつ殿は私が何をしようが咎め立てをしない。もはや、機を織ること以外のすべてに興味を失ったかのようだった。

水戸街道の起点である魂消橋は江戸に発つ人を見送り、あるいは江戸から帰ってくる人を迎える橋であるそうだ。それにしてもこの人の多さはいったい、何事だろうと私は訝しんだ。ほとんどが町人の風体であるが、橋の袂から街道沿いに人が集まり、身を押し返されそうになる。

もしかしたら、皆、出迎えにきたのだろうか。そう気づいたのは、周囲の町人らが囁き合う言葉を耳にしたからだった。

「御家老様や御奉行様も江戸から共に引っ返して、武田耕雲斎様もご一緒らしい」

「やれやれ、これでようやっと筑波勢も矛を収めっぺ」

「ん、天狗党もちぃとは大人しゅうなるっぺい」

「さあて、どうだが。強情者揃いだで」

やはり町人らにとっては筑波勢すなわち、天狗党なのだ。口惜しいけれど、それも無理のないことだと私は己の胸を宥《なだ》める。天狗党の中でも考えによって派が細かく分かれていることなど、町人には知りようもない。

江戸から若党が訪れていくばくも経たぬ頃、あの長州藩の軍が禁裏の蛤《はまぐり》御門《ごもん》に突入するという事件が起きた。近頃は水戸市中でも瓦版《かわらばん》が出回っており、京で起きた変も数日で知ることになる。事は政変に留まらず、公卿の鷹司《たかつかさ》邸や長州藩邸に放たれた火が広がって都じゅうが焔に包まれたようだ。折柄の風にあおられて消火のしようもなく燃え広がったことから、都の人々は「どんどん焼け」と呼んで嘆いているらしい。焼失した家は三万軒と書いてあった。

急進的な尊王攘夷で知られるあの長州が何ゆえ禁門を破ることになったのか、私には全く解せなかった。瓦版には、薩摩、会津との主導権争いに敗れた長州が失地回復を狙って起こした変であるらしいこと、薩摩と会津の藩兵に敗れ、長州に敗走したことが記されていた。幕府は朝廷への礼を取って長州を「朝敵」として弾劾、西南二十一藩に長州追討の命を出した。

この「禁門の変」によって長州藩と気脈を通じていた天狗党はさらに窮地に陥ることになりはす

まいかと、私は何度も唾を呑み下した。こんなとき、爺やはあの塩辛声で気を引き立てたり励ましたりしてくれたものだった。でもその爺やはもう、傍にいない。

動乱の世にあって、おなごは何と非力であるのだろう。居ても立ってもいられぬ思いに駆られながら、何一つできないのだ。私もおのこであれば爺やのように具足をつけて槍を握ったかもしれない、人の波に揉まれながらそんなことさえ考えた。

と、どこかで歓声が上がった。

「御行列だ」

「大炊頭様だっぺい」

ようよう見えたのは、槍の飾鞘《かざりざや》だった。半被《はっぴ》をつけた足軽が打物《うちもの》、挟箱《はさみばこ》を携え、続いて鎧兜《よろいかぶと》に身を包んだ先頭警護の一群が進む。ざっ、ざっと土を踏む音と甲冑《かっちゅう》の触れ合う音が徐々に大きくなり、一行が数百名の大軍であることが知れた。私は以徳様の姿を探して爪先《つまさき》を立てる。

と、馬上の殿様の姿が見えた。町人や百姓は一斉に膝を折り、土の上に額をつける。慌てて町家の陰や街道沿いの松樹で身を隠すのは、私を始めとする侍の家の者だ。武家の家人は大名の行列に対して土下座をする決まりはない。けれど不躾に見るのは憚らねばならないので、袂で己の顔を隠しながら垣間見た。

宍戸藩一万石は水戸藩義公の弟御を藩祖とし、松平大炊頭頼徳様は九代目藩主であられる。御年は以徳様と同じ頃だろうか、額に白布を巻いて黒烏帽子《えぼし》を着けた姿は細身なれど端麗な若殿様だ。行列は御城を目指して粛々と行く。八角に三葉葵《みつばあおい》の紋が染め抜かれた幟《のぼり》を見送りながら、皆は安堵したように言葉を交わし合っている。私も胸を撫で下ろして、帰路に着いた。

藩主、慶篤様が自ら下向されぬと知った折はその惰弱ぶりに憤激したけれど、いっそ良かったのかもしれない。筑波勢の胸中を察してくださる大炊頭様であれば、あの小四郎様も拳を下ろして恭順してくれるに違いない。御処分にもきっと温情が加わるだろう。以徳様もさぞ眉根を開いて屋敷に帰ってこられるだろうと思うと、今宵の膳は何にしようかと私は考えを巡らせた。

町人に混じって界隈の青物屋や魚屋を覗いて回っていると、見知りの顔と行き遭った。黙って小腰を屈めるだけに留めてくれる。質屋の番頭だった。私もそっと辞儀を返しただけで買物に戻った。家政の舵取りは一年前からてつ殿に任されたけれど、藩の財政は厳しさを増す一方で御借上げが続いている。お母っ様からの送金はもう辞退していたので、私はてつ殿に内緒で着物を質に入れ続けていた。

と、初秋の空を割るような音が聞こえて、行き交う人々が皆、足を止めた。

「何だっぺ、今のは」

鳥の群れが一斉に頭上を飛び去り、辺りが騒然となった。無数の羽毛が舞い降りてくる。不思議な気がして私は掌を天に向け、手をかざした。

また音がした。

「今のは……砲声だっぺ」

「そうだ、火縄の音だっぺい」

そして誰かが東を指して叫んだ。

「魂消橋だ、魂消橋から聞こえる」

てつ殿は御先祖伝来の兜を差し出すと、以徳様に手をついて辞儀をし、そっと部屋を退がった。

私は櫛を手にして以徳様の総髪を額から後ろへと、耳の上から首筋へと梳《す》いていく。

「登世」

床几《しょうぎ》に坐した以徳様はもう良いとばかりに、私の名を呼ぶ。

「ええ、あともう少しでございますから」

以徳様の左肩に回って、また櫛を使う。この髪を太紐で一つに束ねたら、この人を戦に送り出さねばならない。私はその覚悟がつかなくて、ほんの少しの猶予を先延ばしにする。

以徳様は萌黄威《もえぎおどし》の鎧に鎖のついた青地錦《あおじにしき》の小手《こて》をつけ、その上から羽二重の陣羽織という装束だ。私がまだ少女の頃、錦絵で目にした源平合戦の武者のごとくで、けれどその凜々しい姿は現実の戦のためにあった。向かうは諸生党との戦いで、水戸はとうとう藩を二分して弓を引き合う内乱となったのである。

発端は、大炊頭様が率いる軍の城入りを諸生党の重鎮が拒否したことにあった。

「大炊頭様お一人のみお入れ申し上げる、他は一人たりとて城内に足を踏み入れること罷りならぬ」

藩主の名代として筑波勢の鎮撫に下向されたというのに、城側は「その軍には天狗党の者が含まれる」と指弾して城門を固く閉ざし、開こうとしない。水戸の家臣同士で「入れろ」「入れぬ」と押し問答になった末、城の警護兵が一行に向かって発砲してきた。

以徳様はこれを諸生党の挑発だと察した。

「応戦するでない、堪えよっ」

叫びながら、以徳様は行列の先頭に向かって走った。

「今日はひとまず軍をお引き下され。我らで城入りの交渉に当たります」

大炊頭様にそう進言しようとしていた。しかし激怒して槍を振り上げ、列を乱す味方の背に行く手を阻まれた。声すら掻き消される。と、銃扱いに慣れぬ足軽が怯えて構えるのが見えた。

「ならぬ、撃つんじゃないっ」

足軽の銃が火を噴いた。その発砲を機に、戦端が開かれてしまったのだ。先に撃ったのは間違いなく諸生党側だった。けれど城に向かって砲声を浴びせたるは主君への逆賊行為である。

以徳様は支度のために屋敷に戻ってきたとき、私とてつ殿にこう告げた。

「不本意ながら、天狗党は主君と公儀に叛逆の意ありと見做《みな》された。……その上、朝敵との汚名まで蒙った」

「朝敵？　なにゆえ天狗党が朝敵とされるのでござえますか」

てつ殿は怒りで声を震わせていた。

「城中におわす貞芳院様に鉛弾《なまりだま》を浴びせ申したゆえだ。……門を閉ざして城入りを拒んだは恐らく、執政、市川三左衛門の奸計《かんけい》であっただろう。公儀のみならず朝廷にも背いた逆賊であれば、大義名分をもって我らを討てる」

以徳様の口調はいつに変わらぬ静かなものであったけれど、きつく握りしめた拳は微かに震えていた。

天狗党は国の要に帝を奉じ、武家はその臣下として使命を果たすべきを是としてきたのだ。なのによりによって朝敵として追討を受ける身になろうとは、いかほど無念であることだろう。その胸中を思うにつれ、諸生党への怒りがふつふつと音を立てて滾《たぎ》った。藩の内紛を公儀、朝廷への叛逆にすり替えて戦に持ち込むとは、同じ土地に生まれ育った同胞をなにゆえそこまで憎まねばならぬのか。

以徳様は前を見て立ち上がると、低い声で呟いた。

「かくなる上は、大炊頭様だけはお守り申さねばならぬ」

宍戸藩の藩主、松平大炊頭頼徳公は事の成行に憤慨され、一人、城中に入るを潔しとされなかったのである。

陣太鼓や法螺貝《ほらがい》の音が日ごと、響き続けている。

七月の二十四日に始まった戦は月が変わってもまだ決着を見ていない。水戸の侍が敵味方に分かれ、戦いを続けているのだ。下男は町に出るたび戦場の様子を見聞きしてくる。

戦況の初めは以徳様ら天狗党軍が圧倒的な強さを誇り、水戸城を奪還するのにさほど時はかかるまいとの予測がもっぱらだった。事態を知った小四郎様ら筑波勢も山を下り、共に戦っているのである。が、幕府の軍が江戸から下向して敵方に合流した。

「なに、幕軍といえど槍も刀もろくに遣えねえ御旗本の御次男、御三男の寄せ集めでごんす。まあ、へなへなの弱腰で、見てるこっちが恥ずかしゅうなる無様さだっぺ。ありゃ天狗党の敵ではねえ、すぐに水戸から追ん出されるべえ」

甲冑姿での実戦など、風流に傾《かぶ》いていた旗本の子息らにとっては夢にも思わぬ災難であっただろう。戦に勝って屋敷に帰ってくる以徳様の雄姿を想像して、私は胸を躍らせさえした。

地揺れのような音が響いててつ殿と顔を見合わせたのは、仲秋も過ぎた頃のことだ。台所の板間で朝餉を取っていたときで、茶箪笥の中で皿や鉢が触れ合って妙な音を立てる。膝の下も揺れているような気がした。土間にいた下女らは「地揺れだ」と騒いで肩を寄せ合ったが、てつ殿は落ち着いた声で「静まりなされ」と叱咤した。皆、息を呑んだまま耳をそばだてる。また音がした。

「大砲《おおづつ》……」

顎を上げたてつ殿はそう呟いた。やがて屋敷じゅうの梁《はり》や桁《けた》まで揺れ始め、不気味な音を立て続けた。

天狗党の手強さに業を煮やした幕軍が舶来の大砲や鉄砲を導入したことが知れたのは、翌日だった。戦況は一気に不利になっているという。ぞくりと、背筋に悪寒が走った。

戦に敗けたら、以徳様や爺やは、天狗党はどうなるのだろう。

不安と恐れで、胸の中が押し潰されそうになる。書物が崩れ落ちた以徳様の部屋を片付けるものの、矢立《やたて》一つ拾うのも大儀なほど躰が重い。爺やのいない庭は荒れるにまかせており、梅の枝が風にやすやすと黄葉を持って行かれるのを私は自室でぼんやりと眺める。

けれど最新の兵器を揃えた幕軍に対して天狗党軍は一歩も引かず、古式の武具のままで戦い続けた。私はその果敢さを耳にして久しぶりに胸のすく思いがしたし、世間では「これぞ、水戸の武士《もののふ》」と称賛する声も出ているという。が、そのぶん戦は長引く一方で、なかなか終息を見なかった。

廊下で荒い足音がして、下女が「御新造様」と大声で呼ぶ。

「た、武田様から御遣いの方がお見えにござえます。早よ、おいでくだせえ」

耕雲斎様の奥方、延様か、御長男の奥方であるいく様からの遣いに違いなかった。すぐに座敷を出ると、玄関の式台の前にはすでにてつ殿が坐って、口上を訊いていた。男はひどく急いていて、何度も咳き込む。

「お、お逃げください。市川執政の命で天狗党の家は御取潰しの沙汰となり、御妻子が次々と召し捕えられておりますっ。一刻も早くお逃げに」

門前で荒々しい物音がしててつ殿が膝立ちになったのも束の間、白鉢巻に抜身《ぬきみ》を摑んだ男らが土足で踏み込んできた。

二

私とてつ殿が連行されたのは、下町のはずれの「赤沼《あかぬま》の御長屋《おながや》」と呼ばれる牢獄だった。獄舎は四棟あり、その一つの前に引っ立てられた。

捕吏から私たちの身柄を受け取った牢番は顎に大きな黒子《ほくろ》のある男で、口の中にするめを入れているのか、くちゃくちゃと咀嚼の音を立てながら私たちを検分すると、長い三尺棒をこれ見よがしにひけらかした。

「ぐずぐずするでねえ、さっさと入れっ」

薄暗い獄舎の中は通り道をはさみ、縦格子で囲まれた檻が左右に延々と続く。一つの檻は二十畳ほどか、天井は張られておらず梁や藁葺きの裏が剝き出しである。そこに天狗党の妻子らが囚《とら》われ、犇《ひし》めいていた。まだ襁褓《むつき》の取れぬ赤子を抱いた若い妻女の姿もある。時折、ちらりと新入りを確かめるような眼差しには憔悴と怯えしかないことに、私は愕然となった。

牢番は肘や膝を横に張り、時折、檻の格子を三尺棒で打ち鳴らしながら通りを進む。虜囚を威嚇しているのだ。粗暴な音が無闇に響くたび、妻女らは身をすくませる。私は両脇から目を逸らし、牢番に従って歩いた。

牢番は通りの奥で足を止めると、私の両の手首を括っていた荒縄を手荒に解いた。それまでは痛みすら感じる暇もなかったのに、解き放たれた途端、思わず声が洩れた。傍らのてつ殿は放心したかのように両腕をだらりと垂らし、棒立ちになっている。

錠前を開けた牢番は私たちの腰を棒で突いて、中に押し込んだ。

「もし、番太郎殿」

通りを引き返す牢番を呼んだ声は隣りの檻の中からだった。蒼褪めた頬をした妻女がひしと格子を摑んだ。

「夕餉に梅干しを一つ、お分けくださえ」

「梅干し？　へ、罪人が贅沢こくでね」

「姑が風邪をこじらせております。せめて梅干しなりとも差し上げとうござえます」

だが牢番は言を左右にして、首肯しない。妻女は檻格子の前に膝を畳み、額を土間にこすりつけるようにした。姑は奥で臥せっているのだろう、痰《たん》の絡んだ咳が聞こえる。でもそれは一人だけのものではなかった。咳や嘆息、すすり泣きや呻き声が牢内のそこかしこで湧いては沈み、淀んでいる。

「どうぞ、後生にござえます」

牢番は土下座する女にさんざん勿体をつけた後、

「なら、その方の飯は抜きにすっか」

勝ち誇ったように言い捨て、檻の中の女たちを睥睨《へいげい》してから引き上げて行った。

これからいかなる行末が待っていようか、いつまでここに繋がれることになるのか。厭な予感が一どきに渦巻いて、息を詰めた。辺りには排泄物の臭いが充満していて、吐き気が込み上げてくる。

収監された檻には、四隅にも中央にも数人ずつのかたまりがあった。板壁沿いの一隅を見つけてつ殿を坐らせ、私も膝を畳んだ。ここは元は川沿いの沼地であったらしく、たちまち向う脛から尻がじっとりと冷えてくる。こんな所で三日も過ごせば老いた者でなくても病を得てしまうだろうと、掌で口許をおおった。

覚悟せねば。

己に言い聞かせる。以徳様も爺やも、砲弾飛び交う戦場で闘っているのだ。かような所で死ぬわけにはいかない。私は掌を口許からはがして息を吸う。臭気もろとも吸い込んで、ゆっくりと息を吐いた。

「お二人とも……間に合いませんでしたか」

振り向くと、武田耕雲斎様の長子、彦右衛門様の奥方、いく様が目の前にいた。いく様の肩越しには延様と耕雲斎様の母上とおぼしき老女の姿が見えた。互いに目礼を交わす。昨冬の暮れ、私たちに丁寧に歳暮の礼を述べてくれた幼い兄弟も行儀良く坐っており、その傍らには十五くらいの若者とそれより少し幼い男児が二人いる。

「当家の長男、次男、三男にございます」

いく様が首だけで見返ると、三人は丁寧な辞儀をした。三人とも闊達で明るい母上によく似た面差しで、けれど耕雲斎様の一家もこうしてことごとく捕らえられたのだと思うと、何をどう申し上げれば良いか、言葉を探しあぐねた。

「これを」

いく様が差し出してくれたのは一枚の筵《むしろ》だった。

「夜は大層、冷えますゆえ」

「有難う存じます。……なれど、これはどなたかがお使いの物なのではございませんか」

「ご案じなさいますな。皆、平素より身を鍛えておりますゆえ」

御子らの使っていた一枚を分けてくだされたのだろう。私は有難く礼を述べたが、てつ殿は目も上げずに小さく頭を下げただけだ。

夕餉が出たのはそれから一刻ほど後のことだった。欠け茶碗に盛られた御飯にお香こが二切れで、御飯は黄変して饐《す》えた臭いを放っている。それでも私は箸を持ち、食べた。てつ殿も黙々と箸を運んでいる。夜は一枚の筵を二人で分け合うように躰に掛け、横になった。

ここは戦場が近いのだろうか、砲声が激しいかと思えばまたぴたりと途絶える。

以徳様。

胸の中でそう呼びかけるだけで涙が湧きそうになる。細い風が板壁の隙間から絶えず吹き込んでいて、目尻も頬もすぐに冷たくなる。

私は子が欲しくて欲しくて、たまらなかった。以徳様の御子が。けれど今となっては、かような運命が待っていたのなら恵まれなくて良かったのだ、そんな気さえ萌してくる。

戦さえ終われば。そうだ、戦が終わってからお産み申せば良い。

それは大きな希みに思えて、私は目を瞠《みは》った。天井近くの壁に小窓が穿《うが》たれているのだろう、すべての闇の中でそこだけがくっきりと色を抱《いだ》いていた。戦場で野営している以徳様も同じ月の下にいる、そう思いながら橙《だいだい》色の光を眺め続けた。大砲や銃の音はもう絶えていて、牢内には遠慮がちな咳と赤子のむずかる声だけが響いている。

私はようやく目を閉じた。外の叢《くさむら》だろうか、微かに秋虫のすだく音を探りあてると、耳を澄ませながら眠った。


檻には武田家の一家と私たちの他に、中士、下士の妻女と思しき女たちがそれぞれ幼い子や赤子をつれて収監されていた。十八人だった。

小窓しかない牢内では夜の闇が居坐り続け、時の流れもわからない。朝餉が明け六ツ、昼餉は午九ツ、夕餉は暮れ六ツに運ばれてくるのが決まりであるらしく、一歩も外に出られない身にとって日に三度のそれが時を知る唯一のよすがといえた。

用便桶は檻内の隅に剝き出しに置かれていて、衆目のあるところで用を足さねばならない。女ばかりとはいえ男児もいるので私もてつ殿もなかなか慣れることができなかったが、いく様に教えられて着物の裾で身を隠す術を覚えた。

慣れることができないのはむしろ、ひもじさだった。いつも咽喉が渇き、いつも何かが食べたかった。娘時分に気儘をして食べ残した馳走を思い返しては生唾を吞み込み、お母っ様のおはぎが恋しくなった。お母っ様は滅多に自ら料理をすることのなかった人だけど、彼岸のおはぎだけは毎年、必ず作ってくれて、私はそれが大好きだった。食べられぬことがこんなにも辛いとは思いも寄らず、何かを思い浮かべることを懸命に戒めたけれど、それでもふいに江戸の蕎麦や水戸の鰻を思い出して、己が疎ましくなった。

七日目の朝、隣りの檻の老女が亡くなった。土下座をしてまで梅干しを乞うた女の姑であるらしかった。見回りに訪れた牢番がそれを知ると下人《げにん》をつれて戻ってきて、遺体を無雑作に戸板に載せて運び出す。私たちは掌を合わせてそれを見送るしかなかった。

それからは毎日のように誰かが亡くなった。冷えと飢え、そして病で息を引き取るのは老女や幼子がほとんどで、子を喪った母親の嘆きは幾晩も続いた。人が減っても牢内は狭くなる一方だった。新たに捕らえられて入ってくる家族が後を絶たないからだ。

私たちの檻ではまだ誰も倒れてはいなかったけれど、若い女が一人、入ってきた。手束《てつか》ねの髪に継ぎ接《は》ぎの多い着物で、下士の妻女であるらしかった。

日頃、じっと坐ったまま俯いている女たちの数人は牢番が外に出たのを見定めた途端、女に群がった。

「何某の家内でござえます、戦況はいかがにござえましょうか」

「何某は無事でおりましょうか、何かお聞き及びではありませぬか」

「近頃、火縄の音がとんと聞こえませぬ。戦場が移ったのでござえますか」

口々に問いを発して縋りつく。私も以徳様の様子を知りたいと願いつつ、皆の背中越しに女を見守るばかりだ。

「どなた様のこともわかりません。……戦場は市中を離れ、那珂湊《なかみなと》の辺りに移ったようにございます」

知れたのはそれだけだった。皆、首を小さく横に振りながら、踵を返す。

板壁沿いの隅に戻ったてつ殿は袂からいつもの物を取り出して、両肘を持ち上げた。てつ殿は何日か前、杉箸を細く割いて道具を作ったのだ。肌襦袢《はだじゅばん》の袖の端を解き、茜木綿《あかねもめん》の糸をほぐしては編んで真田紐《さなだひも》にするのである。今ではてつ殿に倣《なら》って中士の妻女の何人かも編み物をしていた。私も見よう見真似で、少しずつ目を増やしていた。編み上げた紐は何の役に立つわけでもなく、子を伴っている妻女はその手首に巻いてやるくらいだ。それでも皆、編み物をやめられない。日がな糸を紡ぎ、機を織って暮らしてきた女たちなのである。手を動かしている間だけ、ひもじさや夫を喪う恐怖を忘れることができた。

延様といく様には、別の仕事があった。御子らに学問を授けるのだ。ことに、いく様は儒家として名高い藤田家の出身だけあって、四書五経《ししょごきょう》にも通じているようだ。

「子曰く、勇を好むも貧を疾《にく》めば、乱る」

いく様が小声で論語の一節を諳《そら》んじてみせる。御子らは手元に教書があるわけもないのだけれど、淀むことなく後を続けた。

「人にして不仁《ふじん》なる、之を疾むこと已甚《はなはだ》しきときは、乱る」

「いかにも。勇を好む者は己の貧しい暮らしに不満であるとき、その解決に武勇を用いて叛乱を起こすこととなります。また、相手が人の道に外れているとき、勇を好む者はしばしば厳格に追及しがちです。さすれば相手は逃げ場を失い、これもまた騒乱が起きる元となりまする」

いく様は御子らに嚙んで含めるように教えられている。

勇を好む者が起こす、騒乱。

筑波勢は自らの不遇を打破せんがために荒ぶる若き魂を無闇に躍らせた、世の中ではそう見る向きもあった。その蜂起によって図らずも幕軍を相手に闘うことになったうえ「朝敵」の汚名まで着せられた天狗党の妻女らは、小四郎様の叔母御であるいく様とは微妙に隔てを置いていた。むろん無礼な振舞いに及ぶことはない。相手を立てるかに見せて親しく口をきこうとしない、まるで身分の違いを逆手に取っているかのようだった。

「母上、お尋ねしてもよろしいでしょうか」

まだ前髪のとれぬ御三男が可愛い声を出した。利発そうな目をしている。

「どうぞ」

「勇を好む者とは武士《もののふ》のことでありましょうか」

紐を編む皆の手がほんの一瞬、一斉に止まったような気がした。いく様がいかに答えられるのかと息を詰めている。

「否。武士は戦が生業《なりわい》でありますが、無闇に勇を好む者ではありませぬ。戦の無残を知り尽くしておればこそ、戦わずして世を治めるが本分にございますぞ」

いく様は、政《まつりごと》の道の何たるかを御子に教えておられるのだろうと思った。けれどその政に加われない者は、中士や下士の本分は何なのだろう。

小四郎様のように、己の才を揮う場を得られぬ者は。

てつ殿も皆も、いく様の言葉にもう何の興味もないかのように手を動かしていた。

叢の虫の音が絶えて聞こえなくなった。もう初冬、十月に入っているのだ。

けれど今日が何日であるのか、私にはもうわからない。入牢《じゅろう》してしばらくは頭の中で暦を思い浮かべて日にちを刻んでいたけれど、一日じゅうほとんど陽の差さない牢内では冷えとひもじさをこらえるのが精一杯で、何もかもが虚ろになっていた。

てつ殿は相も変わらず肌襦袢の袖から糸をむしり、紐を編み続けていた。

「袖口をそうも解いてしまっては……今宵は一段と冷えそうよ」

見かねてたしなめると、私の声が鬱陶しいとばかりに片頬を歪めた。細面の顔は蒼白さを増し、美しかった鼻梁は痩せて尖っている。いく様が傍に来て、取り成してくれる。

「義姉上のご心配がわかりませぬか、いい加減になさらなければお躰に障りが出ましょう」

てつ殿はいく様にさえ黙って頭を下げるだけで、引き抜いた糸を指先で無心に縒《よ》っている。いく様は私を見て、小さく嘆息した。

と、牢の入口で大きな声がした。牢番だ。興奮して三尺棒を何度も檻格子に打ちつけながら、通り道を進んでくる。牢番は背を揺らし、笑っていた。

「勝った、諸生党が勝ったっ」

唾を飛ばしながら、諸生党と幕軍の勝利を告げた。

「負けた？　……まさか、そんな」

「天狗党が、諸生党に負けた……」

騒然となった。狼狽して泣き出す者もいる。私は茫然と立ち上がり、「負けた」と口の中で呟いた。何度繰り返しても信じられなかった。以徳様の軍が負けるなど、そんな馬鹿なことがあるはずがない。

「静まれっ、御公儀は五日、宍戸藩の藩主に切腹を仰せつけられたわい」

「切腹？　な、何ゆえ大炊頭様が御切腹されねばならぬのですか」

私は思わず牢番に問うていた。

「筑波勢鎮圧のために水戸に下向したはずがそれにしくじり、のみならず天狗党軍と意を通じて公儀と朝廷に弓を引いた賊軍の首魁《しゅかい》だっぺい。はっ、当然の沙汰だが。……此度の負け戦で天狗党もとうとう終わりだっぺ、清々するわ」

牢番の顎の黒子が上下に動き、また気味の悪い笑みが顔じゅうに広がった。

「おめえらにもいずれ沙汰がある、神妙に待てい」

下士の子供らが怯えて泣き出し、牢番はまた棒を揮って脅しつける。

「口をつぐまねば、これで仕置きすっとうっ」

「御沙汰とは、我らにいかなる咎《とが》がありましょうや」

延様が前に進み出てきた。牢番は「何を」と目を剝いた。延様はひるみもせず、牢番を見据えて同じ問いを発した。

「御沙汰とは、我らにいかなる咎があると言うのですか」

すると牢番は勝ち誇ったように頭を後ろに反らし、せせら嗤う。

「逆徒の張本たる天狗党の妻子、その罪だっぺ」

そして宍戸藩士二十余名と共に天狗党の藩士十数名が既に斬首されたと、牢番は告げた。

「斬首……」

耳にした刹那、胸に焼き鏝《ごて》を当てられたような痛みが走った。以徳様は頼徳公の近くで戦っていたはずだ。

「かくなる上は、大炊頭様だけはお守り申さねばならぬ」

あの言葉がよみがえる。目の前の格子がくの字に歪んで、闇が落ちてきた。


目を開くと暗い洞《ほら》の中にいた。何度も瞬きをするうちに、囁くような女たちの声が聞こえる。

「御公儀もあまりに一方的な御裁断」

「そもそも闘いようが卑怯極まりないものでございましょう。侍たる者が手にするは槍、弓、長刀と決まっております。にもかかわらず卑しい飛び道具を用いて、勝った勝ったと」

「そもそも西洋の大砲を戦に入れるとは、武士の頭領たる公儀のなさりようとも思えませせぬ」

私は身を起こし、輪になった女たちの背を見つめた。てつ殿が気づいてこっちを見たが、ちらりと咎めるような目つきをしただけである。私が気を失って倒れたのを恥じているのだろう。何ゆえ自失したのかを思い出しそうになって、私はひしと胸を押さえた。

以徳様はいかが相成ったのだろう。御無事か、それとも……そこに考えを巡らせるだけで息が乱れ、身が揺れる。

「登世殿、ご気分はもう良いのですか」

いく様が声をかけてくれた。皆が一斉に私を見る。

「こちらへおいでになりませぬか」

いく様は私の許に来て、肘を支えてくれた。ようよう立ち上がり、目を伏せたまま輪に加わった。

「他の棟からお移りになってこられた、前の町奉行、田丸様の御息女です」

目を上げると、いく様の隣りには見慣れない娘が三人並んでいた。頭を下げると、向こうも揃って挨拶をしてくれる。三人は姉妹らしく、老いた母上と幼い弟御を伴っていた。真ん中の娘御はちょうどてつ殿と同じ年頃に見える。

「……田丸家の家人は永牢《えいろう》の御沙汰を受けられて、こちらの牢に移されたとの由」

いく様が耳許で囁くように言った。目を見開いて、いく様を見返す。この檻に閉じ籠められたまま、生涯、出ることを許されぬというのだろうか。ふと、腑に落ちるものがあった。町奉行の田丸様といえば小四郎様と共に挙兵され、大将として筑波勢を率いているお方だ。その妻女たる咎として下されたのが「永牢」だったのだ。

姉妹は覚悟を決めているのか至って落ち着いた物腰で、皆が口々に我が夫や息子の安否を尋ねるのに厭な顔一つすることなく答えてやっている。

いく様がまた囁いた。

「林殿は斬罪となった方の中には、入っておられぬようです」

「それは……真ですか」

声が震えた。いく様は頬に明るささえ浮かべてうなずいた。

「幸い、この牢内の方々も」

田丸家の姉妹は沙汰を受ける際に役人からいくばくかの戦況を聞き出していて、それをいく様らに伝えてくれたようだ。私は安堵のあまり、涙声で礼を告げた。

女たちの話は宍戸藩主、松平大炊頭頼徳公のことへと移っていた。公儀は筑波勢鎮圧の失敗と諸生党との交戦を激怒して、詰め腹を切らせたのだ。宍戸藩は領地を没収され、江戸屋敷を守っていた家臣の多くも切腹を命じられた。

私はあの若き殿様の姿を思い、申し訳のなさで一杯になる。鎮圧の失敗も何も、筑波山に談判に及ぶ前に水戸城への入門を拒絶され、強引に戦に持ち込まれたのだ。水戸藩藩主の名代となったばかりに、何という鉢を回されたことだろう。

「思いきや野田の案山子《かかし》の竹の弓　引きもはなたで朽ち果てんとは……これが辞世の御句であられたようでございます」

田丸家の次女、雪乃という娘御が唇を嚙みしめ、白い目尻を怒りで朱に染めた。皆、何の罪咎もなく切腹させられた若き大名の無念を我が事のように悼《いた》んでいるのだ。そして主君である慶篤公のなさりようを恥じている。

「執政の座に就きたる市川の力は増すばかりにて、先ほど正妻が女児を産みしを歓びて祝宴を開き、江戸の自邸に殿までお招き申し上げたとか。真に僭越極まりない、傍若無人な振舞いにございます」

雪乃様の姉上が、やり場のない怒りを滲ませた。悪鬼のごとき形相しか浮かばぬ市川執政に娘ができたと聞くに、ふと切れ長の目をした子供の姿がよみがえる。市川家の子息だ。二人とも天狗党への憎しみを剝き出しにして、私を睨みつけていた。

延様が遠慮がちに口を開いた。

「筑波勢は、いかなる状況でありましょうか」

「耕雲斎様が総大将となられて筑波勢に加わる者が後を絶たず、今では千人もの大軍になっているようにございます」

那珂湊での戦いで天狗党志士の多くが投降したが、耕雲斎様父子は追手を逃れて脱出、今は小四郎様らと合流しているらしかった。以徳様もその軍におられるに違いないと、私は確信した。そして爺やも。今度こそ諸生党を倒し、二人はここに迎えに来てくれる。また一緒に暮らせる。

「して、軍はいずこに陣を構えているのですか。再び筑波山でしょうか」

そう尋ねたのは、いく様だ。

「それが……西へと向かわれているようです」

「西へ……?」

「おそらく、盟友たる長州を目指しておられるのだろうと推す者が多いようにございます。なれど長州も今は朝敵たるお立場ゆえ、果たして援軍を見込めますかどうか……」

言葉尻を濁す。すると、それまで黙っていたてつ殿がいきなり膝を動かした。

「長州ではございません。京におわす慶喜公に直に陳情するおつもりなのでございましょう。もはや公儀は夷《えびす》どもの言うがままに国を開いた木偶《でく》に過ぎぬのでございますゆえ、頼みの綱は英邁なる慶喜公のみにございます。義公、烈公の御血筋であられる慶喜公が我が藩の主に、そして天下を率いる征夷大将軍にさえなってくだされたら、水戸もこの国も必ずや救われます。今に見ておいでなさいませ、筑波勢は慶喜公をお助け申して帝を奉じ、必ずや尊王攘夷を成し遂げましょう」

女たちは唖然として、てつ殿を見つめた。私にはまるで小四郎様がてつ殿に乗り移ったかのようで、空恐ろしくさえなる。

けれど輪になった女たちはてつ殿の言葉に力を得たかのごとく、昂然と顔を上げた。

「おっしゃる通りにございます」

「ええ、ほんに。筑波勢が慶喜公に陳情してくだされば、天狗党が失地回復するは必定《ひつじょう》」

「諸生党の奴儕《やつばら》から水戸城を奪い返すのです」

「いかにも。我ら天狗党こそ本流、尊王攘夷という大義がございます」

中士の妻女だけでなく、下士の妻女らも同調し、中には赤子を抱きながら勇ましく片腕を振り上げる女もいる。

「尊王攘夷」「尊王攘夷」

煽《あお》られたように、女たちが次々と声を重ねる。同調しないのは延様といく様、そして私だけだった。

私の胸には以徳様と爺やの面影だけがあった。

――登世
――嬢様
二人の声だけに耳を澄ませていたいのに、やがて「尊王攘夷」は大きなうねりとなって牢内に響き渡った。牢番が飛び込んできて何人かを通りに引っ張り出すと、足腰が立たぬようになるほど折檻を加えた。

板壁の隙間から吹き込む風は刃のように凍《い》てついて、夜更けには背筋が震えて何度も目が覚める。朝は土間のそこかしこに霜柱が立っていた。

小窓から差し込む光を求め、皆で身を寄せ合う。母は子を抱き、子のない嫁は姑の肩を抱く。まるで野良猫のごとき態だけれど、互いの身の温もりだけが暖かみだった。

武田家の一家だけはほんの少し背を温めただけで一隅に戻り、学問を始める。耕雲斎様の母上はもう八十を超えているかと思われる老齢であるにもかかわらず首をすくめもせず、孫らが唱える論語に微笑さえ浮かべて耳を傾けておられる。

そしててつ殿と雪乃様も皆から離れ、二人でひっそりと言葉を交わし合っている。雪乃様の父君はむろんのこと、許嫁も小四郎様と行動を共にしていた。それを知ったてつ殿は、雪乃様とだけ少しずつ口をきくようになった。私には相変わらず他人のごとく隔てを置いているけれど、それでも誰かと話す気になってくれただけでも安堵する。薄暗い檻の中で紐だけを編んで過ごしていては、心も躰も病んでしまうような気がしていた。

周辺の檻では病で亡くなる者が相次ぎ、病に臥せったまま起き上がれぬ者、足が萎えてしまった者も多い。けれど未だに入牢してくる者がいて、私たちの檻も三十人近くになっていた。諸生党は天狗党の家族とあらば下士のさらにまだ下端の、平素は下男と変わらぬ仕事をしている中間や若党の妻女まで狩ってここに送り込んでくるのだ。諸生党の弾圧は永遠に終わらぬのではないかと思われるほど徹底し、執拗を極めていた。

学問が済んだのか、延様の次男である金吾様が傍にやって来て、じっと私を見上げた。

「こんにちは、金吾様」

すると金吾様はきちんと膝を畳んで、辞儀をした。

「林殿の御新造におかれまちては本日も御機嫌よろちゅう、祝着《しゅうちゃく》に存ち上げたてまるる」

延様といく様は眉を下げ、袖を口許にあてて笑いを噛み殺している。

「おや、金吾様は少し風邪気味ではございませんか。お湊が出ておられますよ」

「お湊など出ておりませせぬ」

「どれどれ拝見」

覗き込んでやると、金吾様の鼻の片穴から湊がぷうと膨らんでは萎む。あまりに可愛くて私は金吾様を抱きしめ、膝の上に載せてやる。初めは延様が「いけませせぬ」と止めてこられたのだが、近頃は大目に見てくれているのか苦笑を零すだけだ。なにせまだ三つの幼子なのだ、首筋からは乳臭ささえ立ち昇る。

「さて今日は何のお話をいたしましょうか、金吾様」

「桃太郎がようございます」

「承知つかまつりました。して、今日の御家来はいかがいたしましょう。雉《きじ》に猿、犬、それに猫と鹿、馬に鶏もおりまするぞ」

すると金吾様は懸命に家来を考える。時には龍や虎まで供にして鬼が島に出かけるのだ。道中で道草ばかり喰うので鬼をやっつける頃には大抵、寝息を立ててしまうのだけれど。今日もあんのじょう、金吾様は私の胸に顔を埋めるようにして寝入ってしまった。私は半身を微かに揺らしながら、金吾様を抱き続ける。

「もし、林様の御新造様でござえましょうか。五軒町の」

声をかけてきたのはひどく痩せた女で、たしか昨日、牢に入ってきた顔であるように思う。

「ええ、林にございます」

「ああ、やはりそうだっぺ。お言葉遣いでもしやと思うておりましたが、さきほどこの御子が林様の御名を呼ばれたんで」

女はそう言いながら、手をついて頭を下げた。

「林様には夫が何度も命をお救いいただきましたそうで、御礼を申し上げます」

「まさか、ご存知なのですか」

私が思わず大きな声を出したので、金吾様が驚いて目を覚ました。延様がすぐに駆け寄って金吾様を引き取って行かれる。女は延様にも辞儀をして、私に向き直った。

「公儀は霜月の末に投降した水戸藩士のうち、五百名近くを佐倉《さくら》藩に、その他五百名を高崎藩に、その他二百五十名を関宿《せきやど》藩に分預されたとのことでござえます」

女は声を潜めていたけれど、あの戦に夫や子を送り出した女たちがもう私の傍に寄ってきていた。皆、息を詰めている。

「林様は……林様は部田野《へたの》村において幕軍の百目砲弾を受けられ、重傷を負われたと聞きました」

女はそこで言葉を切り、「その後、いかが相成られたかは、夫は存じ上げぬようでござえました」と頭を下げた。

「かようなことだけお伝え申すのはかえって酷ではないかと迷いましたが、いざ御新造様の御姿を目の前にいたしますと口をつぐんではおられませず。どうか、お許しくだせえ」

私はさぞ顔色を変えていたのだろう、女は何度も頭を下げた。耕雲斎様や小四郎様と行動を共にしていると思い込んでいただけに、女の言をにわかに信じることができない。我知らず、口調がきつくなった。

「他には、何か他にご存知のことはございませんか」

「私の夫は主《あるじ》が討ち死の後、林様の配下に就いたそうにございます。林様は敵軍に包囲されても一寸のひるみも見せられぬ、まこと若獅子のごときお戦いぶりにて、夫は身を賭して林様をお守りすべきところを幾度も命をお助けいただきましたようで」

「では、ではあなたの御夫君は家にお戻りになられたのですね」

私は希みを取り戻して、女の両腕をしゃにむに摑んだ。水戸に戻ってきた者が一人でもいるとすれば、以徳様も帰ってこられるかもしれない。女は小さくうなずいて返した。

「投降した後、林様は逃げろと仰せになったそうです。逃げて一目なりとも、妻女に相見《あいまみ》えよと」

ああ、やはりそうだ。以徳様は帰ってきてくださる。私の元に。

「御蔭様で夫は天狗党狩の手にかかることなく、自ら切腹することができました。己のような身分の低い侍がかような最期を迎えられるのも、林様に賜った御恩と口にして果てました。私もすぐさま後を追うつもりでございました。だども、……町人の出ゆえ、懐剣で咽喉を突く覚悟が決まりませなんだ。夫の傍で迷ううち、捕吏に捕えられ……」

語尾を湿らせた女は生きてこの世にあることを恥じているのだろう、身を揉んでむせび始めた。夫や子の消息を知りたいと集まってきていた女たちがそっと膝を動かし、一人、二人と場を離れていく。私は立ち上がる気力もなく、女の瘦せた肩が弱々しく震えるのを見ていた。

そのうち私はあろうことか女の泣き声が腹立たしく、鬱陶しくてたまらなくなった。

死ぬために戻ってきた夫をこの妻は何ゆえ、説き伏せなかったのだろう。切腹が武士の誉だなどと血迷っている夫に蓑笠をかぶせ、何ゆえ遠国に落ちのびなかったのだろう。そこで百姓をして生きる道はなかったのか、そういう闘い方はないのか。

侍の矜《ほこ》りも志も捨てて、私と共にひっそりと暮らしてくださいませぬか。

そう願ったら、以徳様はうんと言ってくださるだろうか。夜を尽くしてそのことを考えたけれど、遠くの森で梟《ふくろう》が啼《な》くだけだった。


元治二（一八六五）年の年が明け、風に梅の香りが含まれるようになったかと思うと、やがて木々が芽吹き、草の匂いが立つようになった。ほんのわずかな四角い穴を通して、外の世界では季節が巡り、もう春も盛りなのだということを知る。いつだったか、ひどい突風で壁の板の何枚かが落ち、そのまま修復もされずにいるのである。

外の明るさとは裏腹に、檻の中では死が這っていた。病死する者が相次いで、年の瀬には雪乃様の母上と弟御もあえなく息を引き取った。そして生き残っている者は皆、痩せさらばえていた。

私も己の腕をさすっては、あまりに身が落ちていることを知ってぞっとする。指先は凍え切り、近頃は箸を手にしても何かを持っているという実感がない。手足が菜箸にでもなったかのごとく乾いて硬くなり、それでも私は御飯とお香こを残さず食べた。飯の一粒一粒を噛みしめてゆっくりと咀嚼すれば腹持ちが延びることを覚え、饐えた臭いが鼻をつくのにももはや慣れた。

私は生き続けなければならない。生きてさえいれば再びあの人に、以徳様に会える。

その一念だけで私は息をしていた。

板壁にできた四角い穴からは陽射しが差し込み、その前の土間にはささやかな陽溜りができる。

そこに陣取っているのは、いつもの女たちだ。

ある朝のことだった。私が暖を取りたいと思って近づくと、子供がそこに筵を敷いて大の字になっていた。私が「おはよう」と言って坐ろうとすると飛び起き、「入らんでくだせい」と両腕を広げた。呆気に取られていると、下士の妻女らがずかずかとやって来て坐り込んだ。子供に言いつけて陣取りをしていたらしかった。その中に赤子を抱いた四十がらみの女がいて、悪びれもせずに私を見上げると、胸許を開いて瘦せた乳房を取り出した。

「おお、寒かったなあ。良かったたっぺ、日向に坐れて」

寝ている赤子に乳首を押しつけている。手前勝手な振舞いよりも子供を楯に取るようなやり口が気に障って、すっと血が下がった。

けれど女たちを睨みつけるうちに気がついた。そこにいる女たちは皆、既に夫を喪っている身だった。魚のような目をしていた。私はそれから陽溜りに近づかなくなった。

入口の戸が開いて寒風が吹きつける。しばらく間遠になっていた入牢者をつれているらしく、牢番はまた横柄に通りを進んできて、私たちのいる檻の錠前を開けた。三尺棒で突かれて入ってきた若い女は着物が破け、顔にもひどい傷を負っていた。屋敷に踏み込まれる寸前に逃亡し、数ヵ月、遠縁の家で身を隠していたものの、とうとう追手に捕えられたらしかった。

けれど女は私たちの様子を見て目を見開き、袂で口許をおおっている。たぶん幽鬼の群れにでも見えているのだろうと思いながら、私はぼんやりと辞儀をした。女に声をかけたのは雪乃様だった。足でいざるようにして近づき、

「お怪我をなさっていますね。捕吏に手荒い真似をされたのではありませぬか」

親身にねぎらっている。雪乃様は牢の冷えが祟ってか、足が萎えかけていた。それでも微笑を絶やさず、姉上らと共に気丈に母上と弟御を看取った。

こんな所に長く閉じ籠められていると、だんだん我欲が剝き出しになってくる。ことに下士の妻女らはどっかと板壁の際に坐り込んで背を温めながら、子供を下婢のように遣い立てして膳を運ばせる。そして少しでもぐずると苛立って手を挙げるのだ。誰かが夜更けに咳をしようものなら、「うるせぇ」と怒鳴りつけることもあった。

けれど延様といく様、そして雪乃様姉妹は毅然とした振舞いを崩したことがなかった。身分の高い武家に生まれたおなごは皆、かように己を律して他者をいたわる仁《じん》を育てられるのだろうか。であるならば、何代もかけて磨かれる家格というものはやはり尊いことのように私には思えた。

雪乃様が交わした言葉によって、女は筑波勢に加わった中士の姉だということが知れた。耕雲斎様と小四郎様が率いた千人もの軍はいつかてつ殿が口にした通り、京におわす慶喜公に直訴せんとして西上していた。

「雪の中を進み続けたものの後方からの攻撃を受け、ついに……加賀藩にて投降されたそうにございます。……天狗党は掠奪を働くの、方々で火をつけるのと言い立てられておりましたが、噂と異なって実に統率の取れた一行であったそうでございます。加賀藩はそれに感じ入って厚遇してくださったそうですが、そのことが公儀の逆鱗《げきりん》に触れたそうにて」

「それは、何ゆえでござえましょうか」

女を責めるように問うたのは、てつ殿だった。雪乃様の隣りに坐り、前屈みになって女に顔を向ける。

「藤田小四郎様は御公儀の外交を弱腰だと真っ向から批判しておられましたので、かような逆徒を厚遇するは以ての外との御裁断であったようにござえます。公儀は加賀藩から軍を引き渡させると越前敦賀《えちぜんつるが》の鰊蔵《にしん》に入れて……それは生殺しのようなお仕打ちのようで……獄死する者が後を絶たぬと……」

女が途切れがちに続けるには、兵らは雪が吹きすさぶ酷寒の地で着物を剝ぎ取られ、下帯一つで鰊蔵に収監されたという。

この赤沼よりも遥かに苛酷なさまが目に浮かび、私は強く目を閉じた。

敦賀はさぞ凍てつくだろう、さぞひもじいだろう。どうか爺やがそこにいませんように。そう願えば願うほど、自責の念が募る。

私が爺やを巻き込んだ。爺やがいかに書き残そうとも、それは紛れもないことだった。私が水戸に嫁ぎさえしなければ、爺やはまだ江戸で暮らしていたはずなのだ。お母っ様も池田屋を続けていただろう。爺やは水を汲んだり垣根を結い直したりして、今もきっとあの塩辛声で軽口を叩いていた。

胸の中で、西に向かって手を合わせた。それでも私は一筋たりとも悔いることができない。恋焦がれたあの人の妻になれた、そのことを後悔なんてできなかった。

ごめんなさい、爺や。私はあなたが慈しんでくれるに値する人間じゃない。私は己の欲のままにしか生きられない。弱くて身勝手で、愚かだ。

蒼褪めたてつ殿はさらに身を乗り出し、縋るような声を出した。

「頭領の武田様と田丸様……、藤田小四郎様にはいかなる御処分が下されたか、御存知でしょうか」

女は何度も口を開いては、言い淀む。

「後生です、教えでくださえ」

「……御三方とも賊将として、敦賀で斬首の刑を受けられたらしゅうござえます。塩漬けにされた首がまもなく、水戸に送られてくると耳にいたしました」

てつ殿の半身がぐらりと斜めに傾いだ。雪乃様がその身を支えるように腕を背に回したが、「大丈夫」とてつ殿は呟いて身を立てる。延様もいく様も覚悟しておられたのだろう、取り乱す様子がない。御子らが懸命に涙を堪えているのを私は見ていられなくて、牢の隅に身を寄せた。

夜も更けて皆が寝静まっても、私は耕雲斎様と小四郎様を思って寝つけなかった。

耕雲斎様の古武士のような佇まいはまだこの胸にある。そして頬骨の高い、目尻の下がった小四郎様の笑顔も。よく呑み、よく怒り、誰彼なしに嚙みついた。けれど皆、彼を憎まず、弟のように可愛がった。小四郎様には人を惹きつけてやまぬ愛嬌があったのだ。なればこそ耕雲斎様も死を覚悟して、軍に加わられたのだろう。地揺れで不慮の死を遂げた旧友の遺児を、むざむざと放ってはおけなかったのかもしれない。

私はしきりと寝返りを打った。延様といく様も起きておられるような気がして、身を起こした。

小窓から差し込む月明かりが痩せた後ろ姿を照らし出していた。てつ殿だ。

そっと近づいて肩に手を置いた。拒絶されるのはわかっていてもそうせずにはいられなかった。

あの夜、小四郎様を見上げていたてつ殿の横顔の美しさが胸に迫って、たまらなくなった。てつ殿はゆっくりと振り向いて私を見上げ、その途端、能の面《おもて》のように張りつめていた顔が一気に崩れた。

「義姉上」

てつ殿は小さく叫んで私にしがみついた。声を殺して嗚咽している。私はただ、てつ殿を抱きしめた。

昼間、女から聞いた小四郎様の辞世の句がよみがえる。

「かねてよりおもひそめにし真心を　けふ大君につげてうれしき……さように伺いました。最期の最期まで尊王の志を貫かれた、藤田様らしい句でございました」

そして辞世の句はこの他にもう一首あったらしいと、女は教えてくれた。


さく梅は風にはかなく散るとても　にほひは君が袖にうつして

この「君」も京におわす帝を指して忠義の句であると女は解釈していたし、世の多くの者もそうとらえることだろう。けれど私は、「君」はてつ殿を指しているのだと察した。尊王攘夷を成し遂げた暁には必ず添い遂げよう、そう決めていた恋人への想いを小四郎様は詠んだのだ。そしててつ殿も、それをわかっているだろうと思った。


翌朝、延様と二人の御子の膳だけに刺身がついていた。それを見るなり延様の顔色が紙のように白くなった。

「いかがなされました」

問うと、延様は黙したまま唇を震わせている。傍らのいく様が声を振り絞るように応えた。

「侍の仕置きは日取りが決まっておるもの。……まさか、いきなりかような……」

刺身は死出の門出の馳走だった。今日、延様と御子らは処刑される。私はようやくそのことに思い当たった。

と、幼い金吾様は入牢してから絶えてなかった馳走に目を輝かせ、箸を伸ばした。

延様は金吾様の痩せた手首を押さえた。

「なりませぬ」

「何ゆえでございますか」

日頃、口答えなどすることのない金吾様が眉を寄せて母上を見上げた。延様は黙って首を横に振り、

「いつもの御膳をいただきましょう」

刺身皿を脇によけた。兄上の方はもうわけがわかっている年頃ゆえか刺身には見向きもせず、御飯だけを静かに食している。

「何ゆえ、食べさせてあげぬのでござえましょう。お痛ましい」

誰かが非難するような口調で呟くと、雪乃様が小声で庇った。

「お腹の中に物があっては、見苦しいことになりますゆえ……」

それは、首を討たれた刹那に魚の屑などを吐瀉せぬようにとの侍の作法であるらしかった。

皆が口をつぐんだ隙に皿にいきなり取りついて奪ったのは、陽溜まりを専有して動かなかった下士の妻女の一人だった。私の目の前で乳房をさらして見せたその女の赤子は十日前、女の腕の中で

死んだ。赤子が息をしていないのに気づいたのは周囲の者だった。

それから女は独り言を繰り返しているかと思えば、時折、誰かの腕を摑んで罵倒した。唾《つばき》を飛ばして意味のわからぬ言葉を連ね、地団駄を踏む。理由はないのだった。四十前にしてようやく恵まれたらしき一粒種を喪った女の目は、もう現《うつつ》を見ていなかった。

やがて女は用便桶にもたれて寝起きするようになり、誰かが席を立った隙に奪った筵を何枚も重ねて離さない。すさまじいのは食の欲だった。しじゅう誰かの膳が足りなくなり、女の足元には茶碗がいくつも転がっていた。

手摑みで刺身を貪り喰った女は延様や他の御子らの皿も掠め取り、何もかもを一度に口の中に入れた。

延様はいく様を始め、私たちにも丁寧に挨拶をされ、牢番にひきつれられて行った。

処刑場はこの牢の敷地内に急拵えされたものらしく、四角い壁穴から真正面に見える位置にあることがわかると、いく様はその前にそっと坐った。いつもはそこを動かない下士の妻女らは処刑が間近になると最も離れた壁際に集まり、まるで近寄ってこなかった。

いく様は延様らの最期をしっかりと見届けるが務めと考えていることがわかって、私とてつ殿、雪乃様姉妹もその背後に並んだ。処刑場には五尺ほどの穴が掘られているのが見える。その穴に臨んで荒菰《あらごも》が敷かれている。その上に、延様と二人の御子が坐らされた。

「さ、どいつの首から打つべえか」

長刀を手にした首切役人の口調には厳粛さも畏れもなく、野卑な口をききながらうろつき回って片時もじっとしていない。斬首刑にはそれを勤めとする侍が就くことは私でも知っていたが、かように不埒《ふらち》な下郎があてがわれているのだ。

諸生党はいかほど、天狗党の妻子を侮っているのか。

あまりの口惜しさで、肌が粟立った。

「金吾殿、お先に行かれませ」

延様は末子の金吾様に静かに声をかけた。おそらく、己の処刑を御子らの目の当たりにさせるのはあまりに忍びないとのお考えなのだと思うと、目の前が潤む。けれど幼い金吾様はまだ処刑の何たるかがわかっていないのだろう、「母上、どうぞお先に」と長幼の序を守って先を譲る。

「よいのです。斬首は罪の軽い者から順が作法、親より子が先で良いのです。憶えておきなさい」

「はい。ではお先に失礼いたします」

金吾様は頭を下げたものの、この後、どうしたらよいのかと首を傾げて母上を見上げた。すると牢番がいきなり腕を引いて、菰の上に俯せに引き倒した。

「何をなしゃる、無礼でありましょうっ」

金吾様がきっと首を上げて叫んだ。すると役人は金吾様の身をひきずって首から上を穴の方へ突き出させると、その小さな背中を膝の下に組み敷いて罵声を発した。まるで大根の首でも落とすような、酷い所作だった。

延様は我が子の処刑を瞬きもせずに見届けられた後、御子らを悼む歌を詠まれて自らも斬首された。

山吹の実はなきものと思へども　つぼみのままに散るぞ悲しき

あくる日から毎日のように処刑が続いている。

牢番と首切役人は昨夜の女郎がどうであったなどと耳をおおいたくなるような話の合間に入牢者の躰を引き据え、長刀を振り下ろす。己が万能の者になったかのような気分でいるのか、二人とも残酷な生気で目を血走らせている。

牢内には処刑場の音が絶えず流れ込んでくる。首を落とされる際のそれは濡れ手拭いを一気に張るときの音に似ていて、私はきつく口を引き結んでその音に耐えた。

「樊遅《はんち》、仁を問う。子曰く、人を愛す、と」

いく様が三人の御子らに論語を教えるのは一日も欠かさず続いており、今の私には御子らが続いて唱和する声だけが唯一の慰めになっている。

「ここまでを解しなさい」

「はい。弟子の樊遅が老先生に、仁とは何でしょうと教えを請いました。すると先生は他者を慈しむことだとお答えになられました」

「では……知を問う。子曰く、人を知る……とは」

「知とはいかなるものでしょうかと樊遅が問うに、老先生は人を知ることであるとお教えになられました」

御子らはたぶん、自らの処刑が間近であることを承知しているはずだ。それでも粛々と学ぶ姿勢を崩さない。

誰かが「ふん」と鼻を鳴らした。いく様がそっと後ろを振り返る。

「うるそうございましたか。申し訳ありませぬ」

すると何人かの女たちが口だけで嗤い、目を見合わせた。近頃、武田家の家族を露骨に白い眼で見る者が少なくないのだ。「耕雲斎様の御蔭でかような目に遭う」「見込みのない行軍をお始めになったから」と、聞こえよがしに皮肉る者まで出てきた。耕雲斎様は筑波勢の鎮撫解散に向けて尽力された。それを知らぬわけでもないのに、西への行軍を勇ましく讃えさえしたのに、いく様が何も抗弁なさらぬのをいいことに陰でじくじくと言い募る。

人が集まれば、必ず敵味方に分かれる。そうせねば仲間と結束できぬのだろうか。人は常に誰かを敵にして憎まねば、生きていられないのだろうか。

私は我慢し切れなくなって、女たちを睨みつけた。

「いったい何ですか、厭な笑い方をして。無礼でありましょう」

すると女の一人が私に嚙みつくように返してきた。

「どうせ死んで行く子らに学ばせなんぞしても無駄でござえましょう、そう思いましてね」

「そうだっぺ」

「なあ、無駄だっぺ」

いく様は膝を回して居ずまいを正し、女たちに毅然と言った。

「この三人のうち、よもや一人くらいは赦されぬとも限りませぬ。そのとき学問がなければ、本人が困ることになりますゆえ」

女たちはまだ口の中でぶつぶつと皮肉っていたが、いく様に面と向かっては何も返せなかった。

その翌日、朝餉の後だった。牢番が訪れて、いく様の御子らだけを檻の外に出した。朝の膳に刺身はついていなかったので、何事なのか、一瞬、わからなかった。

「さっさと歩け、処刑だ、処刑っ」

「お待ちくださいい、私はこの子らの母にございます。一緒におつれくださいませっ」

いく様は取り縋るように叫んだが、牢番は御子らの背を突いて通りに出てから冷たく見下ろした。

「んだが、穴がもう一杯だっぺ。男児のみ先に片づけろってぇお達しだ」

「そんな、後生です、私もどうか一緒に、一緒にお願いいたします」

「次の穴ぁ掘れたら、頼まれねぇでもやってやるが。そんまで神妙に待てい」

通りを引っ立てられていく御子らも覚悟ができていなかったのだろう、何度も「母上」と叫んで振り返る。それから何の猶予もなく、三人の御子らの首が落とされた。

いく様は四角い壁穴の前に坐し、処刑の様子を凜然と見届けた。

「逝《い》きましたね。……とうとう」

乾いた声で呟いた。

そして独り残されたいく様は、わずかな食を絶つようになった。

私は懇願した。

「後生にございますから少しでも召し上がってくださいませ」

自死するおつもりなのだとわかったからだ。けれどいかほど言葉を尽くして翻意を促そうとも、微かに笑みを浮かべて小さく首を振る。五日も過ぎるといく様の美しかった黒髪は真っ白になり、背筋を立てて坐っていられなくなった。筵の上にいく様を寝かせると、まるで屍のように息が細い。目許は落ち窪み、頬には骨の形がくっきりと浮き出た。それでも私はあきらめられなかった。

「お願いにございます。生きてこの世にあれば、また何がしかの希みにも出会えましょう」

懸命に励ました。藩政が揺れれば、いつ、どんな拍子で罪を赦されて召し放ちにならぬとも限らぬではないか。いく様がそう信じて御子らに学問を授け続けたように、こうして励ますことが己の務めであるような気がした。けれどいく様は日増しに衰弱していく。やがてほとんど目も開かなくなった。

ある日の夕暮れ、誰かが私の袖を引いた。てつ殿だった。

「これを……」

皹《あかぎれ》で荒れたてつ殿の掌の上には、三重に巻いた黒い真田紐があった。見れば左の袖が五寸ほども短くなっている。てつ殿は自身の着物の袖を解いて、数珠《じゅず》代わりの紐を作ったのだった。萎えた足を引きずりながら雪乃様も皆に紐を配っている。雪乃様の黒紬の袖も短くなっていた。

水戸学の浸透している侍の家はほとんどが神道《しんとう》である。むろん林家もここにいる女たちの家もそうなのだけれど、てつ殿はいく様の魂鎮《たましず》めのためにこれを作ろうと思い立ったのだろう。

夫も子も処刑されてしまったいく様には、あの世に行くことだけが唯一の希みなのだ。ならば誰がそれを止められよう。

紐を手にした誰もが、覚悟を決めた。やがて土間の四隅に散っていた女たちが揃い、横臥するいく様を囲んだ。念仏を唱えるわけではない。ただひたすら、いく様がやすらかに逝けますようにと掌に紐をかけて祈った。どの手の中にある紐も皹の血に塗れ、黒く光っている。

皆に見守られながら、いく様が逝った。辞世の句だけが残った。

ひきつれて帰らぬ道をゆく身にも　やまとごころの道は迷はじ

三

雪乃様が舌を嚙み切って自害していたのは、いく様が亡くなって数日の後のことだった。許嫁が敦賀で斬死していたのを、新たに入牢した家臣の娘によって知らされたのである。娘は陸奥《むつ》との国境まで逃れて身を潜めていたが、執拗な追手にかかって捕らえられたらしかった。

雪乃様の姉上と妹御は突っ伏したまま動かない躰を前に身じろぎもせず、激しく動揺して泣いたのはてつ殿だった。私の腕の中で泣いて泣いて声を嗄らした。私は胸の中でずっと、てつ殿に語りかけていた。

てつ殿、あなたは逝かないでいてくれるのね。

胸の中で「有難う」と呟きながら、背をさすり続けた。小四郎様を失ったてつ殿が、雪乃様やいく様のようにしたいと願わないはずはなかった。けれどまだ生きていてくれる。私にはそれが有難かった。

私とてつ殿にはまだ何の御沙汰も下されていなかった。処刑されるのか、それとも雪乃様姉妹のように永牢なのかさえ判然としない。私には、それが以徳様がまだ生きていることの証のように思えていた。

そうだ、てつ殿もきっとそれを唯一つのよすがにしているに違いない。

顔を上げたてつ殿は泣き腫らした目で私を見つめ、幾度か唇を震わせて後、囁くように言った。

「義姉上、ここをお出になってくださえ」

思いもかけない言葉だった。脱獄しろと言っているのだろうか。

「何を言い出すのです。さようなことは無理に決まって」

「違います。義姉上はそもそも、ここに囚われる謂れがないはずの身の上」

てつ殿はまるで重い物を吐き出すかのように、眉間を寄せた。

「義姉上は兄上の妻ではないのでござえます」

「何を馬鹿な」

「いえ、お聞きくださえ。兄上は万一のことをお考えになって、藩に婚姻の届をお出しになりませんでした」

総身からすべての力が抜けていくような気がした。目の前のてつ殿の顔が揺らいで、幾重にもなる。

「義姉上は正式な妻ではござえません。それを牢番に自訴してくださえ。本当は屋敷でひっ捕らえられたとき、すぐにそのことに気づいておりました。なのに私はずっと黙っておりました。ここに独りで残されることがたまらなく怖かったのでござえます。どうか、どうかお許しくださえ」

てつ殿の詫びは私の前を漂い、霞《かすみ》のようにたなびく。

婚姻の届を出してくださらなかったなんて、そんな。以徳様もひどい仕打ちをなさる。

私は茫然と天井を振り仰いだ。小窓から差し込む陽が、今日はやけにくっきりと見える。

「義姉上、しっかりしてくださえ。御沙汰が下されてからでは取り返しがつきませぬ。早う御自訴を」

正式であろうとなかろうと、そんなことはどうでも良いことだ。そう思った。

誰が何と言おうと、私は林忠左衛門以徳の妻だ。

――そうそう、嬢様のおっしゃる通りでさ。

爺やが傍にいたら、きっと左の胸をぽんと叩いてうなずいてくれる。

――いっち大事なもんは、こん中にほれ、ちゃんと納まってるもんでやすからね。

でも以徳様と再会できたら、私は届のことを詰《なじ》らずにはいられないだろう。「あまりに、ひどうございます」と怒ったら、あのお方は「うん、済まぬ」と詫びてくれるだろうか。

そして私を抱きしめてくれるだろうか。あの夏の日、神田明神下のあの家でそうしてくれたように。

「せめて義姉上だけでも、かような地獄から逃げてくださえ」

懇願するてつ殿を見ながら、この子も何と痩せたことだろうなどと考えた。兄上に似た色白の肌はかさついて淀み、声も弱い。可哀想に、この子はずっと己を責めてきたに違いない。それがいたわしかった。

私は首を横に振りながら、心の中で返した。

大丈夫。私はあなたと共にいたことで何とかしのいで来られた。相変わらず役に立たない義姉だけれど、あなたを気遣うことで処刑される恐ろしさに蝕まれずに済んだのだと思う。だからこれからだってきっと、しのいでいける。

陽射しの中の小さな塵が粒のように光るのを眺めながら、口の中で繰り返した。

「大丈夫よ。……大丈夫」

新たに入牢する者はもう滅多になく、しかし牢内の者は順に処刑されていくので檻の中がやけに広く感じられる。人が減ると春の夜寒も余計にこたえるような気がした。

昼間は板壁にもたれ、目を閉じて過ごすことが増えた。処刑場の臭気が陽気に煽られて牢内に流れ込んでくるのだ。血の臭いの凄まじさに私たちは日に幾度となく吐き気をもよおし、嘔吐した。ろくに吐く物もない胃の腑がせり上がり、のたうつ。ようやく吐き気が治まった後は総身から力が抜け、それでも臭気は目や肌から浸み込んできて、また吐いた。

今日も這うようにして板壁の際まで戻ると、私は胸の中で歌を詠じた。小四郎様や延様、いく様が遺した歌を繰り返すうち、荒く乱れた息が静まってくる。

さく梅は風にはかなく散るとても　にほひは君が袖にうつして
山吹の実はなきものと思へども　つぼみのままに散るぞ悲しき
ひきつれて帰らぬ道をゆく身にも　やまとごころの道は迷はじ

目を開くと、てつ殿を始め、皆が半身を壁に預けて瞼を閉じている。きっと、あの世の夫や恋人と語り合っているのだろうと思う。

ふと、子供らの姿に気がついた。虚ろになって動かない母親に怯えを感じるのか、懸命にまとわりついている。私は思わず膝を立てた。ふらついて壁に手をつき、それでも子らに呼びかける。

「おいでなさい」

目の前の命がともす灯を招くように、「おいでなさい」と繰り返す。子供らは何事かと後ずさりしたが、年嵩の一人がおずおずと私に近づくと、幼い子らも何人かついてくる。十人の子供すべてが輪になって坐った。

「遊びましょう」

誘いかけても、恥ずかしそうに肩をすぼめる。私は力を振り絞るようにして、声を明るくした。

「そうだ、歌留多遊びをしましょうか。皆、わかるわね？」

すると一番年嵩の子が「なれど」と、首を傾げた。

「歌留多がなかっぺ。どうやって取り申そう」

「空で言いましょう。私が上の句を詠んで差し上げますから、下の句がわかった人は手をお挙げなさいな」

そして子供らを二つに分けて源平合戦をすることにした。中士以上の家の子は皆、弘道館に通って学問を身につけているが、下士の、しかも内職で手一杯の家の子はもしかしたら和歌の素養を身につけていないかもしれない。不公平にならぬように年の頃も混ぜて、紅組白組を作った。

「よろしいですか、では始めますよ。……天つ風雲のかよひ路吹きとぢよ」

すると紅組の子が手を挙げた。利発そうな目をした十二、三の女の子だ。

「をとめの姿しばしとどめむ」

「御名答、紅組に一点入りましたよ」

紅組の子らは嬉しそうに顔を見合わせ、手を叩く。

「人はいさ心も知らずふるさとは」

今度は白組の男の子が「はい」と手を挙げた。こちらも同じ年頃だろうか、咽喉の変わり目特有の声をしている。

「花ぞ昔の香ににほひける」

恋人の心変わりを詠ったこの歌を果たしてこの子は解しているのだろうかと内心、おかしく思いながら拍手してやると、得意そうに紅組の女の子を見やった。こうして遊んでいると、だんだんどの子の頬にも血の気がよみがえってくるのがわかる。

次の日からはてつ殿や雪乃様の姉上らも遊びに加わってくれた。まだ和歌を知らぬ幼児の代わりに点を稼いでやっている。幼い笑い声が牢内に響いた。

ほんの束の間でも子らの不安を拭ってやりたいと願って始めたことだったけれど、救われたのは私自身だった。

本当は恐ろしくてたまらなかった。この檻の中で生き長らえているのは永牢を申しつけられた女たちか、御沙汰待ちの軽輩の家族ばかりで、中士の妻妹である私たちにはまだ何の御沙汰も下されない。私は今日か、明日かと、処刑の宣告に怯え続けねばならなかった。

牢番が檻の錠前を開けて「お前だ」と腕を摑む、その瞬間を考え始めると、もう井戸の底に落ちて行くように想像が止まらなくなる。菰の上に坐らされる瞬間、穴の上に半身を倒されて首を刎《は》ねられる刹那の痛みまで想像して、歯の根が合わなくなるのだ。頭に手をやると髪が束になって抜け、月のものも止まった。

けれどこうして歌を口にしているだけで、恐ろしい想像に囚われずに済む。上の句を詠む御役も順に代わり、今日はてつ殿がその役だ。

「心にもあらでうき世にながらへば」

するの何人もが手を挙げる。

「恋しかるべき夜半《よわ》の月かな」

「御名答」

今日は白組が優勢で、勝ったからといって何の褒美もあげられないのだけれど、それでも子らは競い合うことで進んで歌を憶え、夜も兄は弟に、姉は妹に歌を教えてやっている。と、今度は誰かがお手つきをした。

「その下の句は違いますよ」

「あれ」

当の本人は目を白黒させており、皆がそれを滑稽だと笑った。

「うるせぇっ」

振り向けば、牢番が肩を怒らせて近づいてくる。

「神妙にしてねぇと穴ん中にほん投げるどっ」

三尺棒を振り立てて怒鳴る。幼い子らがひいと泣き出した。子らの母親の何人かが子供の肩をかき寄せ、牢番に頭を下げる。

「こんくらい良かっぺ、勘弁してくださえ」

「はっ、その方らから処刑してやろうか。市川御執政はな、天狗党に連なる者は一族郎党、すべてを根絶やしにせよと命じられておる。さあ、どいつから行くが？　ほれ、ほれ」

格子の間から三尺棒を突き入れ、子を庇う母親らの背をこづき回す。するとどこかで呟くような声がした。

「幼子らのわずかな心慰めを、何ゆえ見逃してやれぬ」

「だ、誰だ、今、何と言うたっ」

牢番は激昂したが、誰もが顔を見合わせるだけだ。

「偉そうに言うんでねえわ、尻に出来物ができたと言うて、ひいひい泣いておった小童《こわっぱ》が」

声は用便桶の前から聞こえていた。蹲っていた女がよろりと立ち上がる。

老婆のように腰を曲げながら、女は怯《ひる》みもせずに格子の前に進んだ。

「お、お前か、この腐れ女めがっ」

女の頭は半白の蓬髪《ほうはつ》になっており、掻き毟《むし》って爛《ただ》れた首にはてつ殿の編んだ真田紐を何十と巻いている。近頃は寝たまま尿を垂れ流すことも頻繁で、一足進むごとに糞尿の臭いが立った。女は格子の前に辿り着くと、牢番に向かって顎を突き出した。

「狂うておるのはお前の方だっぺ。先の知れぬ子らの遊びを何ゆえ赦してやれぬ」

「罪人が口答えすんのが、黙れ黙れっ」

「そっちこそ口をつぐめ。つぐんだら黙っててやろう。お前の親が天狗党の家で奉公しておったことをな」

牢番の咽喉の奥で何かが詰まったような音がした。三尺棒を取り落とし、目を見開いている。

「……お、お前」

「ふん、出来損ないの頭でも思い出すことがあったか。お前の尻に膏薬を塗ってやったこの顔、赤子の頃は襁褓さえ替えてやったものを。……ようも諸生党なんぞに鞍替えしおって、かような御役にありついたもんだ、下司《げす》がっ」

「黙れえっ」

牢番は血相を変えると格子の間から両腕を突っ込み、女の首を摑んだ。女が呻き、足が宙に浮く。牢番は目を剝いて腕に力を込め、歯を剝き出した。腕が小刻みに上下に揺れる。

「おやめくださいっ」

私は走り寄り、女の首に巻きついて離れない牢番の指に組みついた。てつ殿は女の腰を背後から抱きかかえ、他の女たちもそれを手伝う。

「この人を死なせたら、あなたの出自を上申します」

「はっ、どうせこいつは死んでるも同然だっぺ」

「いいえ、いかなる手を遣っても、赤沼牢獄の牢番は天狗党ゆかりの者であると外に伝えます。必ず。それでいいんですねっ」

何の手立てがあるわけでもなかった。気がついたらそう叫んでいて、牢番の汚い人差し指が一瞬、緩んだ。私はその指を捕らえ、手の甲に向けて思い切り力を込めた。牢番は指の骨が軋《きし》むのに耐えているのか、顎の黒子が醜く動く。と、いちどきに指が開き、女の躰が土間に落ちた。首から上が茄子のような色になり、白い泡を噴いている。

牢番は私を睨みつけると三尺棒を拾い上げ、闇雲に辺りを怒鳴り散らしながら通りを引き返していった。

てつ殿が懸命に背や胸をさすって、女はまもなく息を吹き返した。皆で女を囲んで覗き込むと、掠れた声で途切れ途切れに語る。

「あれの親は、私の生家で下働きをしていた」

「何でそんな大事なことを黙っておりました」

「最初は気づかんかった。牢番の顔なんぞ見とうもない」

「それにしても、もっと早う言うていたら、ここから出られたかも知れぬでしょうに」

誰かがそんなことを口にすると、女は目脂《めやに》だらけの目に笑みさえ浮かべて首を横に振った。

「出たところでどうする。家も、何もかもなかっぺ」

皆、二の句が継げなくなった。水戸藩では何百という天狗党の家が御取潰しになったのだ。住む家も御禄も召し上げられ、私たちはもはやどこにも寄る辺のない身だった。

女はしきりと用便桶の前に戻りたがり、皆で支えながら移してやった。夕餉にはまた誰かの膳を掠め取って貪り喰ったので、私とてつ殿は目を合わせて安堵したものだ。

けれど翌朝、女が起きて来ないので見に行くと、もう冷たくなっていた。口の周囲が反吐《へど》に塗れていたので夜中に吐いて咽喉を詰まらせたのか、それとも牢番に首を絞められたときに首の骨を傷つけられでもしたものか、誰にもわからなかった。

歌留多遊びでほんの束の間、明るさを取り戻した子らも、毎日、一人、二人と処刑されていく。

何ゆえ、かように幼い子らの首まで刎ねねばならぬのか、私は顔を見たこともない市川執政を生涯、憎み、憤り続けてやると胸の中で誓う。牢内の女たちも同じ思いなのだろう、怨嗟の声が満ちた。

「諸生党憎し、市川憎し。七度生まれ変わっても、市川三左衛門許すまじ」

牢番がそれを聞き咎めて、奥まで怒鳴り込んでくる。

「穴がまた骸《むくろ》で一杯だわ、その方らに掘らせてやんべえかっ」

いつものごとく恐怖をあおるようなことを言う。怯えて身を縮ませる子らを集めて、といってももはや数人しか残っていないのだけれど、私とてつ殿は歌留多を続けた。

「瀬をはやみ岩にせかるる滝川の」

てつ殿が口にしたその句を耳にした途端、水飛沫の音を聞いたような気がした。思わず目を閉じる。

あの人の面影はいつも、池田屋で初めて見た凜々しい若侍姿だ。総髪を紫の紐で括った横顔は思わず見惚れるほど美しかったけれど、気にかかったのは思い詰めたような目だった。そうだ、あの人はいつも苦しげな目をしていた。国を思う志を抱きながら藩の内紛に四肢を捉えられ、もがいていた。

けれどあの日、あの人は獅子丸を抱いて来てくれた。

――待ち人来たりですね。

そう言いながら、あの人はほんの一瞬、微笑した。

目の中が潤むのを懸命にこらえながら、私は「なにゆえ」と天に問いかける。

何ゆえ私たちは、離れ離れにならねばならなかったのです。

誰もが手の届かぬ人を思って身を揉む、これが戦なのだと思った。

憤りと嘆きで噎せ返りそうになる私の手に、誰かが手を重ねた。荒れて硬くなった掌が私の手の甲をおおう。瞼を閉じたままでも、それがてつ殿の手だということがわかる。

子供たちが下の句を唱和した。私は目尻が濡れるのを拭いもせず、子らの声に己の声を重ねた。

「われても末に、逢はむとぞ思ふ」


次の日の朝だった。牢番が入口の扉を開くと三尺棒で床を鳴らし、濁声《だみごえ》を張り上げた。

「御役人様の御下知だ。神妙にせいっ」

時を置かずして羽織袴の侍が入ってきた。

「御重臣らの協議によって天狗党の妻女は召し放し、各々の縁戚預けとするとの御裁量が下った。有難くお受けせよ」

苦々しく言い渡した役人の声に、皆がどよめき立った。檻の中でも抱き合うようにして歓ぶ者がいるけれど、私は身構えずにはいられなかった。

この段に召し放しになるとはいったい、いかなる仕儀なのだろう。藩政の雲行きが変わったのだろうか。

役人は牢番を従えて檻を順に巡り、入牢者の名簿らしき帳面を繰っている。推量を巡らせても、世情から切り離されて久しい私に何がわかるわけもなかった。

私たちのいる檻の前に役人が立ったのは、一刻近くも経った後のことだった。雪乃様の御姉妹は永牢の刑を解かれたけれど、二人とも安堵の息すら吐かなかった。用便桶の前で亡くなった女がいつか口にしたように、一族郎党のことごとくが既に死に追いやられているのだ。身を寄せる縁戚が残っているかどうかも覚束ないのだろう。それでも二人は私とてつ殿に「お世話になりました」と礼まで口にして、檻の敷居をまたいだ。

役人は筆を遣いながら私たちに「次、名乗れ」と命じた。

「林忠左衛門以徳の妻、登世と、義妹のてつにござります」

と、役人は手を止め、目だけを上げた。

「その方、林の？」

「夫を……ご存知なのですか」

私は縋りつくような思いで立ち上がった。

「……いや、その昔、弘道館で共に学んだことがあったというだけの縁だ」

役人は牢番の耳を気にしてか、口早になる。

「夫は、林以徳は無事でおりましょうか、もし消息をご存知であれば」

「知らぬ」

役人は私の言葉を阻みながら、目でこちらを呼んだような気がした。近づくと、さらに声を潜めた。

「林は西上した天狗党の後を追ったものの同道を行かず、中山道で京に向かったらしいと耳にした」

「京へ……」

そう呟いた途端、以徳様は生きていたのだという歓びで私は叫びそうになる。熱いものが溢れて、何度も礼を口にしていた。

「いや、噂ぞ。もはや処刑されておるやも知れぬ。まあ、生半可な望みは持たぬが賢明だ」

役人はあっさりと前言を翻し、酷いことを口にする。そして私の頭から爪先までを見下ろしながら、口の端を歪めた。

「才も腕もある中士でありながら、林は先が見えぬばかりに惜しいことよ。天狗党なんぞにいつまでも与《くみ》しておるから、かような」

その言葉を聞いた途端、胸の中の蓋が音を立てて開いたような気がした。人の気持ちを惑わすような物言いをして、結局、天狗党の者を見下しているのだ。諸生党というはこうして天狗党を排斥し続けてきたのか。何と浅ましい性根であることだろう。

私は格子越しに役人に目を据えた。

「何の、わが夫は地を這うてでも、いつか必ず志を全ういたします」

怒りで声が震えるのにも構わず、言葉を継いだ。

「惜しむらくはこの水戸藩でありましょう。内紛で有為の人材を死なせ、無辜《むこ》の妻子を殺戮し、この血染めの土地の上にいかなる思想を成就されるおつもりですか」

低く、けれど真っ向から言い放っていた。役人は黙ったまま、眦《まなじり》をひきつらせている。

「同心様に何という口のききよう、小癪な女めが」

牢番は躍るように中に入ってきて、三尺棒で私の腰を打ち据えた。腕が空を掻いて、土間に突っ伏す。それでも私は首を擡《もた》げて役人を睨み上げた。相手は私に鋭い一瞥をくれ、羽織の裾を翻した。牢番はここぞとばかりに罵声を挙げて折檻を始めたけれど、役人は振り返りもせずに通りを引き返して行く。三尺棒は容赦なく肩や脇腹を打ち据え、私は海老のように身を折り曲げる。

「やめてっ、誰か、誰か、止めてくださえ」

てつ殿が叫ぶのが聞こえたけれど、折檻はいっそう激しさを増した。背骨を打たれて目の中が一気に暗くなった。息ができない。

「義姉上っ」

てつ殿の声が遠のいていく。それでも、諸生党への怒りだけを頼りに折檻に耐えた。

諸生党、許すまじ。市川執政、許すまじ。

怒りも己を支え、命をつなぐ水脈になり得るのだということを、私は生まれて初めて知った。


私はてつ殿に支えられながら、ようやく牢の外に出た。膝に力が入らず、息をするだけで背骨や脇腹が軋《きし》んだ。瞼の上も切れたのか、左目は半分も開かない。

それでも私は眩しいような光に満ちた辺りを見晴るかした。入牢したのは昨年の八月末、秋だった。凍てつく冬を越え、春を迎え、今はもう晩春となっていた。

「解き放たれたのね。ようやく」

「ええ……」

目の前には懐かしい水戸の風景が広がっていた。筑波山はうららかな陽射しの中で霞み、木々は花を咲かせ、緑を滴らせている。そして戦場となって数多《あまた》の血を吸った大地には、青々とした草が生《お》うていた。足の裏の草の感触がこんなにも柔らかいものだったかと、胸が一杯になる。

雲雀が空高く舞い上がる。その囀《さえず》りを聞きながら、私は呟いた。

「てつ殿、水戸を出ましょう」

私の腰に手を回していたてつ殿は俄かには信じがたいとでも言うように、身を倒して覗き込んでくる。

「義姉上。……それは御沙汰に背く、ということでござえますか」

屈めていた背をそろそろと立て、てつ殿に片目を合わせた。

もはや五軒町の家屋敷はなく、私たちは縁戚預けという沙汰を下された身である。けれどてつ殿さえ会ったこともないという遠縁だ。歓迎されるとは到底、思えないし、今後、藩の方針が変わればまたいかなる災厄をその家にもたらすかも知れなかった。ならば江戸に向かおうと思った。

「御沙汰に背いて出奔すれば、今度こそ命はありませぬ。それはおわかりで……ござえましょう?」

噛んで含めるような口調から察するに、私が折檻を受けて正気を失っているのではないかと案じているようだ。

「ええ、危険は百も承知しています」

あの役人が口にした言葉が真であれば、以徳様は京にいる同志に会いに行ったはずだ。形勢を立て直したら、江戸に潜んでいる同志の元をも訪れるだろう。水戸の天狗党はもう壊滅されたのだ。天狗党の生き残りである以徳様らが再起を図るには、京か江戸しかない。

そうだ。江戸で待つ方が寸分でも望みを持てると、胸の中で己の考えを反芻した。

てつ殿は不同意であるのだろう、眉根を寄せて私を凝視している。

「生まれ故郷を捨てて逃げるなど、私はいたしかねます。……どうぞ、義姉上お一人でお行きくださえ」

「いいえ、逃げるんじゃないわ」

てつ殿の手を引き、固く握りしめた。

「生きるのよ。一緒に」

私たちは、青き草の上へと踏み出した。

第六章　八雲

一

手焙りのそばに移って、花圃は両切りの紙巻煙草に火をつけた。読んでしばらく時を置いてもまだ動悸が治まらない。煙に紛らわせて、長い溜息を吐いた。

澄が黙って部屋を出て行ったかと思うと、すぐに戻って来た。灰皿を手にしていて、花圃の前に差し出してくれる。

「有難う」

師の君、歌子先生が男爵の奥方から賜ったという硝子の灰皿は、草花を象《かたど》ったカットが大層、美しい名品だ。

幕末、かほどに「攘夷」に拘泥《こうでい》したにもかかわらず、薩長の門閥で固めた明治政府は「脱亜《だつあ》入《にゅう》欧《おう》」を掲げて近代国家建設に総力を傾けた。旧幕時代の文化風習は因循姑息《いんじゅんこそく》であると決めつけ、民に率先して洋装を取り入れたのも宮中と政府高官の一族である。薩摩や長州の田舎侍に過ぎなかった男たちは鹿鳴館で懸命にステップを踏み、そして私もこの煙草のように西欧の品々を嬉々として受け入れている。

水戸志士の妻子たちが流した血はいったい、何だったのだろう。

花圃はまた深く息をつき、目頭に指先をあてて揉みしだいた。

師の君の手記を偶然、見つけたのは三日前のことだ。それから毎日、朝から病院を訪れて師の君を見舞い、午後は萩の舎で書類の整理をしてから続きを読んでいる。この三日というもの、この手記のことで頭が一杯で、他のことは何も手につかない。本当は一気に読んでしまいたいのをこらえてここに通ってくるのは澄の目があるからで、いかな生え抜きの門下生といえど師の君の物を勝手に持ち出すのはやはり憚られた。

申し合わせたわけではないのに澄も毎朝必ず、師の君の許を訪れており、昨日も今日も二人で神田の病院から小石川まで俥を連ねてやって来ているのだ。彼女もまたこの手記を読むために通ってきている、花圃にはそう思われてならなかった。

澄は花圃が読み終えたものを受け取って読むのだが、今のように火をつけると黙って灰皿を出してくれたり、時折、茶を淹れてくれたりもする。あの権高な「篠突く君」とこんな風に過ごす日が来るなど思いも寄らぬことで、ほんのわずかだが隔てが取れたような気もして、人の縁はやはり不思議なものだと花圃は思う。

煙草の煙が嫌いらしい澄は袂で鼻先をおおうようにして立ち、障子の前で膝をついて左右に引いた。

雨上がりの明るさに惹かれて花圃は灰皿を手にしたまま濡れ縁に出て、腰を下ろした。澄は素っ気なく文机の前に戻るだろうと思っていたが、想像に反して動かない。澄が呟いた。

「荒れていますね」

澄の声はいつも細い。その声を聞き取ろうと、かえって耳を傾けさせられる。萩の舎の門下生を前にして何かを伝達する場合も澄は決して大きな声を出さず、多言も弄しなかった。皆、内心では癪《しゃく》に障りながら、知らぬ間に澄に従わされているのだ。

ほら、今もこうして、庭のことを指しているのだろうと私は自ら察しをつけている。

「ええ。しばらく庭師をお入れになっていないのでしょう」

そう返したものの、木々の枝には吹いたばかりの芽が雨露を含んで光り、植え放しであるらしい水仙も蕾をもたげている。土の合い間では名も知れぬ草が小さな緑をそこかしこに萌しているのを見て、花圃は師の君が牢から解放されて初めて踏んだ草の感触を想像する。

牢番に痛めつけられた足で踏んだその草の柔らかさ、青さを思い、まだ少し先の晩春にわが身を置いているような気がした。

「それにしても、師の君はよくぞ水戸をお出になられたものね。藩の御沙汰に背いたわけだから、見つかったらその場で斬られかねない。命懸けの逃避行であったはずだわ」

花圃は庭を眺めながら言った。澄はしばらく黙していた後、ひやりと応える。

「敗者は逃げるしかなかったのでしょう」

「敗者……？」

思わず見上げると、陽射しを受けた横顔は目尻が微かに赤い。花圃は自分も何度もこみ上げ、目の前が潤んだことを思う。それにしても敗者だなどと、澄はやはり物言いが辛辣だ。花圃は澄の冷たさから逃れるように、話題を変えた。

「萩の舎が開塾したのは確か……私が入門したのが十歳で、あの当時は開塾して間もなかった頃だから」

「明治十年です」

澄は即答する。

「とすれば、師の君はここ小石川に辿り着いてから十二年もの間、どうやって暮らしを立てておられたのかしら」

「御隠居様のお力添えが大きかったことでしょう」

また即座に応えて寄越した。

澄はここで女中として仕えていた頃、師の君と同居していた母上、幾様の身の回りの世話もしていたので、時折、昔話のお相手を務めることもあったようだった。

「歌子先生とてつ様が水戸の赤沼を出られたとき、むろん着の身着のままでした。数ヵ月の牢生活でお二人とも躰がひどく弱っておられましたが、捕手《とりて》に見つかればそれで最期ですから昼は人目を避けて険しい山道を行き、夜はまるで野良犬のように叢や神社の境内で身をお休めになったと伺ったことがございます。ですが飢えはいかんともしがたく、このままでは江戸に辿り着く前に行き倒れになると、先生はてつ様をつれて川越藩に向かわれました」

「川越……というと、お母様のおられた？」

「さようです」

御隠居はこう、澄に語ったそうだ。

「私も奥勤めゆえ、二人を匿う部屋とて持ちませんでしたよ。思案の末、同輩の生家にお頼みして二人の身を休ませました。よくも生きてここまで歩いてきたと思うほど、二人は精も根も尽き果てていてね。でもあのきかぬ気の登世のことです、てつ殿のお躰が回復次第、一刻でも早く小石川に向かうのだと譫言《うわごと》に繰り返すのよ。水戸を出奔した天狗党の妻妹が上屋敷の近い小石川近辺をうろつくなど正気の沙汰じゃない、以ての外と私は戒めたけれど、登世は以徳様と行き違いになるかもしれぬことをそれは恐れていた。……それで私はまた、根負けしてしまってねえ。池田屋をお返し申した加藤家に文を出して、二人の身柄を預かってくれるようにお願いしたのよ」

加藤家の主、利右衛門《りえもん》は義に厚い人物で、師の君のこともむろん見知っていた。「江戸に詰める水戸の御家中は十五代将軍に是非とも慶喜公に御就任いただくべく奔走の御様子、おなご二人の行方に目配りする暇《いとま》もなかろう、ただし万一のことを考慮して変名を用いられたし」との条件付きで、身柄を引き受けるとの文を返してくれたという。

師の君は以徳様に消息が知れるようにと旧姓の「中島登世」とし、てつ様はその妹「中島とく」と名乗って江戸に向かい、池田屋の隣りにある金杉水道町の空家に身を落ち着けた。

澄は庭を見つめたまま言葉を継いだ。

「先生は歌人として生きることを先《せん》から決めておられたかのように、慶応元年に江戸に着いてから後、ほとんど身を休めることなく加藤千浪《かとうちなみ》先生の門下に入られ、和歌の修業を始められたようです。ちょうど二十二くらいの歳頃ではなかったでしょうか。その翌年には御隠居様の奉公先である川越藩主松平大和守家が前橋に移封となられましたので、それを機に勤めを辞されてここ安藤坂に居を定め、先生とてつ様との三人でお暮らしになられたようです」

花圃はその年、将軍家茂公が若くして薨去《こうきょ》され、一橋慶喜公に将軍宣下《せんげ》があったのだと思い返した。父が言った通り、幕末の動乱で天下が揺れ、徳川幕府がまさに音を立てて瓦解し始めた最中のことだ。師の君はいかばかりの決心をもって、三十一文字の修業を始められたのだろうと想像する。

ふと、胸が疼いた。

「……師の君は以徳様が亡くなっていたことを、いつお知りになったのかしら」

「それは存じません」

澄は座敷に戻り、

「先を拝読いたしましょう。今日もじきに日が暮れてしまいますよ」

柱にかかった時計にちらりと目をやると、先に読めとばかりに残りの束を差し出した。

二

七月の日盛りの道を、私は俥に揺られて向島《むこうじま》に向かっていた。

昔の暦であれば七月は初秋であるというのに、新暦では夏も盛りである。頭の中で旧《ふる》い暦を繰ってみれば本来なら今日は六月の真夏、なるほど暑いはずだと独りごちながら、帯に差した扇子を取り出した。若い頃は顔に汗など搔かなかったのに、四十を過ぎた頃からだろうか、妙にべっとりとした汗が肌にまとわりつくようになった。小梅《こうめ》に着くまでに化粧が崩れたら事だと、俥上で人目がないのをこれ幸いとして扇子を遣う。

陽覆いを透かしてじりじりと入ってくる陽射しの埃っぽさは耐え難く、時折、私は扇で鼻先をふさがねばならない。鉄道列車が煤煙を撒き散らしながら東京府内を走るうえ、そこかしこで大名屋敷が壊されて西洋風の建物が取って代わっているのだ。水戸家の上屋敷は庭だけを残して兵部《ひょうぶ》省の砲兵工廠《ほうへいこうしょう》が建てられた。西洋式の銃砲を製造しているというその赤煉瓦色の建物の屋根は安藤坂の家からでもよく見えて、私は目の端にそれが入っただけで顔をそむけてしまう。

今年はもう明治二十五（一八九二）年、私は旧幕時代とほぼ同じ年数の明治を生きたことになる。けれど私はいつもどこかで戸惑っていた。

何もかもが新しく変わった時代にあって私は場違いではないのか、見当違いの生き方をしてはいまいか。

俥が揺れて、私はこれからお目にかかることになっている貞芳院様へと思いを変えた。

数日前、丁重な遣いが萩の舎を訪れてお召しがあったのである。畏れ多いことだが、正直に申せば私はお召しがあったことよりも貞芳院様が御存命であったことに驚かされた。おそらく卒寿も間近の御高齢であるだろう。

お召しのきっかけとなったのが讀賣新聞の記事であろうことは、容易に想像がついた。四月の下旬に二日連続で掲載された「明治閨秀美譚《めいじけいしゅうびたん》」に私が採り上げられたのだ。志士の未亡人が宮中にも出入りする歌人となり、門人千人を擁する名流となったというので新聞社の興味を引き、記者が萩の舎を訪れたのである。

記者は終始、誠実なる態度をもって取材してくれたけれど、問われるままに真の心情を語れるわけもなく、掲載された記事は萩の舎の主としての面目を麗々しく飾っただけのものになった。

誰がどう褒めてくれようと、私が語った顚末《てんまつ》は虚飾に満ちていた。

それでいいと思う。人々が興味のあるのは私の胸の裡などではなく、数多の苦難を乗り越えて独り立ちし、一家を成したおなごの成功譚なのだ、私は天からそう割り切っていたのだから。

記事が出てしばらくの間は方々から祝いの花や品が届き、文だけでも蜜柑箱がいくつあっても足りぬほどになった。娘時分にお三味線の稽古で一緒だったという古い知己まで訪ねてきてくれて、来客を捌くのに古参の女中、澄を呼び寄せねばならぬほどだった。毎日、それは懐かしい人々に囲まれて賑やかに過ごしたけれど、夜には帯を解くにも人手を借りねばならぬほど疲労困憊《こんぱい》した。

唯一、心《しん》から良かったと思えたのは、お母っ様が本人である私以上に記事を喜んだことだろうか。昨冬から病がちになって臥せる日の方が多くなっていたけれど、内弟子の樋口夏子を枕元に呼んでは何度も記事を読ませたようだ。

私がこうして中島歌子として世を渡っていけるのは、お母っ様の力添えの賜物だった。お母っ様が仕えた元川越藩の藩主夫人、慈貞院様が萩の舎の開塾を殊の外、祝《しゅく》してくだされ、御生家の元佐賀鍋島藩の侯爵夫人、栄子《ながこ》様に紹介の労を取ってくださった。その縁が端緒となり、公卿の藤波家や綾小路家にまで出稽古に招かれるようになったのである。鍋島侯爵家に今上《きんじょう》天皇が皇后と共に行幸された折には、その宴に招かれる栄にも浴した。

慈貞院様の御夫君である川越藩藩主、松平大和守直侯《なおよし》公は水戸の烈公の御八男で慶喜公の御腹違いの弟御であったことは奇縁としか言いようがないけれど、今、私が願った以上に萩の舎が隆盛しているのは間違いなく、お母っ様が支え続けてくれた御蔭だと、私は頭を垂れる。

お母っ様は記事が掲載された二月後の先月六月、七十九歳で生涯を閉じた。

私は最後まで不出来な娘のままで、何の孝養も尽くせなかった。ただ一つ、記事の掲載が間に合って良かったと思うばかりである。

だが新聞はまたこうして、思わぬ縁を手繰り寄せた。

むろん貞芳院様が、かつて水戸の那珂川の川縁で共に釣り糸を垂れたあの日のことなど憶えておられるはずもないと思う。件の記事によって中島歌子が水戸志士の妻であったことが美談として世に喧伝されたことが、お召しの理由なのだろう。けれど私は久しぶりに五軒町の屋敷での暮らしのさまざまを、いつも響いていた糸車や機の音を思い出した。

あの頃の私はまだ十九だった。あれからもう三十年も経ったのだと思いながら、己の手の甲に浮き出た染みを指先でさする。

川越から江戸に入った私は、身の養生もそこそこに歌の道を志した。桂園《けいえん》派の歌人の門を敲《たた》いて弟子となり、千蔭流の書の修業も重ねた。朝から夕まで部屋の中に坐し、じっと耳を澄まして夫の足音を待つなど、私にはとても耐えられなかった。

——登世
その声はいつも私の中にあった。こうして歌の道に精進してさえいればあの人はきっと私を見つけてくれる、帰ってきてくれる。そう信じていた。

歌壇に認められ始めたのは十年の修業を経た頃だっただろうか、そこで私は意を決して歌塾、萩の舎を開いた。それは歌人として独り立ちしようという意よりも、日々の暮らしを成り立たせるためだった。世間からは女ばかりの結構な暮らしに見えていたようだけれど、お母っ様の手持ち銀ではとても立ち行かず、森戸村で叔父の家を継いでいた兄《あに》様に無心を続けた。私は何が何でも自立せねばならなかった。歌塾を開き、自らの退路を断つつもりで本名をも「う多」としたのだ。

その頃はもう、私を「登世」と呼んでくれるあの人はこの世にいないことを、私は知っていたから。

俥はようやく大川を越えた。吾妻橋から眺める川だけは変わらず悠々と流れていて、人心地を取り戻す。俥夫は橋を渡り切ると慎重に左へと梶を振り、川沿いを走り始めた。と、俥がまた縦に揺れて腰に響き、私は眉根を寄せた。

あの牢獄での暮らしは思った以上に私の躰を蝕んでいて、梅雨どきには毎年、ひどい頭痛や咳、腰痛に悩まされ、床を取って横にならねば耐えられないことがある。時折、代講を頼む高弟たちは「先生は蒲柳《ほりゅう》の性質《たち》でいらっしゃるから」などと案じながら、その実は私の気儘を咎めるような口振りだ。

門下生は皆、私にとって娘のようなものである。子が欲しくてたまらなかったにもかかわらず、結局、恵まれなかった我が身を母にたとえながら私は彼女らを可愛がってきたけれど、近頃の娘は甘い顔を見せればたちまちつけ上がり、本人の為を思って厳しく当たれば僻《ひが》んでねじける。

所詮、師匠と弟子の間柄は越えられないものなのだろうか。花嫁修業で通ってきている門下生は端から精進する気がないのでこちらも割り切っているけれど、この才はと見込んで指導した娘らはまるで一人で腕を上げたような気になって、図書館で集まっては「先生の御歌はお古い、もはや雅《みやび》にこだわる時代ではない」などと批判しているらしい。まったく、鼻持ちならない自信家揃いだ。

明治生まれのひよっこに、いったい何がわかる。

私は扇子を遣いながら鼻を鳴らした。

おまけに花圃さんと夏っちゃんときたら、小説などに手を染めて。あの二人こそは真に見所があると思って目をかけてきたのに、当世の流行りに惹かれて和歌から離れていく。

歌はもう、命懸けで詠むものではないのだろうか。

そんな考えが湧くと、心底、己が独りであることを思い知らされる。

私は目の前の法被に目を戻した。華族からのお召しは紋の入った黒塗りの馬車に洋装の執事が供と決まっているので、まさか無紋の人力俥が迎えに寄越されるとは想像だにしていなかった。時折、洩れ聞く慶喜公の逼塞《ひっそく》ぶりと重なって胸が詰まったが、貞芳院様の場合は境遇にかかわらぬお振舞いなのかもしれない。華美を好まず、質素な黒紬で通しておられた御簾中なのだ。おなごの釣りは風流遊びにあらず、己で釣った魚は美味いからと言ってのけられた。

私は貞芳院様にお目にかかるのが楽しみなような気分がようやく差してきて、扇子を閉じた。


貞芳院様の御隠居屋敷は、本所《ほんじょ》小梅村の旧水戸藩下屋敷の中にあった。小体ながら庭には築山《つきやま》に小さな池も穿《うが》たれており、水際には花菖蒲が咲き揃っている。

通された客間も一見、簡素でありながら長押《なげし》の釘隠しには葵の御紋が象られている。昔の主筋が零落を目にせずに済んだことに私は安堵しながら平伏し、お召しの礼を述べた。

「貞芳院様におかれましては御機嫌麗しゅうおわせられますること、忝《かたじけ》のう、お喜び申し入れまする」

「ふん、ありがとう」

「……中島歌子とやら、苦しゅうのうお過ごしと仰せであらしゃいます」

侍女の勧めに従って背を立てると、純白の尼頭巾の中で即身仏のように枯れて縮んだ御姿があった。

有栖川宮織仁親王の王女にして水戸徳川家烈公の正室、そして大政を奉還して徳川幕府最後の将軍となった徳川慶喜公の御母堂、貞芳院様。

萩の舎を開いて以来、貴人との対面には慣れていたけれど、私は久しぶりに貫目《かんめ》のある人の手応えを感じた。御簾中様は今も、誇り高き水戸の女たちの束ねであられる。そう思うと無性に嬉しくなる。

脇に控える侍女らも尼姿ではあるが、往時の眼光の鋭さはいささかも衰えていない。

「そもじは水戸家中の妻であったのか」

貞芳院様はもはやほとんどの歯を失っておられるようで、口の中でぽくぽくと音を立ててから喋られる。けれど言葉遣いは至って明晰だ。

「はい。夫は御馬廻役の中士にございました」

「新聞によれば、そもじも赤沼のお長屋に囚われておったとか」

「はい。天狗党の妻子は皆、投獄されましてございます」

「……ほうか。大儀であったな」

「はい、大儀でございました」

私は率直に返しながら、いつか那珂川でも同じ心持ちになったことを思い出していた。この御方の前に出ると言葉を飾ってはいけない、本音を申し上げねばならぬと思わせられる。あの頃は気づかなかったけれど、これが人としての品《しな》を見透かされるということなのかもしれない。

私とてつ殿はあの日、大地に生う草の青に誘われるようにして水戸を抜け出した。出奔がばれてはいまいか、追手が放たれてはいまいかと幾度も背後を振り向いて、常陸路を抜けた。夜更けに百姓家の納屋に忍び込んで菰を盗み、草深い繁みの中で身を横たえた。二人とも牢内で痩せ衰えていたうえ、私は牢番に折檻されて背と腰に傷を負っていた。

歩いても横になっても息が止まるほどの痛みに苛まれ、このまま野垂れ死ぬのかと観念しかけたとき、支えてくれたのはてつ殿だった。てつ殿が弱ったときは私が助け起こした。互いの痛みや苦しみを思えばこそ、己の痛みを片時なりとも忘れることができたのだと思う。

お茶と菓子が出たけれど、貞芳院様も私も手をつけることをせず、お長屋での出来事を問われるままに答えた。武田耕雲斎様の御一族を憶えておられた貞芳院様は、延様といく様が遺した辞世の句にも耳を傾けられ、脇息《きょうそく》に身を預けてしばらく目を閉じておられる。そのお顔はまるで白いお手玉のようで、ところどころに散った染みさえ位置を選んで置いたかのごとくだ。隅田川の匂いを含んだ夏風が座敷の中に渡って、貞芳院様はようやく目を開いた。

「尊王攘夷とはいったい、何であったのやろうな」

問われているのか独り言を洩らされたのかがわからなくて黙っていると、貞芳院様は私の言葉を待つつもりはないとばかりに「とどのつまり」と続けた。

「徳川に代わって、薩長が天下に号令する係になった。それだけのことやな」

ぽくりと笑い声を立てる。

「幕府が禁裏《きんり》に無断で開国してしもうたとき、水戸はそれは怒ったものや。神州日本の地を夷狄に踏み荒らさせる気ぃかと。薩摩も長州もその尻馬に乗って怒った。けど、今、懸命に異国を見倣うて移入してるのは当の薩長や。

主上《おかみ》もその意をお汲みになってか、御召し物を日本でいち早う洋装にお変えあそばした。今では皇后《こうぐう》さんと揃うて仏蘭西料理がお好きさんであらしゃると聞きましたけどな。何もかもかようにご機嫌ようおするするとお済ませあそばして、私はまことご苦労さんなことと拝し奉ってるのや。……政府が辻褄のええように采配してるのをご承知であらしゃりながら、それもこれも日本国のためと思し召しにならしゃってな」

そして貞芳院様は、維新当時、江戸で流行った言葉を持ち出した。

「ほんに、勝てば官軍やな」

私は「御意《ぎょい》」と返すのが精一杯だ。私の弟子にはその薩長の子女も大勢いる。内心、忸怩《じくじ》たる思いを抱きながらも、この時勢で正面切ってかほどのことを口にできる者は滅多にいない。

「そもじは、薩長と水戸は何が違うたと思う」

また問われた。しかし今度はいくら時を置いても自ら答えを披露なさろうとはしない。私は己の考えを反芻してから、顔を上げた。

「違いは二つあると存じます」

「ほう、二つもあるか」

「はい」

「申してみよ」

「一つは、幕府を倒す意志にございます」

「ふん。ほうやな。水戸は筋金入りの勤王やったが、幕府を潰してしまおうなどとは夢にも思うてに存じます」

「水戸は薩長のような老獪《ろうかい》さを持ちませんでした。……しいて言えば、大志のためには小異にこだわらぬことができませんでした。その偏狭さゆえに内紛を収められず、自滅いたしました。かようなかった」

「仰せの通りにございます」

「して、もう一つは」

「諸生党と天狗党の争いを言うておるのか」

「はい」

「ほうやな……。けど、私ならもう一つの答えを貧しさと答える」

私は黙って首肯した。

「財政豊かな加賀藩は人気《じんき》おおらかと聞く。温暖な薩摩や長州も懐は豊かや。けど、水戸は藩も人も皆、貧しかった。水戸者は生来が生真面目や。質素倹約を旨とし過ぎて頑《かたく》なになって、その鬱憤を内政に向けてしもうたのや。……あまりの貧しさと抑圧が怖いのは人の気ぃを狭うすることやな。気ぃが狭うなれば己より弱い者を痛めつける、ほんで復讐を恐れて手加減できんようになる。

思わば、京の公家連中もどれほど貧窮していたことか。そやから幕末の動乱期、思惑を持つ諸藩から金子を受け取っては勝手に勅令を出して、御政道を混乱させる元を作ってしもうたのやろう。あのお人らは幕府に取って代わろうやなんて気ぃは毛頭、無かったのやで。足利尊氏さんが征夷大将軍にならはってからというもの五百年、政から離れて花鳥風月に生きてきたのや。そんなお人らがまた政に手ぇ出したいやなんて思うわけがない。皆、思惑を持つ者らにうまいこと踊らされたのや」

何度か息を継ぎながら考えを披露された貞芳院様は、向かいの侍女に向かってほんの少し目を動かした。侍女は低い声で障子の向こうに命じる。

「御白湯《おさゆ》をお持ちしや」

その命《めい》はさざなみのように侍女から侍女へと取り次がれていく。

と、貞芳院様が私の額にひたと目を据えた。色が薄らいで淡い銀色を帯びたその瞳に私はどのように映っているのか、推しはかりようもない。

貧しさと抑圧が怖いのは、人の気ぃを狭うすることやな。それがいちばん怖い。

爺や、清六もかつて同じようなことを口にしていたと、私は思い返した。

水戸の百姓は他藩よりも重い税に苦しみ抜いた。そして幕藩体制が潰える寸前に己が手に槍を握って立ち上がり、命を落とした。尊王攘夷も内紛のさまざまもよくわからぬまま、怒りに駆られて筑波山を目指した者がほとんどかもしれない。

けれど爺やは心《しん》から世直しを願ったのだ。生涯に一度でいい、世の為に働きたいと立ち上がった。筑波勢に加わった民百姓らの中にも爺やのような志を抱いた者は他にも必ずいたと、私は信じる。貧しさと抑圧を受け続けても誰かのために動ける、その尊さは水戸の血の中に確かに残っていた。

——嬢様、それが筋ってもんです。

爺やの消息は知れぬままだけれど、何年前だったか門口に蒟蒻売りが訪れて、たまさか出稽古から帰ったばかりの私と鉢合わせになったことがある。水戸からの行商だと言うので誰かに買い求めてやるように言いつけたのだが、その男が弟子や女中を摑まえては妙なことを尋ねているのが耳に留まった。

「この辺りに、池田屋ってぇ宿屋がありましたかね」

「さあ」

皆、私が帰宅すると何かと忙しなくなるので取り合わない。私は玄関に向かって敷石を踏んでいたところを踵を返し、門前まで出た。

「あなた、池田屋に何か縁でも?」

男は「いいえ、おらじゃござえやせん」と、首を横に振った。

「その昔、水戸藩御用達の御宿でご奉公してたってえ、爺さんがおったもんで」

「爺やを……い、いえ、清六をご存知なの」

「いや、名までは知り申しません。年寄りも仰山、おったもんで」

男はざんぎりにした頭を搔いたが、その左手のほとんどの指が欠けていた。

「あなた、まさか筑波勢の」

「へえ。生き残りでござえます。この指は凍傷とか申すそうで、雪ん中を行軍したゆえでござえます」

「爺やもその中にいたんですね」

「おらの軍の雑兵はほとんどが水戸の百姓や職人、物売りで、けどあの爺様はきりっとした江戸弁で喋るもんで、よう憶えております。若い者も顔負けなほど達者で、目も口も凍るような吹雪の中でもこう、まっすぐ纏《まとい》を持って進んでましたねい。おらは途中で行き倒れになったのがかえって命拾いになったども、加賀まで辿り着いた者は投降してから幕軍にそれはひでえ扱いを受けたと後で聞きましたゆえ、恐らく爺様も鰊蔵ん中で……。ほんに気の毒なことでがす。

あん戦のことはもう一寸たりとも考えとうねえですけんど、己の手を見たらば不思議なもんで、ふと爺様んことを思い出すんでがす。で、この辺りを歩くうち、池田屋って宿屋を訪ねてみる気になって」

男はそう言って、口をつぐんだ。加賀に辿り着いた筑波勢は厳冬の中、素裸で鰊蔵に投獄され、しかも立錐の余地もないほどの閉じ込められようで、ひとたび膝を崩せば糞尿にまみれて死ぬしかなかったという。牢内で耳にした噂以上の苛酷さに、私は慄然となった。

それからというもの、私の膝と背中は爺やを思うたび凍え、じくじくと痛むのだ。

貞芳院様は白湯で口を湿すと、また話を続けた。

「そもそも、討幕時に薩長軍が掲げた錦の御旗《みはた》やけどな、あれは公卿はおろか、主上でさえ目にされたことのあらしゃらなかった物や」

「錦の御旗が、でございますか」

思わず、膝の上の両の手をきつく重ねた。その御旗によって「義戦」なる名目が生まれ、討幕の気運が高まったのだ。維新が成された。そして会津を始めとする藩はあの御旗によっていかほど苦汁を舐め、血を流したことか。

「あれは長州が作った物や。な、水戸の者にはとうていできぬ、思いもつかぬ荒業やろう。……尊王攘夷の旗手であった水戸藩は維新の祭壇に生贄《いけにえ》を捧げ尽くしたなどと言われてるそうやけど、生贄どころか、自ら維新の炎を広げる焚きつけになったも同然やな」

後に「子年《ねどし》のお騒ぎ」と呼ばれた天狗党の乱とその一派に加えられた弾圧によって、水戸藩は一挙に諸生党の独裁体制に入った。が、天下の趨勢《すうせい》はまるで逆の方向にねじを巻いていたのだ。

明治元（一八六八）年一月、鳥羽伏見の戦いから遁走した慶喜公は江戸に戻ると早々に、兄君である慶篤公を江戸城に招いてそのまま城内に留置した。そして諸生党の重臣らを自ら罷免したのだ。諸生党の主だった者は幕府の力を信じて水戸城に立て籠もり、薩長とも戦う構えを見せた。が、慶喜公は弘道館に蟄居し、朝廷に恭順の意を表して動かなかった。

後年、慶喜公は筑波勢の嘆願を拒絶して見殺しにしたと言われた。徳川幕府最後の将軍として、数多の家臣を見捨てて逃げたとも言われた。けれど、最後の最後に水戸の藩政だけは引っ繰り返した。

諸国で潜伏していた天狗党の生き残りはその機を逃さず結集して水戸に凱旋し、今度は諸生党に対して報復を開始した。水戸藩がそれらの内紛によって出した死者は総勢二千人に上る。その結果、維新後の政に参加できる人材がもう残っていなかったのだ。水戸藩切っての才人で慶喜公の懐刀と謳われた原市之進様も、その功績と慶喜公の寵愛を嫉んだ同僚に暗殺されていた。

「天狗党の者らは逆賊として処刑されたものの、主上が明治天皇として践祚《せんそ》されはったことで汚名を濯《すす》いで、志士として官位まで賜ったようやけど」

「はい。王政復古の御蔭をもちまして、闕所《けっしょ》の御沙汰も解かれましてございます」

御取潰しになっていた天狗党藩士の家が再興を許されたと聞いて私は思案の末、一緒に暮らしていたてつ殿にその意を確かめた。

「水戸に戻って、婿を取る気はありませんか」

「かなうならば、さようにいたしたく存じます。林家の再興こそ、残された私の役目にございましょう」

私はそもそも正式な妻ではなかったし、老境に入っていたお母っ様をつれて水戸に戻るのには躊躇があった。てつ殿は私の思いを曲げることなく汲み取り、肯いてくれた。小四郎様が処刑されて三年、天狗党が逆徒から勤王の志士へと名誉を回復したことによって気持ちの整理はついていたのだろう。これからは故郷で心静かに暮らしたいと、てつ殿は語った。

林家の婿養子として迎えたお方は江戸生まれ江戸育ちの水戸藩士で、以徳様も随行した将軍家茂公の上洛に御供し、そのまま京に留まって慶喜公の護衛隊に入っていた。鳥羽伏見の戦いでは幕軍として参戦するも敗れて後、水戸に帰ったことから縁談がもたらされたのである。御役目とはいえ、偶然、幕末の水戸にいなかったことで諸生党との内紛に巻き込まれることなく生き延びた、その運のようなものがてつ殿の夫にはふさわしいように私には思えた。

水戸では、てつ殿のように木綿着を着て育った働き者の、心の強いおなごらが一家の柱を喪った家を次々と再興した。絹に包まれて暮らした旗本の娘たちが時世の変化に為すすべもなく、多くが身を落としていったのとは対照的なことだった。

水戸に戻ったてつ殿からは、諸生党の重臣が捕らえられて次々と処刑されたことを報せる文が届いたものだ。

天狗党の凱旋によって水戸を追われることになった諸生党は幕軍として北越戦争や会津戦争に参加したが、これらの戦役が惨敗に終わるとまた水戸領内に戻って失地回復を図るも敗北、逃走を余儀なくされた。天狗党は掌中に藩政を取り戻したが、妻子の悉《ことごと》くを粛清された憤怒《ふんぬ》は止まることがなかった。逃走した諸生党の藩士や係累を虱潰《しらみつぶ》しに探し出しては凄惨な私刑を加えたという。

血で血を洗うような復讐に私は背筋を震わせたけれど、将来を約束した恋人と兄を奪われたてつ殿が快哉を叫ぶのは無理からぬことだ。私自身、諸生党憎しの気持ちは未だ解けない。幼い子らの首が無残に斬り落とされたときのあの音を思い出すたびに総毛立ち、鳩尾《みぞおち》が硬くなる。

「子年のお騒ぎでは天狗党の妻子まで投獄した所業は残忍極まりなかったけど、あれには幕府の意向も大きく働いていたのや。慶喜さんを将軍にしたい一派が内紛を早期解決せよと厳命を下したのでな、まあ、諸生党はその命に乗じて天狗党を弾圧したようや」

いや、諸生党の首魁、市川三左衛門は「根絶やしにせよ」と命を出したのだ。あれは思想や立場の違いによる弾圧などではない。妻子もろとも天狗党を壊滅せしめんとする殺戮だった。

「天狗党の志士はむろんやが、諸生党の藩士らも皆、この時勢を乗り切って生き残ろうとして、時代の荒波に呑まれた。ことに市川執政は頭脳明晰のうえ豪胆な傑物やった。あの才を違う時代に用いたならば、きっと大事を成したであろうに」

貞芳院様はあろうことか、市川の人物を惜しむような口振りだ。なるほど、市川は水戸藩の執政であったのだから貞芳院様と意を通ずる機会も少なくなかったのだろう。世の中を見渡す冷徹な眼差しをお持ちの貞芳院様もとどのつまりは身近な者への情にほだされるのかと、胸の底が冷たく波を打った。

そもそも貞芳院様の御夫君、烈公様が天狗党に肩入れして諸生党を排斥したゆえ、諸生党は恨みを燻《くすぶ》らせたのだ。そしてその火種を大きくして内乱にまで至らしめたのは、烈公の子、慶篤公だった。

ああ、今さらそんなことを考えても詮無いことだと、私は己を戒める。

市川執政は水戸を逃れて江戸に潜伏していたのを明治二年になって見つかり、水戸に送還されて処刑されたと、てつ殿の文にあった。驚くことに、市川は仏蘭西に渡る準備をしていたらしい。が、渡仏寸前に捕らえられた。その後は凄絶な拷問に音も上げず、斬首前には鰻を所望して平らげた。


君ゆえに捨つる命は惜しまねど　忠が不忠になるぞ悲しき

てつ殿が記していたそれは市川の辞世の句で、私は以徳様や小四郎様らの思いと相通ずるものがあることに気がついた。忠と不忠が糸車のように入れ替わったあの時代の、何と不条理であったことか。

貞芳院様はまたぽくぽくと音を立てて、皺の寄った口をすぼめた。

「仇討ちは武士に認められた慣いなれど、多くの者は本懐を遂げた後に自らも命を捨ててきた。ほうすることで復讐の連鎖を断ったのやな。なれどこれが多勢となると、復讐のための復讐も義戦となる。……人が群れるとは真に恐ろしいものよ」

てつ殿はその市川の妻子についても文で知らせてきていた。

「諸生党の者らを処刑いたして獲りたる首は、町の広場で戸板の上に並べおり候。まこと、夜店の南瓜のごとくにて候。市川の妻子も悉く処刑され申し候。ただ惜しむらくは、市川の息女の一人、六歳の娘が行方知れずであることにて候。既に死しておるか、あるいは市川が東京府へ遁走いたす際に密かに伴っておったやも知れず、天狗党の同志は皆、血眼になって探しおり候」

男たちの義戦の側杖を喰う形で処刑されていく諸生党の妻子は天狗党の妻子と何ら変わることはなく、憐れ極まりない。貞芳院様がおっしゃる、溜飲が下がり、胸が晴れて力さえ漲るのだ。もわかる。けれど市川が処刑されたと聞けば溜飲が下がり、胸が晴れて力さえ漲るのだ。

かなうことならば、その首を刎ねる長刀の柄にこの指一本なりとも添えたかった。

天狗党の妻子であれば皆、そう願わずにはいられないだろう。

「市川には何人かの娘があってな。執政であった頃やったか、いずれお傍に仕えさせて欲しいと目通りを願うてきたことがある。それは可愛ゆく利発な子であった。なあ、ほうやったな」

貞芳院様は傍らの侍女に確かめる。

「ようお召しになって、お愛《いと》いであらしゃいましたな」

「ほうや、釣りの折には川縁にも連れていった。あの娘、登世は今頃、いかがしておることやら。可哀想に、顔に怪我を負わせたゆえ嫁入りもかなわぬのではないやろうか」

「登世……」

「ふん。登世を伴うて那珂川に出たのやが、目を離した隙にいかがしたものか、よちよちと一人歩きした拍子に川岸から転がって落ちたことがあったのや。幸い浅瀬で溺れさせずに済んだけど、川石の切り立った角で眉頭を一寸ほども切って……」

貞芳院様は手を持ち上げ、親指と人差し指で寸法を示して見せる。小刻みに震える指先に老いを感じながら私はふと何かが引っかかった。けれどそれが何かを考える暇もなく、思わぬ言葉に遮られた。

「そもじは、元の名を登世というそうな」

お召しの真の理由に行き当たったような気がして、言葉を失った。お話の向きから察して、ふだんは御立場上、どなたを相手にしても差し支えのある屈託に胸がつかえておられたのだろうと感じていた。それを吐き出して無聊を慰めるには水戸志士の妻ほど格好の相手はないのだろうと。

と、侍女が滑るように私の脇に来て耳打ちをした。

「畏れ多きことながら、御前《ごぜん》におかれましては、時折、ものの覚えを混濁されることがあらしゃいます。実はこなたさんを召すようにとお命じになられたのも、新聞の記事にあった名に拘《こだわ》りをお持ちにならしゃいましたゆえにて」

やはりそうだ。中島歌子の元の名は林登世、讀賣新聞に出たその名に貞芳院様は遠い昔の気がかりを思い出されたに違いない。

「年頃が違うことは恐らく御承知であらしゃいましょうけれども……」

侍女のその言葉がまるで聞こえているかのごとく、貞芳院様は探るような目で私の眉間をご覧になる。

「生きておればもう三十路前になっておろうか。いや、もはや生き延びてはいまい」

貞芳院様は濁った銀鼠《ぎんねず》色の目を瞬かせた。

「私も生き延びましてございます。……その娘も天の運に恵まれましたならば、この世のどこかで生きておりましょう」

私は目の前の老女に初めて、本心とは裏腹の言葉を差し出した。六歳の女児があの血塗れの世を生き延びた可能性など万に一つもないとわかりながら、もう二度と会うこともないだろう御方に気休めを申し上げたのだ。

屋敷を辞する前、貞芳院様から最後に賜った言葉は「そもじは、釣りはするか」だった。

「水戸におりましたときに、あるお方に手ほどきを頂戴いたしました。その一度きりにございます」

それが貞芳院様に聞こえたかどうかはわからなかった。

三

帰りは俥を断って、隅田川沿いを歩くことにした。

疲れたら橋を渡ってから俥を拾えばよい、思うがままに歩こう。こんな風に先を急がぬ心情を取り戻したのは何十年ぶりだろう。萩の舎に大学、出稽古、私はいつも何かに追われ続けてきたような気がする。

川面は照り輝き、川縁に並んだ桜が青葉を揺らす。澄んだ風が汗ばんだ首筋を冷やし、私はうっとりと目を閉じた。と、近くの神社の森で蟬が一斉に鳴き始めた。

私は夏にこの声を聞くたび、以徳様を想う。

慶応三（一八六七）年、慶喜公が大政を奉還されて王政復古の大号令が発せられた直後のことだった。逆賊とされていた咎人が勤王の志士として祭り上げられるようになって、小石川の水戸上屋敷にも人の出入りが増えているのが傍目にもわかった。私とお母っ様、てつ殿は息を潜めるように安藤坂で暮らしていただけに、市毛様の中間が訪ねてきてくれた日はあまりの嬉しさに狼狽えたほどだった。

　市毛様は戦地を転々とした末、大坂に逃れていたが、京は本圀寺《ほんこくじ》で天狗党が再起を図ったのに合流し、水戸へ戻った。赤沼のお長屋で処刑されたと思い込んでいた私とてつ殿が遠戚預けの沙汰を受けていたのを知って、行方を捜し続けてくれたそうだ。水戸市中にはいないことがわかると中間に文を持たせ、私の生家があった池田屋付近を訪ねて回るように命じてくれたという。

　以徳様はお預けとなっていた上総久留里《かずさくるり》藩で、獄死していた。

　私が出牢前に役人から聞かされた以徳様が京に向かったという噂は全く根も葉もないもので、私がまだ牢に囚われていたあの頃、既にこの世になかった。あの人は戦場で幕軍の百目砲弾を身に受け、その銃創が元で失血死したという。遺体は首を刎ねられ、斬首された同志らと共に獄門台で晒《さら》された。

　市毛様は旧友の死を悼み、志半ばで斃れた以徳様の辞世の句を添えてくれていた。


今日までも誰か為なれはなからへて　うき世にうきを重ね来つらむ

　まことに、憂き世に憂きを重ねた人生だった。幕府によって国が開かれて後は攘夷などとうてい不可能な空論ではないかと気づきつつ、そして幕末の水戸藩にあって戦の虚しさに気づきながらそれをも阻止できず、地滑りするように己の使命に殉じた。

　あの人は西洋の大砲や銃に立ち向かう無力をもわかっていた。それでも先祖伝来の武者拵えをして、戦場を駆けた。敵の槍を撥《は》ね上げ、かい潜り、斬る。突いて止《とど》めを刺すごとに家来に首を獲らせ、傷ついた者を庇い、逃がした。そして鉛弾を撃ち込まれたのだ。血塗れのままに投獄され、広がり続ける己の血溜りの中で死んだ。まだ二十六歳であったというのに。

以徳様は命を擲《なげう》つのではなく、生きようによって自らの義を全うしようと決意していた。あの頃の水戸藩士にとって、その道は何と険しかったことだろう。

やがて以徳様が他の多くの同志と共に罪を赦され、志士として贈位されたことをてつ殿から知らされたとき、私は歌を詠んだ。

うれしさをひとり聞くこそ悲しけれ　憂きをば共に嘆きしものを

夏草の生《お》う川岸に降り立ち、青々とした水の流れを見つめる。てつ殿と手を取り合って常陸の山野に別れを告げたとき、胸の裡に抱いていたのは以徳様が戦場に出る前に詠んだ歌だった。

かへらじと契るもつらき別れかな　国のためとて仇《あだ》ならぬ身を

私が夫に返した歌はこうだ。

国のため君のためとぞ思はずば　いかにしのばむ今日の別れ路

あの日、筑波山の麓に広がる菜の花畑を見晴るかしながら、私は己の返歌を恥じた。型通りの、何の膨らみもない歌。なぜもっと、己の心を三十一文字に注ぎ込まなかったのだろう。戦場の夜も昼もあの人の胸で響き続けるような、そんな言葉をなぜ捧げられなかったのだろう。己の拙さを心底、悔やんで、もし本当に江戸に辿り着けたなら和歌を学ぼうと心に決めた。

ここまで生き延びたのだ、この先も生きられればその命を懸けて修業する。そう決意して常陸路を抜けた。

歌人として名を挙げてからの私はさまざまな相手と醜聞を立てられ、世間には眉を顰めて評する者もいることを知っている。噂は嫉妬混じりのものもあるけれど、妻子のある歌人と何年も関係を続けたことがあるのは事実だ。

そう、私は誰の苦しみをも思いやらず、己の欲情のままに生きてきた。

けれどどんな男と浮き名を流そうとも、夫への恋情は尽きることがない。未練だと己を諫めようとも、夫への想いが募り続けることに私は愕然とする。

以徳様が自ら腹を切って果てなかったのは、死ぬる寸前まで私の元に戻ってきてくれるつもりであったゆえだ。私はそう信じている。でもあなたは帰ってきてくれなかった。

私はもう、あなたよりも遥かに老いました。それは、あまりにも狡《ずる》うはございませんか。

私は川面を吹き過ぎる風に向かって、娘のように半身を曲げて力を込める。

恋することを教えたのはあなたなのだから、どうかお願いです、忘れ方も教えてください。

君にこそ恋しきふしは習ひつれ　さらば忘るることもをしへよ

終章

一

背後に影のように控えていた澄に手記を渡し、花圃は立ち上がった。手記にはまだ残りが少しあるけれど、無性に紅茶が飲みたかった。

台所に入って茶箪笥の中を探る。箪笥の中は食べ残した餡パンや乾いた梅干し、爪楊枝の類が乱雑に詰め込んであるだけで、茶葉の缶はまるで見つからない。近頃は留守番代わりの通いの女中しか雇っていないと聞いていたから、師の君自身の仕業だろう。

まことにもって師の君は炊事も整理整頓も不得手で、手先も不器用な方である。あれほど書を能くする人が瓶詰の蓋一つ、自分では開けられないのだ。

その師の君が、よくぞあんな動乱の中を生き抜いてこられたことだと思う。まして歌の道だけで世を渡るなど私には到底できぬことだと思いながら、花圃はようやく紅茶の缶を見つけた。見覚えのある色柄なので拙宅から差し上げたものだろうと察しをつけながら、まだ封も切られていないことに気がつく。もう数年は経っていそうだけれど大丈夫かしらと迷いつつ、中を嗅いでみる。黴《か》びていた。

「澄さん、あなた、紅茶召し上がって？　淹れるけれど一緒にいかが」

台所から声をかけても返事がない。花圃は肩をすくめてから紅茶ポットを探したが早々にあきらめ、手近な土瓶に茶葉を放り込んだ。湯呑みを二つ盆の上に載せ、師の君の部屋に取って返す。澄は身じろぎもせずに手記を読み耽っていた。

花圃は火鉢にかかった鉄瓶の湯を土瓶に注意深く注ぎながら、師の君の記していた言葉を反芻していた。

明治生まれのひよっこに、いったい何がわかる。

歌はもう、命懸けで詠むものではないのだろうか。

師の君はいつも胸を張って華やかに笑っておられたけれど、人を見る目に冷徹なところがあることには私も、そしてしばらくここに住み込んで内弟子であったヒ夏も恐らく気づいていた。かほどの波に揉まれれば身も心も芯が冷えるに違いないと、今ならわかる。

茶漉しを使いながら、二つの湯呑みに紅茶を注ぎ分けた。一つを澄の膝前に差し出し、もう一つを手に縁側の陽溜りを選んで坐る。紅茶を口にふくむと渋苦い味が広がって、なんだか泣きたくなる。

　君にこそ恋しきふしは習ひつれ　さらば忘るることもをしへよ

古い和歌の伝統を守って決して今の潮流に乗ろうとはしなかった師の君があれほど恋情に溢れた

歌を詠んでいたのかと、花圃は衝撃を受けていた。

　師の君の恋は今も続いていたのだ。いかほどの栄誉を手にしても、師の君は孤独だった。懸命に生きても生きても、一番いてほしい人はこの世にいない。いない。

　師の君の叫びを聞いたような気がした。

　花圃は湯呑みを持ったまま、ただ茫然と空を眺めた。背後でかさりと紙の音がして振り向くと、澄が手記の束を畳の上に置いているところだった。

「どうしたの、具合でもお悪いんじゃないの？」

　紙束の端を揃えて整える横顔が、心なしか蒼褪めている。

「いいえ、何ともございません」

「ねえ、最後の御歌、あなたはいかが思って？」

　無性に語り合いたくなって、花圃は膝を回して澄を見返った。澄は斜めに俯いて、目頭に指先を押し当てている。

「やっぱり、お疲れになったようね。今日はここまでにしましょうか」

「いえ……あともう少しですから、お終いまで読んでしまいとうございます」

「そう、よね。ええ、私も同感よ」

「お紅茶、頂戴いたします」

　澄は両の手で掬い上げるようにして湯呑みを持った。

「おいしい……」

「そう？　熱いお湯で淹れてしまったから渋みが出ちゃったわ」

「おいしゅうございます」

澄が湯呑みの中を綺麗に飲み干したのを見て取ると、花圃は勢いよく立ち上がって座敷の中に戻った。澄の膝の脇から手記を取り上げ、後ろから開く。

「じゃあ、ここからだったわね。残りは少なそうだから一緒に読まないこと？」

澄はまた、否を唱えなかった。

二

貞芳院様と会った後、妙な心懸かりが残った。

奇《く》しくも私と同じ名を持つ、市川三左衛門の娘のことだ。悪鬼のごとき弾圧を妻子にまで断行した市川の娘などどうとでもなれと思いつつ、ふとした拍子に思い出されてならない。川の水に流されても流されても杭に引っ掛かって離れぬ、一筋の藁しべのようだった。

家の中で小さな袱紗を拾ったのは夏が過ぎて、庭の萩が白や赤の花をつけ始めた頃だっただろうか。薄い桜色の小袱紗が女中である澄の手持ちの物であることは、すぐにわかった。たまに私の着物を下げ渡してやっても袖を通すことをせず、頑なに濃鼠《こいねず》の着物で通している澄の、それが唯一の彩りともいえる物だったからだ。

私はそれを黙って自室に持ち帰った。

心の臓が膨れ上がり、指先が震える。袱紗は二枚の接《は》ぎ合わせになっており、桜色の裏面は鬱金《うこん》色、隅には縫い取りの紋があった。まさに三寄横見菊《みつよせよこみぎく》、貞芳院様の生家、有栖川宮家の紋だった。

廊下で慌ただしい足音がして、誰かが襖の向こうから訪いを告げた。

「よろしゅうございますか」

いつも静かな澄の声が上ずっている。私はそれを聞き取った途端、落ち着きを取り戻すことができた。対峙《たいじ》する相手が取り乱している分だけ、こちらは優位に構えられる。

「お入り」

襖を引いた向こうには血相を変えた澄が畏まっていた。

「どうしました」

澄は狼狽のあまり何の言葉も用意していなかったのだろう、頬を強張らせて早口になった。

「門下生の方が何かをお忘れになったようで、お遣いの方が参られまして」

「また？　困ったものねえ、忘れたり落としたり、のべつなんだから。でも誰かしら、何を忘れたと言っていて？　手巾《ハンケチ》？」

「あ、いえ」

咄嗟についた拙い嘘は後が続かず、澄は言葉を詰まらせる。と、細い咽喉がごくりと波打った。

私の膝の上の物に気がついたのだろう、目を見開いている。切れ長の目許の片側がひくつく。

澄は覚悟を決めたように背筋を立てた。

「お忙しいところを失礼いたしました。明日、皆さんに訊ねることにいたします」

襖を閉めようとする。私は「そうそう」と、わざと素気なく袱紗を手にした。

「これも誰かの落し物のようなの。返しておいてあげて」

「畏まりました」

澄は平素の冷静を取り戻していて、それがまるで己の物ではないような、大した代物ではないような素振りで受け取った。その一瞬の隙に、澄の鼻筋から眉間へと目を這わせる。片眉の頭には皺と見紛うほど薄くなった、けれど確かに一寸ほどの傷痕があった。いつも考え深げに眉を寄せていた冷たい表情は、あの那珂川の岸辺で負った怪我が元であったのだ。

澄を下がらせた後、ひとり庭に降り立った。山萩は人の背丈ほども大きく枝を伸ばし、私はその枝々の中を歩いては立ち止まる。

澄を雇ったのは萩の舎を興して四年を経た頃だったから明治十四年、確か、澄は十八だった。無口で陰気だけれど頭の回転の早い娘であったので、私は奥向きのことだけでなく萩の舎の差配も任せるようになった。実に有能でありながら誰にも心を開かず、しかも時折、ひどく冷淡な目で私を見ていることがあるのには気づいていた。若い娘にはよくあること、門下生らも外で顔を合わせれば私を批判していることを知っていたので、勤めさえちゃんと果たしてくれればと咎め立てはしなかった。毎日、何がしかの予定が詰まっている私にとって、それは取るに足りない些末なことだった。

それにしても、水戸の名家、市川家の娘がいかなる思いで仕えてきたのだろうかと私は訝しんだ。私が天狗党志士の妻であることを知っていながらこの家に奉公したのか、それとも全くの偶然であったのかは知る由もない。けれど、私に対して遺恨を晴らしたいという思いを抱くことはなかったのだろうか。

澄にはきつく当たったことも弱みをさらけだしたことも数知れず、そんなさまざまを思い起こすとやけに秋風がこたえるような気がして、私は胸の上で両の袂をかき合わせた。

澄に良縁が来たのは澄が二十四のときだ。私の養女としてから嫁がせたけれど、それは下総《しもうさ》の貧農の生まれである女中が、しかも既に婚期を過ぎつつあった者が婚家で肩身の狭い思いをすることがないようにとの主人心であって、よく仕えてくれたことへの褒賞に過ぎなかった。御維新後も武家や町家の家本位制は変わることがなく、家を存続させるための養子縁組はもちろん、名家の養子になって箔をつけてから嫁ぐことは珍しくない。が、澄が初め、私の申し出を固辞したのも今となっては腑に落ちた。

私はふと、頬に小さな痛みを覚えて手を当てた。遠い昔、水戸の市中で諸生党の子供に石礫を投げつけられたのだ。礫は私の頬をかすめた。弘道館の帰りだったのだろう、筒袖の稽古着に黒袴をつけて武具を持っていた姿が甦る。前髪の十二、三の少年と十歳ほどの男児だった。

──そなた、それでも市川家のおのこか。天狗などにやられるとは申し開きもできぬ不覚。

澄があの兄弟の妹と思えば、目許が似ているような気もしてくる。と、何かが引きずられるように立ち昇る。そうだ、牢の中で耳にした噂だ。

──執政の座に就きたる市川の力は増すばかりにて、先ほど正妻が女児を産みしを歓びて祝宴を開き、江戸の自邸に殿までお招き申し上げたとか。

私が赤沼の牢獄に囚われているとき、澄は生まれたのだ。

澄は市川家の、ただ一人の生き残り……市川登世。

私は己を試すように、口の中で何度も繰り返した。予感を裏切って、不思議と憎悪の念が湧かない。むしろ澄がいたわしくて、胸の裡がきりきりと音を立てた。

私の傍らにはてつ殿もお母っ様もいてくれた。けれど幼かった澄にはいったい誰がいたのだろう。

私はあなたの兄上たちにお会いしたことがある。そう告げてやれば、ほんの少しでも身内の温もりを感じることができるだろうか。

自らの思いつきをすぐに否定する。てつ殿が折に触れて寄越す文では、水戸では未だに天狗党と諸生党の家が確執を残しているという。澄が天狗党への、私への復讐を企んでいないとも限らぬではないか。

ならば私がなすべきことは何だろう。

私にいったい、何ができる。

三

手記は突然、そこで途切れていた。

ふいに師の君の後ろ姿を見失ったような気がして、花圃は狼狽した。隣りに坐る澄の顔をまともに見ることができない。ただ、澄の体温が一気に何度も下がったことがわかる。違う。それは私だ。こんなこと、思いも寄らなかった。一緒に読んだりするんじゃなかった。

そんな詰まらぬ後悔をして、それが情けなくて、気がついたら立ち上がっていた。師の君の文机に組みつく。

——ならば私がなすべきことは何だろう。私にいったい、何ができる。

師の君は末尾にそう記していた。であればきっと続きがあるはずだ。これで手記が終わっていたなら、澄さんはどうすればいい。もう二度と師の君の前に現れず、姿を消してしまうような気がした。それはいけない。無性にそう思い、花圃は抽斗という抽斗の中をさらえた。

お願い。御歌の一首でも見つかって。

念じながら書類を掻き回すけれど、何も目に入って来ない。そうだ、もし何も見つからなかったら、このまま澄さんをつれて病院へ行こうと肚積もりをした。師の君と澄さんを二人きりにして、心行くまで話ができるように手を尽くそう。澄さんが素直に病院についてくるとは思えないけれど、断じて放さない。力尽くでも引っ張って行く。

そう決めると不思議と落ち着きが戻ってきて、胸の動悸もいつしか治まっていた。一番下の抽斗をまるごと引き抜くと、机の下部に蓋付きの隠し抽斗があることに気がついた。蓋の中央には小さな革紐がついており、それを持つと蓋が持ち上がった。中は別珍張りで、真白な奉書包みが一つ置かれていた。

また胸が騒ぐ。

隅々までぴんと折り包まれたその包みを開くと、師の君の筆跡で「遺言」と上書されていた。

二月一日、師の君の葬儀が牛天神北野《うしてんじんきたの》神社で執り行なわれた。

神社は萩の舎から、元の水戸藩上屋敷に向かう小径の途中にある。歌人として一代を成した中島歌子の逝去を悼む者で境内は埋め尽くされ、神社の石段から安藤坂の下まで列を成して先が見えないほどだ。

最近は淋しかった萩の舎の周辺が、そして師の君のことが世間に取沙汰されるときは「あの樋口一葉の師匠」が枕詞のようになっていたことを思えば、往時を取り戻したかのような華やかな葬儀である。

師の君が肺炎を起こして亡くなったのは一月三十日で、その直前、花圃は澄に請われて入院中の師の君を共に見舞った。澄は花圃を立会人として「遺言」を受け入れる旨を言葉少なに伝えたのである。

「そう。それは良かった」

師の君は静かに微笑んだ。心底、安堵して、「もう、いいわよね」とでも言うような逝き方だった。

遺言には、澄の三男、庸《よう》との養子縁組を願い、中島家の相続を依頼する旨がしたためられていたのである。

師の君は何も言わなかったけれど、遺言だけでは澄が拒絶するだろうことがわかっていて、澄に読ませるためだけにあの手記を書いたのだろうと花圃は推している。恐らく初めは手紙を添えることを思い立ったであろうし、実際、一度は書いたかもしれない。けれど手紙では言い尽くせぬことが多過ぎた。

師の君が恋しい夫を喪ったのも、澄が家族を喪ったのも水戸藩の内紛が原因だったけれども、その内紛の激化にはあの時代特有の波が複雑に絡んでいた。師の君は何もかもを有体《ありてい》に書かなければ、澄に何も伝えられないと考えたのだろう。そのために手記の体裁を取った。

賭けだったと思う。師の君は総身に痛みを抱えていたのだ。背や腰の軋みに耐えながら、もう思うように上がらなくなっていた腕を己の手で机上にのせて書き続けた。文机に向かう師の君の後ろ姿を思うたび、花圃は胸が熱くなる。慣れぬ言文一致体を用いるだけでも大変な労力であるのに、思い出すのも辛い出来事を記す作業は師の君の寿命を縮めるほどに無謀な戦だったかもしれない。けれど一縷《いちる》の希みに、師の君は賭けたのだ。

「花圃さん、お悔み申します」

見知りの会葬者に辞儀を返しながら、花圃は澄の言葉を思い返す。遺言に目を通し終えたとき、澄は来《こ》し方を打ち明けたのである。

澄は朧《おぼろ》な記憶と近所の噂口もあって、自身が貰い子であることを早くから自覚していたそうだ。ゆえに十二歳になって早々に奉公勤めを決意した。

「景気の良さそうな東京府に出れば、家に仕送りができる。そう考えました」

出立前、両親から袱紗を差し出された。それは物心がついて初めて出会った、この上ない美しさだった。そして己の出自を聞かされたそうだ。

「師の君のご推察の通り、私は水戸の執政であった市川三左衛門の娘、市川登世でした。父は水戸からの逃走の道中で家臣に私を託し、家臣は下総の百姓の夫婦に私を預けた後、天狗党に捕らえられたようです」

その一家には既に子があって暮らし向きは貧窮を極めていたが、信心の篤い夫婦だった。他の子らと分け隔てなく登世を扶育し、米粒が泳ぐような粥も等分に分け合ったという。明治四（一八七一）年、戸籍法が発布されて田辺姓を名乗った一家は追手を案じて登世を三女、澄として届け出た。しかし登世の出自を唯一、示す物として家臣から預かった袱紗は仏壇の奥に仕舞って、大切に守り続けたのである。

「東京に出た私は口入屋《くちいれや》の紹介によって、本郷の質屋で奉公しました。二年ほど経つと主からお遣いを言いつかるようになり、その合間を縫って水戸藩邸のあった小石川を歩きました。ほんのちょっとでもいい、父や母、兄姉のことを知りたかった。けれど私が耳にすることができたのは諸生党の非道極まりない弾圧のさまと、それによって父や家族が凄絶な報復を受け、水戸の家中がそれをいかほど寿《ことほ》いだか……そんな話ばかりでした」

「じゃあ、萩の舎のことを知ったのは」

「ええ、小石川で水戸のことを訊けば必ず萩の舎をお訪ねなさいと言われましたから、この辺りを歩くようになってまもなくのことでした。歌塾を主宰しているのは水戸に嫁いでおられた池田屋の娘御で、大層な隆盛だと誰もが口を揃えるものですから、ここまで懸命に走って様子を窺うのがいつしか密かな慣いになりました。するとある日、とうとう歌子先生の姿を目の当たりにいたしました。門下生の皆さんが門前を花盛りのごとくに彩って、先生はその中を悠々と進み、黒塗りの馬車に乗り込んだんです。それはまるで雲上人《うんじょうびと》のような振舞いで」

　俯きがちに話していた澄が顎を上げ、花圃に挑むように目を合わせた。

「そのとき初めて、中島歌子という人に激しい憎しみを覚えました。まるで親の仇《かたき》を探し当てたような、そんな気持ちでした」

　澄はそれから四年もの間、奉公に精を出してから暇をもらい、口入屋に萩の舎への口利きを頼んだのだという。己の気持ちを胸の奥底に呑み、まずは師の君の信頼を得ておくべきだとまた奉公に励んだ。その頃の澄はまだ十八だ。にもかかわらずそこまで己を律し得たのは、よほど固い決意を持っていたのだろう。

誇り高き諸生党の生き残りとして天狗党の妻に一矢報いてやりたい、天下が引っ繰り返ったのをこれ幸いと驕《おご》り昂《たか》ぶる仇敵の足元を掬ってやりたいという思いで凝り固まっていたことを、澄は自ら告白した。

「あれほど身近に仕え、しかも先生は私を信頼し切っていましたから、意趣を晴らそうと思えばいつでもできました。台所の包丁で胸を一突きするか毒を盛るか、寝る前はそんな夢想をするのが楽しくてならなかった。本当です。復讐の方法をあれこれ考えていると昂奮して、気がついたら窓の外が白んでいたこともありました。私は思いを遂げたら自死しようと決めていましたから、何も怖くはありませんでした。

ご存知のように、先生には娘のままのようなところが残っていて、急に大きくなった萩の舎の切り盛りなど、とても一人ではおできになれません。毎日の予定に気を配ったり門下生の出入りを確認する御用なども言いつかるうちに、私は秘書のような役割も果たすようになりました。我儘であけっぴろげで、いつも陽の当たる場所にいたいような先生に内心、反吐が出るような思いをこらえながら、私は忠実な奉公人を演じ続けました。

先生はまるで無防備ですもの、醜聞の証拠も面白いように手に入りました。そうだ、命などいつでも奪える、先に社会的生命を絶ってやろう。そう思いついた私は萩の舎の運営に自らのめり込みました。そして、華やかな外見にもかかわらず内情は火の車であることを知ったのです。先生はいつも平気な顔をしておられましたけれど。

でもあるとき、夕方時分に何かお尋ねすることがあってこの部屋に参ったんです。暗い部屋の中には人気《ひとけ》がなく洋燈もついていませんでしたから身を返しかけましたら、先生がひとり、縁側に坐っていることに気がつきました。膝を横に崩した後ろ姿は何とも頼りなげで、肩先から夕闇に滲んでいってしまいそうな後ろ姿でした。すると微かな声で、瀬をはやみと聞こえました。暮れなずむ庭に向かって、先生は歌を口ずさんでいたんです。

手記を読むまでその歌の持つ意など存じませんでしたけれども、いつものお稽古での朗々とした詠じ方とは打って変わった、切ないような掠れ声で……いやでも、先生の寂寥に気づかされました。門下生のご令嬢らをいかほど慈しもうと貴人の招きを受けようと、そして恋人と危うい逢瀬を楽しんでも、先生はいつも満たされていませんでした」

師の君は他家に養子に入っている兄上の子を欲しいと懇願したり、しかしうまくいかずに半年で離縁するなど、養子縁組を繰り返していた。樋口夏子を養女にと望んだのも、親族を増やすことで身の冷えを癒したいという、師の君の孤独ゆえだったのだろうと、澄は遠慮がちに推した。

「そうやって歌子先生の心情がわかるようになればなるほど、私は苦しくなりました」

澄は師の君の遺言を胸に抱いて、頤《おとがい》を伏せた。美しい額に一筋の髪がかかった。

世が世であれば、この人は水戸藩執政の娘御だった。花圃はそんな思いが一瞬せり上がってくるのをすんでのところで止めた。「世が世ならば」などと詮方ない想像はよそう。誰もが今生《こんじょう》を受け入れてこの骸《むくろ》だらけの大地に足を踏みしめねば、一歩たりとも前に進めぬのだから。

「いつからだったでしょう、私は先生と共に闘っているような気持ちになっていました。私は少なからずこの人を支えているという甲斐さえ感じて、それは主従の間柄を越えた、そう、まるで同志のような気持ちに近かったのかもしれません」

「同志……」

「ええ。けれどそんな思いを抱けば抱くほど苦しくなって、私は懸命に憎悪を掻き立てました。親きょうだいの敵、その妻ではないかと。……縁談があったとき、この苦しみからやっと逃れられると、心が解けるようでした」

花圃は庭に目を戻した。夕陽が辺りを照らし、日の色が眩しいほどだ。鵯《ひよどり》の子らが盛んに鳴く。

「けれど、師の君はあなたから逃げなかった。あなたが市川登世だと知った後も、知らぬ振りを通して遠ざけることなど簡単だったでしょうに」

「……ええ。先生は実に、天狗党の妻らしい決着をおつけになった。そう、思います」

澄の目尻に溢れたものが頬を伝い、膝の上に滴った。


境内の隅で休んでいると、旧知の友、伊東夏子が駆け寄ってきた。

かつては樋口夏子と共にその才を謳われ、イ夏と呼ばれた弟子仲間である。レエスで縁取られた手巾を手に、何度も目許を拭う。

「急なことで驚いたわ。忙しくて御無沙汰ばかりしていて……私、駄目な門下生ね」

「……皆、同じようなものよ。先生もきっと、わかっていらっしゃるわ」

「そうね。先生は何事も鷹揚でいらしたもの。ねえ、おいくつでいらした？」

「今年で六十一におなりだった」

「それにしても、何のお病気だったのかしらねえ」

「お風邪を召して、いったんは回復なさったんだけど、このところ夜は寒さが厳しかったでしょう、肺炎を起こされて。でも最期は師の君らしい、大往生でいらしてよ」

「まあ、あなた、臨終に立ち会われたの」

「ええ。お苦しみもなく、眠るようにして逝かれたのを見届けさせていただいた」

イ夏は少し意外そうな目をして私を見つめる。そこに他の門下生たちが小走りで寄ってきた。あっという間もなく七、八人が輪になり、口々に挨拶を交わす。

「お久しぶりですこと」

「ほんと。何年ぶりかしら」

「それにしてもあなた、いつまでもお若いわねえ」

「あら、宅の娘、もう縁談があってよ。お相手が英国から帰られたら、お見合いの運びなの」

「じゃあ、お嬢ちゃまは将来の総理大臣夫人ね」

「さあ、どうかしら。生まれは宅と同じ、長州だけれども。……それより、ねえ、今度の明星《みょうじょう》、ご覧になって？」

「もちろんよ。与謝野さん、ますます腕を磨かれたわね」

「ほんと。あれぞ浪漫《ろうまん》派の歌だわ」

しばらくそんな話が脈絡もなく行き交い、師の君を偲ぶ言葉はその間に申し訳のように挟まれるだけだ。

「ねえ、篠突く君が白い喪服を着ていてよ。あの方が喪主だなんて、どうなってるのかしら」

誰かが少し咎めるように口にすると、途端に澄へと話題が集中する。私はずっと黙って皆の話を聞いていたが、つい口を開きかけた。

「いいえ、喪主は澄さんのご子息よ。澄さんは後見《こうけん》を務めておられるの」

けれど結局、その言葉を呑み込んだ。ひとたび口にしたら、「師の君ったらまた養子を取られたの」「じゃあ、萩の舎はどうなるのかしら」と紛糾することはわかりきっていた。

「花圃さん、どうかなさって?」

あまり話に乗れない私の腕に、イ夏が心配そうに手を当てた。

「いいえ、大丈夫よ。何でもない。……私、萩の舎に少し用を残しているから、ここで失礼するわね」

輪からはずれて行きかけると、イ夏が「ねえ」と呼ぶ。

「この後、ちょっと集まらないこと? 積もる話もあるし、帝国ホテルででも」

その提案に皆が先に反応して、場にそぐわない声を挙げる。

「先に行ってらして」

私は曖昧に返事をしながら、結局、ホテルに向かわずに帰路に着く自分の姿を想像した。師の君の遺言について彼女たちに話す気は毛頭なかった。むろん、手記のことも。

遺し置き候事

一　中島う多は中川澄殿の御三男、庸殿を養子としてお迎えしたく、この願い、何卒お聞き入れ

下されたく、衷心より願い奉り候
一　養子縁組が成りし暁には、庸殿を中島家の家産の全ての相続人といたしたく候
一　但、庸殿が萩の舎の存続に心を煩わせることは露ほども望まぬ所存にて候、その儀については呉々もお慎み下されたく、ここに申し置き候
萩の舎にて過ごしし日々への思いは悲喜こもごもなれど、最期に望むはただ一念にて、中川澄殿、もとい市川登世殿の御子を林登世に迎えることで水戸への鎮魂といたしたく候
この願いの他には何一つ望み申さぬ心境にて、何卒お聞き入れ下されたく、ただただ、伏して願い上げ奉り候

明治三十六年一月二十四日

中島う多　かしく

中川澄　殿

半生を綴ったあの手記と遺書は、師の君の祈りだった。

総身の血を流し続けて逝った夫への、無残に首を討たれた天狗党の妻子らへの、凍えたまま崩れ落ちたであろう爺やへの。

そして数多の人々の生と死を思いながら、師の君は祈り続けた。

そのことを知る者は私と澄さんの他にはいないけれど、あの世で以徳様と会ったとき、市川家の末裔に自分の家を継がせたと、師の君は満面に笑みを湛えて報告することだろうと花圃は思った。

息を引き取る瞬間、師の君は微かに笑ったのだ。

以徳様。やっと逢える。

師の君がそう呟いたような気がした。

手記は澄が手元に置きたいと望んだので、それがいいと承諾した。そして花圃は生前、歌集を上梓していなかった師の君のために遺稿集を出版することを決めている。萩の舎の存続を望まないとは実に師の君らしい潔さだけれど、中島歌子が三十一文字に込めた真情を後世に伝えるのは門下生の役目だ。

皆に遺稿集の話を持ちかけたら、手伝ってくれるだろうか。やはりこの後、ホテルに向かおうかと花圃は思い直しながら、境内を進む。

祭壇に向かって緑の玉串を捧げる弔問客に辞儀をする澄と、十一歳の庸の姿が見えた。喪主を務める二人の白い着物が目に沁みて、花圃は木々の枝越しに冬空を見上げた。

参考文献

『一葉伝　樋口夏子の生涯』澤田章子　新日本出版社
『覚書　幕末の水戸藩』山川菊栄　岩波書店
『郷土出身の歌人　中島歌子資料集』坂戸市教育委員会　文化新聞社
『国のため君のためとぞ思はずば　中島歌子の歌』佐伯裕子（季刊「禅文化」193号）
『新潮日本文学アルバム3　樋口一葉』新潮社
『中島歌子』（近代文学研究叢書第六巻）昭和女子大学近代文学研究室　昭和女子大学光葉会
『中島歌子と樋口一葉』青木一男（城西大学女子短期大学部紀要）
『武家の女性』山川菊栄　岩波書店
『萩のしつく』中島歌子
『幕末史』半藤一利　新潮社
『林信海と萩　雅号の由来と中島歌子について』水野恵子（流通経済大学流通情報学部紀要）
『樋口一葉の師　歌人・中島歌子』財団法人常陽藝文センター（「常陽藝文」2002／3月号）
『水戸の先人たち』水戸市教育委員会
『水戸の先達』水戸市教育委員会
『明治閨秀美譚』（列伝叢書18）大空社
『明治女流文學集（一）　中島歌子篇／三宅花圃篇』（明治文學全集81）　筑摩書房

本書は書き下ろしです。

装幀　川上成夫
装画　ⓒMIXA CO., LTD./amana images

朝井まかて（あさい・まかて）
1959年、大阪生まれ。2008年、第３回小説現代長編新人賞奨励賞を受賞してデビュー。受賞作は『花競べ　向嶋なずな屋繁盛記』と改題され、講談社文庫に収録されている。人の心の機微に触れる細やかな筆遣いと一筋縄ではいかない物語運びで、時代小説に新風を吹き込み、注目を集めている。他の著書に、『ちゃんちゃら』『すかたん』『先生のお庭番』『ぬけまいる』がある。

恋歌《れんか》

2013年　８月21日　第１刷発行
2014年　１月22日　第５刷発行

著　者　朝井《あさい》まかて

発行者　鈴木 哲

発行所　株式会社講談社
〒112-8001　東京都文京区音羽2-12-21
電話　出版部　03-5395-3502
販売部　03-5395-3622
業務部　03-5395-3615

印刷所　慶昌堂印刷株式会社

製本所　黒柳製本株式会社

ISBN978-4-06-218500-4
N.D.C.913　282p　20cm

朝井まかての単行本

すかたん

大阪の青物問屋で住み込み奉公することになった知里。
まぬけで遊び人だが、野菜にかけては熱心な若旦那。
厳しいおかみさんに叱責されながらも——
浪華男と江戸娘、おもろい恋の行く末は？

講談社　定価：1600円（税別）

※定価は変わることがあります。